Susan Cooper
Bevor die Flut kommt

W0321803

Susan Cooper stammt aus Buckinghamshire in England. Nach ihrem Studium in Oxford arbeitete sie als Journalistin. Heute ist sie mit einem amerikanischen Wissenschaftler verheiratet, hat zwei Kinder und lebt zur Zeit in der Nähe von Boston.

Nach mehreren Büchern für Erwachsene begann sie, auch Jugendbücher zu schreiben, u. a. eine fünfteilige fantastische Reihe, deren erster Titel mit diesem Buch vorliegt. Der zweite Titel („Wintersonnenwende", RTB 639) erschien bereits in den Ravensburger Taschenbüchern. Er wurde mit der Newbery Honor Medal und dem Wilhelm-Hauff-Preis ausgezeichnet.

Annemarie Böll, geb. Cech, geboren in Pilsen, Vater Tscheche, Mutter Rheinländerin. Schul- und Studienzeit in Köln, zeitweise England. In Köln bis 1952 als Realschullehrerin für Deutsch und Englisch tätig. Seit 1942 verheiratet mit Heinrich Böll. Übersetzte u. a. Brendan Behan, Bernard Shaw, Bernhard Malamund, J. D. Salinger, Paul Horgan und viele Jugend- und Kinderbücher, u. a. Judith Kerr.

Bevor die Flut kommt

von Susan Cooper

Deutsch
von Annemarie Böll

Otto Maier Verlag Ravensburg

Lizenzausgabe
als Ravensburger Taschenbuch Band 1512,
erschienen 1985

Die Originalausgabe erschien 1965
unter dem Titel „Over Sea, Under Stone"
im Verlag Jonathan Cape Ltd, England
Neu aufgelegt 1984 im Verlag Bodley Head, England
© 1965 Susan Cooper

Die deutsche Erstausgabe erschien 1984
unter dem Titel „Bevor die Flut kommt"
im Otto Maier Verlag Ravensburg
© 1984 für die deutsche Textfassung
Otto Maier Verlag Ravensburg
Aus dem Englischen von Annemarie Böll

Umschlagillustration: Dieter Wiesmüller

Alle Rechte dieser Ausgabe vorbehalten
durch Otto Maier Verlag Ravensburg
Gesamtherstellung: Ebner Ulm
Printed in Germany

5 4 3 2 1 89 88 87 86 85

ISBN 3-473-51512-4

KAPITEL 1

„Wo ist er?"

Barney hüpfte von einem Fuß auf den andern, während er aus dem Zug kletterte und in die weißgesichtige Menge spähte, die auf die Sperre der Station St. Austell zueilte. „Oh, ich kann ihn nicht sehen! Ist er da?"

„Natürlich ist er da", sagte Simon und versuchte, das lange Segeltuchbündel in den Griff zu bekommen, in dem sich die Angelruten seines Vaters befanden. „Er hat gesagt, er würde uns abholen. Mit einem Auto."

Hinter ihnen tutete die Lokomotive wie eine Rieseneule, und der Zug setzte sich in Bewegung.

„Bleibt einen Augenblick hier", sagte der Vater, der hinter einem ganzen Wall von Koffern stand. „Merry wird sich schon nicht in Luft auflösen. Wartet, bis die Leute weg sind."

Jane zog begeistert die Luft ein. „Ich kann die See riechen."

„Wir sind noch meilenweit von der See entfernt", sagte Simon mit überlegener Miene.

„Das ist mir ganz gleich. Ich kann sie aber riechen."

„Großonkel Merry hat gesagt, daß Trewissick fünf Meilen von St. Austell entfernt ist."

„Oh, wo bleibt er nur?" Barney zappelte immer noch ungeduldig auf dem staubigen grauen Bahnsteig herum und starrte auf die sich entfernenden Reisenden, die ihm den Blick verstellten. Plötzlich blieb er stehen und sah nach unten. „He – schaut mal."

Sie schauten. Im Strom der sich eilig bewegenden Beine stand ein großer schwarzer Koffer.

„Was ist denn da so toll dran?" fragte Jane.

Dann sahen sie, daß der Koffer zwei braune Ohren hatte, die sich spitzten, und einen langen, wedelnden, braunen Schwanz.

Der Eigentümer hob den Koffer auf und ging davon, und der Hund, der dahinter gestanden hatte, blieb zurück und schaute den Bahnsteig hinauf und hinunter. Es war ein großer, langgliedriger, magerer Hund; wo das Sonnenlicht sein Fell traf, glühte es dunkelrot.

Barney pfiff und streckte die Hand aus.

„Laß das, Kind", sagte seine Mutter in klagendem Ton und faßte nach dem Bündel von Malpinseln, die ihr wie ein Büschel Sellerie aus der Tasche ragten.

Aber noch bevor Barney gepfiffen hatte, setzte sich der Hund in einem schnellen und entschlossenen Trott auf sie zu in Bewegung, so als habe er alte Freunde erkannt. Er umkreiste sie mit großen, weichen Schritten, hob einem nach dem andern seine lange, rote Schnauze entgegen, blieb dann neben Jane stehen und leckte ihr die Hand.

„Ist der nicht wunderbar?" Jane hockte sich neben dem Hund hin und kraulte das lange, seidige Fell in seinem Nacken.

„Herzchen, sei vorsichtig", sagte die Mutter. „Er wird sein Herrchen verlieren. Er muß doch jemandem hier gehören."

„Schade, daß er nicht uns gehört."

„Das findet er auch", sagte Barney, „schaut mal."

Er streichelte den roten Kopf, und der Hund gab einen kehligen Laut des Vergnügens von sich.

„Nein", sagte der Vater.

Die Menge hatte sich jetzt fast zerstreut, und hinter der Schranke konnten sie den klaren blauen Himmel über dem Bahnhofsvorplatz sehen.

„Sein Name steht auf dem Halsband", sagte Jane, die immer noch neben dem Hund hockte. Sie fingerte an dem silbernen Schildchen auf dem schweren Lederriemen herum. „Da steht Rufus. Und noch etwas . . . Trewissick. He – er kommt aus dem Dorf!"

Aber als sie aufsah, merkte sie plötzlich, daß die andern nicht mehr da waren. Sie sprang auf und lief hinter ihnen her in den Sonnenschein. Jetzt sah sie, was auch die andern gesehen hatten: die hohe, vertraute Gestalt von Großonkel Merry, der draußen auf sie wartete.

Die Kinder umringten ihn, plapperten wie Eichhörnchen, die um den Fuß eines Baumes huschen. „Ah, da seid ihr ja", sagte er wie nebenbei und blickte unter seinen buschigen weißen Augenbrauen mit einem leichten Lächeln auf sie herunter.

„Cornwall ist herrlich", sprudelte Barney heraus.

„Du hast es ja noch gar nicht gesehen", sagte Großonkel Merry. „Wie geht es dir, meine liebe Elly?" Er beugte sich und küßte die Mutter kurz auf die Wange. Er behandelte sie immer so, als hätte er vergessen, daß sie inzwischen erwachsen war. Obgleich er nicht ihr richtiger Onkel war, sondern nur ein Freund ihres Vaters, war er der Familie schon so viele Jahre eng verbunden, daß es ihnen nie einfiel, darüber nachzudenken, woher er eigentlich gekommen war.

Keiner wußte viel über Großonkel Merry, aber niemand hatte so recht den Mut, Fragen zu stellen. Er sah auch gar nicht so aus wie sein Name.* Er war groß und aufrecht, hatte dichtes, wildes, weißes Haar. Aus seinem strengen, braunen Gesicht ragte eine kühne Hakennase wie ein gespannter Bogen, und seine dunklen Augen lagen tief in ihren Höhlen.

Niemand wußte, wie alt er war. „Steinalt", sagte der Vater, und alle fühlten sie insgeheim, daß es wohl so war. An Großonkel Merry war etwas, das einen an Berge denken ließ oder an die See oder an den Himmel, etwas Uraltes – doch ohne Alter und ohne Ende.

Wo er auch sein mochte, immer schienen in seiner Nähe ungewöhnliche Dinge zu geschehen. Manchmal verschwand er für lange Zeit, und dann trat er plötzlich durch die Haustür der Drews, als sei er nie weg gewesen, und verkündete, er habe ein unbekanntes Tal in Südamerika entdeckt, eine römische Festung in Frankreich oder ein verbranntes Wikingerschiff, das an der englischen Küste vergraben gewesen war. In den Zeitungen standen begeisterte Berichte über das, was er getan hatte. Aber wenn die Reporter an die Tür klopften, war Groß-

* *merry* bedeutet im Englischen: lustig, fröhlich
Barney stellt später fest, daß der Name *Merriman Lyon* Ähnlichkeit aufweist mit *Merlin,* dem Zauberer in der Artussage, der selbst nicht frei ist von unheimlichen Kräften, aber mit seinen Weissagungen Heil bringt.

onkel Merry schon wieder unterwegs zu dem verstaubten Frieden der Universität, an der er lehrte. Dann wachten sie eines Morgens auf, wollten ihn zum Frühstück holen und stellten fest, daß er nicht mehr da war. Und dann hörten sie nichts mehr von ihm, bis er, vielleicht Monate später, wieder an ihrer Tür auftauchte. Sie konnten sich kaum vorstellen, daß sie in diesem Sommer in dem Haus, das er in Trewissick gemietet hatte, für ganze vier Wochen mit ihm zusammensein sollten.

Das Sonnenlicht leuchtete auf dem weißen Haar, der Großonkel schnappte sich die beiden größten Koffer und schritt über den Vorplatz auf sein Auto zu.

„Was haltet ihr davon?" fragte er stolz.

Sie waren hinter ihm hergekommen und staunten. Was sie sahen, war ein riesiger, ramponierter Kombiwagen mit rostigen Schutzblechen und bröckelndem Lack, die Radnaben waren mit Lehm verkrustet. Ein dünner Faden Dampf stieg vom Kühler auf.

„Fantastisch", sagte Simon.

„Hmmmmmm", machte die Mutter.

„Nun, Merry", sagte der Vater munter, „ich hoffe, du bist gut versichert."

Großonkel Merry schnaubte. „Unsinn. Das ist ein prima Fahrzeug. Ich habe es von einem Bauern gemietet. Wir passen alle hinein. Also, rein mit euch!"

Während sie hinter den andern in den Wagen kletterte, warf Jane einen bedauernden Blick zum Bahnhofseingang zurück. Der rothaarige Hund stand auf dem Bürgersteig und beobachtete sie; die lange rosa Zunge hing über die weißen Zähne.

Großonkel Merry rief: „Komm, Rufus!"

„Oh", rief Barney entzückt. Ein Knäuel aus langen Beinen und feuchter Schnauze schoß durch die Tür und drückte ihn beiseite, „gehört er dir?"

„Um Himmels willen, nein", sagte Großonkel Merry, „aber vermutlich wird er für die nächsten vier Wochen euch dreien gehören. Der Kapitän konnte ihn nicht mit ins Ausland nehmen, daher mußte ich Rufus zusammen mit dem *Grauen Haus* übernehmen." Er zwängte sich auf den Fahrersitz.

„Das *Graue Haus*?" fragte Simon. „Heißt das Haus so? Warum?"

„Das wirst du schon sehen."

Der Motor rülpste, schrie kurz auf, und los ging's. Sie donnerten in der schwankenden Karre durch die Straßen der Stadt, dann zur Stadt hinaus, wo Hecken an Stelle der Häuserreihen traten, dichte, verwilderte Hecken, die wie eine grüne Mauer die Straße begleiteten, die sich den Berg hinaufwand. Und hinter den Hecken stiegen Grashänge zum Himmel hinauf, und dort, wo sie sich mit dem Himmel trafen, sah man nichts als vereinzelte Bäume, verkrüppelt und gebeugt vom Wind, der vom Meer her wehte, und gelblichgraue Felsbrocken.

„Da seht ihr's." Großonkel Merrys Stimme übertönte den Lärm des Motors. Er drehte sich um, nahm eine Hand vom Steuerrad und schwenkte seinen Arm, so daß der Vater sich die Augen zuhielt und leise stöhnte. „Jetzt seid ihr in Cornwall. Dem wirklichen Cornwall. Logres liegt vor euch."

Der Motorenlärm war zu laut, als daß jemand hätte antworten können.

„Was soll das heißen, Logres?" fragte Jane.

Simon schüttelte den Kopf, und der Hund leckte ihn am Ohr.

Überraschenderweise war es Barney, der antwortete: „Es bedeutet: das Land des Westens", sagte er und strich sich die blonde Stirnlocke zurück, die ihm immer in die Augen fiel. „Das ist der alte Name für Cornwall. Der Name, den König Arthur ihm gegeben hat."

Simon stöhnte: „Das hätte ich wissen sollen."

Seit Barney lesen konnte, waren seine Lieblingshelden König Arthur und seine Ritter. In seinen Träumen zog er als ein Mitglied der Tafelrunde in die Schlacht, rettete schöne Damen und erschlug falsche Ritter. Er hatte sich immer danach gesehnt, König Arthurs' Westland zu sehen, und er hatte jetzt das seltsame Gefühl, irgendwie nach Hause zu kommen. Er sagte eigensinnig: „Warte nur, Großonkel Merry weiß es."

Und dann, nach einer Weile, die ihm sehr lang vorkam, öffneten sich die Berge und gaben den Blick auf die lange blaue Linie der See frei, und das Dorf lag vor ihnen.

Trewissick schien unter seinen grauen Schieferdächern, die sich entlang den gewundenen Straßen hügelabwärts zogen, zu schlafen. Schweigen lag hinter den Fenstern der kleinen viereckigen Häuser, und der Lärm des Wagens wurde von den weißgekalkten Mauern zurückgeworfen. Dann ließ Großonkel Merry das Lenkrad herumschwingen, und plötzlich fuhren sie am Rand des Hafens entlang, dessen Wasser sich in der goldenen Nachmittagssonne kräuselte und schimmerte. Kleine Segelboote tanzten entlang der Kaimauer an ihren Leinen, auch eine ganze Reihe von kornischen Fischerbooten, wie sie sie nur auf den Bildern ihrer Mutter gesehen hatten. Die hatte sie vor vielen Jahren gemalt: gedrungene, für schwere Arbeit gebaute Boote, jedes mit einem kurzen, kräftigen Mast und einem kleinen Maschinenhaus im Heck.

Dunkle Netze hingen über der Hafenmauer, und ein paar Fischer, kräftige, braungesichtige Männer in Stiefeln, die bis zu den Oberschenkeln reichten, blickten kurz auf, als das Auto vorüberfuhr. Zwei oder drei grinsten Großonkel Merry an und winkten.

„Kennen sie dich?“ fragte Simon neugierig.

Aber Großonkel Merry, der sich sehr gut taub stellen konnte, wenn er eine Frage nicht beantworten wollte, brauste weiter die Straße entlang, die sich wieder einen Abhang hinaufwand, hoch über die andere Seite des Hafens hinauf, wo er plötzlich anhielt. „Da sind wir“, sagte er.

In der plötzlichen Stille wandten sich alle, noch halb betäubt vom Lärm des Motors, von der See ab und der anderen Straßenseite zu.

Sie sahen eine Reihe von Häusern, die sich im Bogen einen steilen Hang hinaufzog. In der Mitte der Reihe erhob sich wie ein Turm ein hohes, schmales Haus mit drei Fensterreihen und einem Giebeldach. Ein düsteres Haus mit dunkelgrauen Wänden und einer Tür und Fenstern, die leuchtend weiß gestrichen waren. Das Dach war mit Schiefer gedeckt, es bildete einen blaugrauen Spitzbogen, der über den Hafen hinüber auf die See hinausschaute.

„Das *Graue Haus*“, sagte Großonkel Merry.

Ein fremder Geruch lag in der sanften Brise, die ihnen vom Hügel herunter ins Gesicht blies, ein lockender Geruch nach Salz und Tang und Abenteuer.

Während sie die Koffer aus dem Auto luden und Rufus ihnen in aufgeregter Freude zwischen den Beinen herumlief, packte Simon Jane plötzlich beim Arm: „Da – schau mal!"

Sein Blick ging auf die See hinaus, auf einen Punkt jenseits der Hafeneinfahrt. Jane sah das spitze, anmutige Dreieck einer Yacht unter vollen Segeln, die sich gemächlich auf Trewissick zubewegte.

„Hübsch", sagte sie. Sie war nur mäßig begeistert. Sie teilte Simons Leidenschaft für Boote nicht.

„Sie ist wunderschön. Wem sie wohl gehören mag?" Simon stand wie verzaubert da. Die Yacht kam langsam näher, ihre Segel begannen zu flattern, dann legte sich das weiße Hauptsegel zusammen und fiel nach unten. Das Rasseln des Takelwerks klang ganz schwach über das Wasser herüber, dann das stumpfe Husten eines Motors.

„Mutter sagt, wir dürfen hinuntergehen und uns vor dem Abendessen den Hafen ansehen", sagte Barney, der hinter ihnen stand. „Kommt ihr?"

„Natürlich. Kommt Großonkel Merry mit?"

„Er bringt das Auto weg."

Sie machten sich auf den Weg die Straße hinunter, die zum Kai führte und die auf der seewärtigen Seite durch eine niedrige Mauer geschützt war, zwischen deren Steinen Grasbüschel und rosa Baldrian wuchsen. Nach ein paar Schritten merkte Jane, daß sie ihr Taschentuch vergessen hatte, und lief zurück, um es aus dem Auto zu holen. Als sie auf dem Boden vor dem Hintersitz herumsuchte, richtete sie sich einmal auf, und ihr Blick fiel zufällig durch die Windschutzscheibe. Sie war überrascht.

Großonkel Merry, der vom Haus her auf das Auto zugekommen war, war mitten auf der Straße stehengeblieben. Er starrte auf die See hinaus, offensichtlich hatte er die Yacht erblickt. Was sie so erschreckte, war der Ausdruck auf seinem Gesicht. Er stand da wie eine hohe, zerklüftete Statue, die Stirn war gerunzelt, sein Gesicht entschlossen und gespannt, fast, als sähe und hörte er mit anderen Sinnen als mit seinen Augen und Ohren. Sie hatte geglaubt, daß er gar nicht erschrocken aussehen könnte, aber dieser Ausdruck kam dem Erschrockensein so nahe, wie sie es noch nie an ihm bemerkt hatte. Vorsichtig, aufgeschreckt, alarmiert ... was war los mit ihm? War an der Yacht etwas Ungewöhnliches?

Dann wandte er sich um und ging schnell ins Haus zurück, und Jane kletterte nachdenklich aus dem Auto und folgte den Jungen den Hang hinunter.

Der Hafen lag fast verlassen da. Die Sonne schien ihnen heiß ins Gesicht, und sie spürten durch die Sohlen ihrer Sandalen hindurch die Wärme der Steine, mit denen der Kai gepflastert war. In der Mitte des Kais, genau vor dem hohen Holztor des Lagerhauses, bildete dieser einen viereckigen Vorsprung, der ins Wasser hineinragte. Leere Kisten waren dort zu einem übermannshohen Haufen aufgestapelt. Drei Möwen gingen ihnen aus dem Weg, schritten lässig auf den Rand des Wassers zu. Vor ihnen wiegte sich ein kleiner Wald aus Masten und Seilen; die Flut hatte erst ihre halbe Höhe erreicht, und die Decks der dort liegenden Boote lagen unterhalb der Kaimauer und waren nicht zu sehen.

„He", sagte Simon und wies über die Hafeneinfahrt hinaus. „Die Yacht ist hereingekommen. Seht mal, ist sie nicht herrlich?"

Das schlanke weiße Boot lag jenseits der Hafenmauer vor Anker, vor der offenen See durch die Landzunge geschützt, auf der das *Graue Haus* stand.

Jane sagte: „Findet ihr nicht, daß sie etwas Seltsames an sich hat?"

„Seltsam? Warum?"

„Oh – ich weiß nicht."

„Vielleicht gehört sie dem Hafenmeister", sagte Barney.

„Orte von dieser Größe haben keinen Hafenmeister, du kleiner Dummkopf, nur Häfen wie die, in denen Vater während seiner Marinezeit war."

„O doch, du Schlaumeier, an der Ecke da drüben ist eine kleine, schwarze Tür, und darauf steht: Büro des Hafenmeisters." Barney hüpfte triumphierend auf und ab und scheuchte dabei eine Möwe auf. Sie lief ein paar Schritte und flog dann mit schlagenden Flügeln und klagenden Schreien dicht über dem Wasser davon.

„Na gut", sagte Simon versöhnlich, schob die Hände in die Hosentaschen, stand da mit gespreizten Beinen und wippte auf den Fersen in seiner Kapitän-auf-der-Brücke-Haltung auf und ab. „Ein Punkt für dich. Aber das Boot muß doch jemandem gehören, der ziemlich reich ist. Man könnte damit den Kanal überqueren, vielleicht sogar den Atlantik."

„Puh", sagte Jane. Sie schwamm so gut wie die andern, aber sie war das einzige Mitglied der Familie Drew, das die offene See nicht mochte. „Das muß man sich vorstellen – den Atlantik in einem so kleinen Ding zu überqueren."

Simon grinste boshaft. „Fantastisch. Große, dicke Wellen heben dich hoch und lassen dich wieder runtersausen, alles fällt durcheinander, Töpfe und Pfannen fliegen in der Kombüse herum, und das Deck geht rauf und runter, rauf und runter."

„Ihr wird gleich schlecht", sagte Barney ruhig.

„Unsinn. Auf festem Land, hier draußen in der Sonne?"

„Ja, du bringst es noch soweit, sie sieht schon ein bißchen grün aus. Sieh doch."

„Ich sehe nichts."

„O doch. Ich weiß nicht, warum dir nicht wie sonst im Zug schlecht geworden ist. Stell dir nur diese Wellen auf dem Atlantik vor, und der Mast schwankt hin und her, und niemand hat Appetit aufs Frühstück außer mir . . ."

„Oh, halt den Mund. Ich höre dir gar nicht zu." Die arme Jane wandte sich ab und lief um den Berg von Kisten herum, von deren Fischgeruch ihr wahrscheinlich eher übel geworden war als von dem Gedanken an die offene See.

„Mädchen!" sagte Simon befriedigt.

Von der anderen Seite des Kistenstapels kam plötzlich ein ohrenbetäubender Krach, ein Schrei und das Geräusch von Metall, das klirrend auf Beton stößt. Simon und Barney sahen sich einen Augenblick lang entsetzt an, dann liefen sie um den Stapel herum.

Jane lag auf dem Boden, ein Fahrrad lag auf ihr, das Vorderrad drehte sich noch in der Luft. Daneben lag auf dem Pflaster des Kais ein dunkelhaariger Junge und streckte alle viere von sich. Ein Karton mit Konservendosen und Lebensmittelpakkungen war vom Gepäckträger des Rades heruntergefallen, die Milch aus einer zersplitterten Flasche bildete eine weiße Pfütze, in der die Scherben im Sonnenlicht glitzerten.

Der Junge rappelte sich auf und starrte Jane an. Er war ganz in Marineblau, die Hose steckte in Gummistiefeln. Er hatte einen kurzen, dicken Hals und ein seltsam flaches Gesicht, das jetzt vor Wut verzerrt war.

„Kannste nicht aufpassen, wo du hintrittst?" fauchte er. Die Wut ließ den kornischen Akzent häßlich klingen. „Geh mir aus dem Weg."

Er riß das Fahrrad hoch, ohne sich um Jane zu kümmern. Das Pedal traf ihr Fußgelenk, und sie wimmerte vor Schmerz.

„Es war nicht meine Schuld", sagte sie ziemlich energisch, „du kamst angeflitzt, ohne nach rechts und links zu gucken."

Barney trat schweigend zu ihr und half ihr auf die Beine. Der Junge fing an, mit mürrischer Miene die verstreuten Konservendosen wieder einzusammeln und sie in den Karton zurückzustopfen. Jane wollte ihm helfen und hob auch eine auf. Als sie sie in den Karton tun wollte, stieß der Junge ihre Hand weg, so daß die Dose über den Kai davonrollte.

„Laß die Finger davon", knurrte er.

„Hör mal", sagte Simon aufgebracht, „das war wirklich nicht nötig."

„Halt den Mund", sagte der Junge barsch, ohne auch nur aufzublicken.

„Halt du deinen", gab Simon angriffslustig zur Antwort.

„O Simon, laß doch." Jane war ganz unglücklich. „Wenn er ein Biest sein will, dann laß ihn doch." Ihr Bein tat ihr schrecklich weh, und Blut sickerte aus der Schürfung an ihrem Knie. Simon schaute in ihr erhitztes Gesicht, hörte den gequälten Ton in ihrer Stimme. Er biß sich auf die Lippen.

Der Junge schob das Rad an und lehnte es gegen den Kistenstapel. Er schaute dabei Barney so böse an, daß dieser nervös aus dem Weg sprang. Dann brach die Wut wieder aus ihm heraus: „ – euch, alle, wie ihr da seid", schnauzte er.

Sie hatten das Wort, das er gebrauchte, noch nie gehört, aber der Ton war unmißverständlich, und Simon wurde ganz heiß vor Zorn; mit geballten Fäusten wollte er losstürzen. Aber Jane hielt ihn zurück, und der Junge trat schnell an den Rand der Kaimauer und kletterte, das Gesicht ihnen zugewandt, über den Mauerrand. Die Kiste mit Lebensmitteln hielt er im Arm. Sie hörten ein dumpfes Aufplumpsen und Klappern, und als sie über den Rand schauten, sahen sie, daß er in ein Ruderboot gesprungen war. Er löste das Tau, mit dem es an einem Eisenring in der Mauer befestigt war, und begann, sich zwischen den anderen Booten hindurch in den offenen Hafen hinauszuschieben. Er benutzte dabei ein einzelnes Ruder, das über das Heck ins Wasser tauchte. Mit hastigen und wütenden Bewegungen schrammte er dabei hart gegen die Seite eines der großen Fischerboote, ohne sich darum zu kümmern. Bald war er im freien Wasser. Er ruderte schnell mit seinem einen Ruder und warf dabei ab und zu verächtliche und höhnische Blicke nach rückwärts.

Während sie ihm nachschauten, hörten sie hallende Tritte auf hohlem Holz, sie kamen aus dem Innern des gerammten Fischerbootes. Eine kleine, verhutzelte Gestalt tauchte plötzlich aus einer Luke im Deck, fuchtelte wütend mit den Armen und schrie mit erstaunlich tiefer Stimme über das Wasser hinweg dem Jungen etwas zu.

Der Junge drehte dem Mann absichtlich den Rücken zu, während er weiterruderte. Dann verschwand das Boot vor der Hafeneinfahrt um die Mole herum.

Der kleine Mann schüttelte die erhobene Faust, wandte sich dann dem Kai zu, sprang geschickt von einem Bootsdeck aufs andere, bis er die Leiter an der Hafenmauer erreicht hatte, kletterte hinauf und tauchte vor den Füßen der Kinder auf. Er trug den unvermeidlichen marineblauen Sweater und die blaue Hose, die hohen Stiefel reichten bis auf die Oberschenkel hinauf.

„Dieser Tölpel, dieser Bill 'Oover", sagte er wütend. „Wenn ich den kriege, der kann was erleben."

Dann schien er zu merken, daß die Kinder nicht nur ein Teil des Kais waren.

„Ich dachte mir schon, ich hätte Stimmen gehört", sagte er ein wenig freundlicher. „Habt ihr Schwierigkeiten mit dem gehabt?" Er wies mit einem Ruck des Kopfes auf die See hinaus.

„Er hat meine Schwester mit dem Fahrrad überfahren", sagte Simon entrüstet. „Eigentlich war es meine Schuld, daß Jane mit ihm zusammenstieß, aber er war schrecklich grob und hat Janes Hand weggestoßen, und dann – dann war er weg, bevor ich ihn verprügeln konnte", fügte er lahm hinzu.

Der alte Fischer lächelte ihnen zu. „Ah, kümmert euch nicht um den. Er ist ein übler Kerl, dieser Junge, übellaunig wie kaum einer und bösartig. Geht ihm lieber aus dem Weg."

„Das werden wir", sagte Jane mit Nachdruck und rieb sich vorsichtig das Bein.

Der Fischer schnalzte mit der Zunge. „Das ist eine häßliche Schramme da an deinem Bein, mein Kind. Geh und laß sie dir auswaschen. Ihr seid wohl hier in Ferien?"

„Wir wohnen im *Grauen Haus*", entgegnete Simon. „Da oben auf dem Berg."

Der Fischer warf ihm einen schnellen Blick zu, ein kurzes Interesse blitzte in seinem stillen braunen, mit Runzeln bedeckten Gesicht auf. „So, so. Seid ihr vielleicht –" dann brach er seltsamerweise ab, als hätte er es sich anders überlegt. Simon wartete verwirrt darauf, daß er fortfahren würde. Aber Barney, der nicht zugehört, sondern über den Rand der Kaimauer nach unten gespäht hatte, drehte sich jetzt um.

„Ist das da Ihr Boot?"

Der Fischer sah ihn halb überrascht und halb amüsiert an, so wie er ein Hündchen angesehen hätte, das ihn plötzlich anbellte. „Stimmt, mein Kleiner. Von dort bin ich eben raufgekommen."

„Haben die anderen Fischer nichts dagegen, wenn Sie über ihre Boote laufen?"

Der alte Mann lachte, es war ein lustiges, krächzendes Geräusch. „Es gibt gar keinen anderen Weg, wie ich an Land kommen könnte. Niemand hat was dagegen, wenn man über sein Boot läuft, solange man es nicht schmutzig macht."

„Fahren Sie zum Fischen raus?"

„Vorläufig nicht, Jungchen", sagte der Fischer freundlich. Er zog einen schmutzigen Lappen aus der Tasche und fing an, die Ölflecken von seinen Händen zu reiben. „Wir fahren bei Sonnenuntergang aus und kommen in der Morgendämmerung zurück."

Barney strahlte: „Ich werde ganz früh aufstehen und zusehen, wie Sie zurückkommen."

„Ich werd's glauben, wenn ich dich seh", sagte der Fischer und blinzelte ihm zu. „Jetzt lauft aber und bringt eure kleine Schwester nach Haus und wascht ihr das Bein. Wer weiß, was für Dreck oder was für Fischschuppen in die Wunde gekommen sind." Er stampfte mit seinem von Fischschuppen glitzernden Stiefel auf das Steinpflaster.

„Ja, komm jetzt, Jane", sagte Simon. Er warf noch einen Blick auf die stille Reihe der Boote, dann hob er die Hand über die Augen und blinzelte in die Sonne. „Na, so was – dieser Lümmel mit dem Fahrrad geht an Bord der Yacht."

Jane und Barney schauten.

Draußen, jenseits der Mole, tanzte etwas Dunkles vor dem langen, weißen Rumpf der stillen Yacht auf und ab. Sie konnten undeutlich erkennen, daß der Junge an der Schiffsseite hochkletterte und zwei Gestalten ihm an Deck entgegenkamen. Dann verschwanden alle drei, und das Schiff lag wieder verlassen da.

„Ah", sagte der Fischer, „so ist das also. Der junge Bill hat gestern Lebensmittel und Benzin gekauft, als wollte er die Marine versorgen, aber keiner konnte aus ihm herauskriegen, für wen das alles war. Ein properes Boot, das muß man sagen – machen wohl eine Kreuzfahrt. Ich versteh nicht, warum er so ein Geheimnis daraus machte."

Er ging am Hafen entlang davon; eine kleine Gestalt mit wiegendem Gang, die überhängenden Stulpen seiner Stiefel klatschten bei jedem Schritt gegen seine Beine. Barney trottete neben ihm her und redete ernsthaft auf ihn ein. An der Ecke gesellte er sich wieder zu den andern, während der alte Mann ihnen noch einmal zuwinkte und sich dann dem Dorf zuwandte.

„Er heißt Mr. Penhallow, und sein Boot heißt *White Heather.* Er sagt, sie haben gestern nacht fast sieben Zentner Sardinen gefangen, und morgen werden sie noch mehr fangen, weil es regnen wird."

„Eines Tages wirst du einmal eine Frage zuviel stellen", sagte Jane.

„Regnen?" sagte Simon ungläubig, während er zum blauen Himmel aufblickte.

„Das hat er gesagt."

„Unsinn. Er muß verrückt sein."

„Ich wette, daß er recht behält. Fischer wissen so etwas, besonders Cornwallfischer. Frag nur Großonkel Merry."

Aber als sie sich zum ersten Abendessen im *Grauen Haus* an den Tisch setzten, war Großonkel Merry nicht da; nur die Eltern waren da und eine lächelnde, rotwangige Frau aus dem Dorf, Mrs. Palk, die jeden Tag kommen sollte, um beim Kochen und Saubermachen zu helfen. Großonkel Merry war fortgegangen.

„Er muß doch etwas gesagt haben", sagte Jane.

Vater zuckte die Schultern. „Nicht eigentlich. Er hat nur etwas gemurmelt, er müßte weg und etwas suchen, und dann ist er blitzschnell mit dem Auto davongebraust."

„Aber wir sind doch gerade erst angekommen", sagte Simon beleidigt.

„Laß nur", sagte Mutter gelassen. „Du weißt doch, wie er ist. Er wird schon zurückkommen, sobald er kann."

Barney starrte verträumt auf die *Cornish pasties**, die Mrs. Palk ihnen zum Abendessen gemacht hatte. „Er ist auf die Suche nach etwas gegangen. Das kann Jahre dauern. Bei einer Su-

* kornische Spezialität

che kann man suchen und suchen und vielleicht kommt man doch nie dorthin."

„Suche ist Quatsch", sagte Simon gereizt. „Er jagt nur hinter irgendeinem blöden alten Grabstein in einer Kirche oder so was her. Warum konnte er uns das nicht sagen?"

„Ich glaube, morgen früh ist er zurück", sagte Jane. Sie schaute zum Fenster hinaus über die niedrige graue Mauer hinweg, die am Rand der Straße entlanglief. Es begann schon zu dämmern, und als die Sonne hinter ihre Landzunge gesunken war, wandelte sich die See zu einem dunklen Graugrün, und langsam kroch Nebel in den Hafen hinein. Durch den immer dichter werdenden Dunst sah sie eine unbestimmte Gestalt, die sich unten auf dem Wasser bewegte, über ihr flackerte kurz ein Licht auf, zuerst ein roter Funken in der Düsternis, dann ein grüner, und über beiden standen weiße Lichtpunkte. Plötzlich richtete sie sich steil auf; es war ihr bewußt geworden, daß das, was sie sah, die geheimnisvolle weiße Yacht war, die sich so still und seltsam aus dem Hafen von Trewissick hinausbewegte, wie sie gekommen war.

Kapitel 2

Als sie am nächsten Tag beim Frühstück saßen, kam Onkel Merry zurück. Groß und hohläugig unter seinem dichten weißen Haar ragte er in der Türöffnung und lächelte über ihre überraschten Gesichter.

„Guten Morgen", sagte er heiter, „ist noch Kaffee übrig?" Die Nippsachen auf dem Kaminsims schienen zu scheppern, wenn er sprach. Man hatte bei Großonkel Merry immer den Eindruck, daß er für den Raum, in dem er sich gerade befand, viel zu groß war.

Der Vater zog mit unerschütterlicher Ruhe einen zusätzlichen Stuhl an den Tisch. „Wie ist es denn heute morgen draußen, Merry? Es scheint mir nicht so gut auszusehen."

Großonkel Merry setzte sich und nahm sich ein Stück Toast. Er hielt die Schnitte auf seiner großen Handfläche, während er mit dem Messer des Vaters Butter darauf strich. „Wolkig. Von der See her kommen dicke Wolken. Wir werden Regen kriegen."

Barney zappelte herum, er konnte seine Neugier nicht mehr zügeln. Er hatte die Familienregel vergessen, nach der sie ihrem geheimnisvollen Großonkel nie Fragen stellen sollten, die ihn betrafen. Plötzlich platzte er heraus: „Gummery, wo bist du gewesen?" In der Hitze des Augenblicks hatte er den Kosenamen gebraucht, den er erfunden hatte, als er noch ganz klein war. Sie benutzten ihn alle noch gelegentlich, aber nicht jeden Tag.

Jane zischte leise durch die Zähne, und Simon funkelte den Bruder über den Tisch hinweg an. Aber Großonkel Merry schien nicht gehört zu haben.

„Vielleicht hält es nicht an", fuhr er zum Vater gewandt unbeirrt fort, nachdem er von dem Toast abgebissen hatte. „Aber ich glaube, den größten Teil des Tages werden wir doch schlechtes Wetter haben."

„Wird es auch donnern?" fragte Jane.

Simon fügte hoffnungsvoll hinzu: „Gibt es einen richtigen Sturm auf der See?"

Barney saß schweigend dabei, während die Stimmen hin und her über den Tisch schwirrten. Das Wetter, dachte er erbittert, alle reden vom Wetter, wo doch Großonkel Merry eben erst von seiner Suche zurückgekommen ist.

Dann hörte man durch das Stimmengewirr hindurch ein leises Donnergrollen, das feine Geräusch der ersten Regentropfen. Während alle zum Fenster stürzten und zum dichtverhangenen, grauen Himmel hinaufblickten, schlüpfte Barney zu seinem Großonkel und schob für einen Augenblick die Hand in die des alten Mannes.

„Gummery", sagte er leise, „hast du gefunden, wonach du gesucht hast?"

Er hatte erwartet, daß Großonkel Merry mit dem bekannten, liebenswürdig hartnäckigen Ausdruck an ihm vorbeischauen würde, mit dem er jede Frage beantwortete. Aber der große Mann blickte ihn fast abwesend an. Die Augenbrauen über dem zerklüfteten, verschlossenen Gesicht waren streng zusammengezogen, und aus den dunklen Höhlungen und Furchen sprach die alte Entschlossenheit. Er sagte sanft: „Nein, Barnabas, diesmal habe ich es nicht gefunden." Dann war es, als fiele eine Decke über sein Gesicht. „Ich muß gehen und den Wagen wegbringen", rief er dem Vater zu und ging nach draußen.

Der Donner kam zögernd von weit her über die See gerollt, aber der Regen fiel jetzt heftig. Er strömte an den Fensterscheiben hinunter und verschleierte den Blick. Die Kinder streiften ziellos im Haus umher. Vor dem Mittagessen versuchten sie es mit einem Spaziergang im Regen, kamen aber bald naß und niedergeschlagen zurück.

In der Mitte des Nachmittags steckte die Mutter den Kopf in die Tür: „Ich gehe nach oben und arbeite bis zum Abendessen – nun hört mal, ihr drei – ihr könnt überall im Haus herumgehen, aber ihr müßt mir versprechen, nichts anzufassen, was offensichtlich weggeräumt worden ist. Alles Wertvolle ist weggeschlossen worden, aber ich möchte nicht, daß ihr in irgendwelchen Papieren oder Privatsachen herumschnüffelt. Ist das klar?"

„Wir versprechen es", sagte Jane, und Simon nickte.

Kurz darauf wickelte der Vater sich in einen großen schwarzen Mantel aus Öltuch und ging durch den Regen davon, um den Hafenmeister aufzusuchen. Jane schlenderte an den Bücherregalen vorbei, aber alle Bücher in erreichbarer Höhe hatten Titel wie *Rund um Kap Horn* oder *Logbuch der Virtue 1886*, und die kamen ihr sehr langweilig vor.

Simon hatte die ganze Zeit herumgesessen und aus der Morgenzeitung Flugzeuge gefaltet. Plötzlich knüllte er sie gereizt zusammen. „Ich hab das satt. Was sollen wir bloß tun?"

Barney starrte düster aus dem Fenster. „Es regnet abscheulich. Das Wasser im Hafen ist ganz flach. Und das ist unser erster richtiger Tag hier. Oh, ich hasse den Regen, ich hasse, ich hasse, ich hasse den Regen . . ." leierte er übellaunig.

Simon schlenderte ruhelos im Zimmer umher, betrachtete die Bilder auf der dunklen Tapete. „Das Haus ist sehr öde, wenn man darin eingeschlossen ist. Der Kapitän scheint mir nur das Meer im Kopf zu haben, glaubt ihr nicht auch?"

„Voriges Jahr um diese Zeit wolltest du auch Seemann werden."

„Nun, ich hab's mir anders überlegt. Jedenfalls – ich weiß noch nicht. Auf alle Fälle würde ich auf einen Zerstörer gehen und nicht auf ein so mickriges kleines Segelschiff wie das hier. Wie heißt es?" Er betrachtete die Inschrift unter dem Stich. *The golden Hind.*

„Das war *Drakes** Schiff. Als er nach Amerika segelte und die Kartoffeln entdeckte."

* Sir Francis Drake (zw. 1539 und 1545–1596 gilt als einer der Begründer englischer Seeherrschaft.

Der Vizeadmiral Drake vereitelte 1588 den Versuch der spanischen Armada, England anzugreifen. Er führte den pausenlosen Seekrieg weiter, der immer mehr zu einem Privatkrieg unter königlicher Protektion wurde.

„Das war *Raleigh**."

„Wenn schon", sagte Barney, dem es eigentlich gleich war.

„Was für unnütze Dinge sie entdeckt haben", sagte Simon in kritischem Ton. „Ich hätte mich nicht um Gemüse gekümmert. Ich wäre mit Dublonen und Diamanten und Perlen beladen zurückgekommen."

„Und mit Affen und Pfauen", sagte Jane, die sich vage an ein Gedicht aus der Schule erinnerte.

„Und ich hätte eine Expedition ins Landesinnere gemacht, und die primitiven Eingeborenen hätten mich zu einem Gott gemacht und mir ihre Frauen angeboten."

„Und warum sollten die Eingeborenen primitiv sein?" fragte Barney.

„Ich meine doch nicht primitiv auf diese Weise, du Idiot, ich meine – ich meine – nun, so wie Eingeborene eben sind. Alle Forscher sagen es doch."

„Laßt uns Forscher spielen", sagte Jane. „Wir könnten das Haus erforschen. Das haben wir noch gar nicht richtig getan. Es ist wie ein fremdes Land. Wir könnten uns von unten nach oben durcharbeiten."

„Und wir müssen Proviant mitnehmen, dann können wir, wenn wir angekommen sind, ein Picknick veranstalten", sagte Barney, dem die Sache anfing, Spaß zu machen.

„Wir haben aber nichts."

„Wir könnten Mrs. Palk bitten", sagte Jane. „Sie backt gerade für Mutter in der Küche einen Kuchen. Kommt."

In der Küche lachte Mrs. Palk über ihr ganzes rotes Gesicht. „Ich bin neugierig, auf was für Ideen ihr demnächst noch kommt", sagte sie. Aber sie gab ihnen einen ganzen Stapel frischgebackener kleiner *Scones,*** die sie durchgeschnitten,

* Sir Walter Raleigh, Zeitgenosse Drakes, englischer Seefahrer, Entdecker und Schriftsteller, war unter Elisabeth I. ebenfalls ein Vorkämpfer englischer Seeherrschaft gegen Spanien.

Nachdem er 1592 wegen seiner Heirat den Zorn Elisabeths auf sich gezogen hatte, unternahm er mehrere Fahrten nach Spanisch-Amerika auf der Suche nach dem sagenhaften Eldorado. 1618 wurde er im Interesse der prospan. Politik Jakobs I. hingerichtet.

** weiches Teegebäck

dick mit Butter bestrichen und wieder zusammengeklappt hatte. Dazu kamen noch eine Packung Keks, drei Äpfel und eine dicke Scheibe eines dunklen, gelblichorangefarbenen Kuchens mit vielen Mandeln und Rosinen darin.

„Und etwas zu trinken", sagte Simon im Befehlston, er fühlte sich schon als Anführer der Expedition. Mrs. Palk fügte gutmütig noch eine große Flasche selbstgemachter Limonade hinzu, „um alles runterzuspülen."

„So", sagte sie, „ich denke, damit kommt ihr bis St. Ives und zurück."

„Mein Rucksack ist oben", sagte Simon. „Ich hole ihn."

„Na, hör mal," sagte Jane, die sich allmählich ein bißchen komisch vorkam, „wir gehen doch nicht mal nach draußen."

„Alle Forscher haben Rucksäcke", sagte Simon streng und ging auf die Tür zu. „Ich bin gleich zurück."

Barney tupfte ein paar gelbe Kuchenkrümel vom Tisch auf. „Das schmeckt prima."

„Safrankuchen", sagte Mrs. Palk stolz. „In London kriegt ihr den nicht."

„Mrs. Palk, wo ist Rufus?"

„Rausgegangen, und ich bin froh darüber, obwohl er uns nachher hier mit seinen großen nassen Pfoten den ganzen Boden schmutzig machen wird. Der Professor hat ihn zu einem Spaziergang mitgenommen. Und hör jetzt auf, an dem Kuchen rumzuknabbern, Jungchen, sonst verdirbst du dir noch das Picknick."

Simon kam mit seinem Rucksack zurück. Sie taten ihren Proviant hinein und traten in den kurzen dunklen Flur, der von der Küche wegführte. Mrs. Palk winkte ihnen so feierlich hinterher, als zögen sie zum Nordpol.

„Wer, hat sie gesagt, hat Rufus mit auf einen Spaziergang genommen?" sagte Jane.

„Großonkel Merry", sagte Barney. „Sie nennen ihn alle Professor. Wußtest du das nicht? Mr. Penhallow nennt ihn auch so. Sie reden, als kennten sie ihn schon seit Jahren."

Sie waren jetzt auf dem Flur des ersten Stockwerks; er war lang und düster, nur von einem kleinen Fenster erhellt. Jane wies mit der Hand auf eine große Holztruhe, die halb verborgen in einer Ecke stand. „Was ist das?"

„Sie ist verschlossen", sagte Simon, der versuchte, den Dekkel zu heben. „Vermutlich eins der Dinge, die wir nicht anrühren sollen. In Wirklichkeit ist sie voll von Eingeborenengold und Schmuckstücken; wenn wir zurückkommen, nehmen wir sie mit und verstauen sie im Laderaum."

„Wer soll sie denn tragen?" fragte Barney, der einen Sinn für praktisches Handeln hatte.

„Wir haben doch eine ganze Schar von eingeborenen Trägern. Die gehen im Gänsemarsch hinter uns her und nennen mich Boß."

„Da kannst du aber lange warten, bis ich dich Boß nenne."

„Eigentlich solltest du der Stewart sein und mich Sir nennen. Aye, aye, Sir!" bellte Simon plötzlich.

„Sei still", sagte Jane. „Mutter arbeitet am anderen Ende des Flurs, wenn sie dich hört, macht sie einen Klecks."

„Was ist hier drin?" sagte Barney. Sie standen vor einer dunklen Tür im Schatten des Flurendes. „Ich hab sie früher gar nicht bemerkt." Er drehte den Türgriff, und die Tür öffnete sich mit einem langsamen Knarren nach außen. „Seht mal, hier geht es ein paar Stufen hinunter und wieder in einen kurzen Flur, und am Ende ist wieder eine Tür. Los, kommt."

Sie schritten über einen verschlissenen Läufer nach unten. Die Wände waren mit ganzen Reihen alter Landkarten behängt. Der kleine Korridor roch wie das ganze Haus nach Möbelpolitur, Alter und der See, und doch roch es auch nicht wie diese Dinge, es roch einfach fremd.

„He", sagte Simon, als Barney nach der Klinke griff, „ich bin der Kapitän. Ich gehe als erster. Da drinnen könnten Kannibalen sein."

„Kannibalen", sagte Barney verächtlich, aber er ließ Simon die Tür öffnen.

Es war ein seltsamer kleiner Raum, sehr klein und kahl. Er hatte nur ein einziges rundes, bleigefaßtes Fenster, das landeinwärts über die grauen Schieferdächer und die Weiden blickte. In der Kammer standen ein Bett mit einem rot-weiß gemusterten Baumwollüberwurf, ein Holzstuhl, ein Kleiderschrank und ein Waschgestell mit einer großen blau gemusterten Waschschüssel und einer passenden Wasserkanne. Das war alles.

„Na, das ist aber nicht sehr interessant", sagte Jane enttäuscht. Sie blickte um sich; sie hatte das Gefühl, daß etwas fehlte. „Guckt mal, es gibt nicht einmal einen Teppich hier, nur den nackten Boden."

Barney tappte zum Fenster hinüber. „Was ist das?" Er hob einen langen, dunklen, gelblich schimmernden Gegenstand auf, der auf der Fensterbank gelegen hatte. „Es ist eine Art Rohr."

Simon nahm ihm das Ding aus der Hand und drehte es neugierig hin und her. „Es ist ein Teleskop in einer Hülse." Die Hülse ließ sich in zwei Teile auseinanderschrauben. „Nein, so was – es ist nur die Hülse ohne etwas drin."

„Jetzt weiß ich auch, woran dieses Zimmer mich erinnert", sagte Jane plötzlich. „Es ist wie eine Kabine in einem Schiff. Das Fenster sieht genau wie ein Bullauge aus."

„Wir sollten das Fernrohr mitnehmen für den Fall, daß wir uns verirren", sagte Simon. Das Rohr in seiner Hand gab ihm ein angenehmes Gefühl der Wichtigkeit.

„Sei nicht so blöd. Es ist doch nur ein leeres Etui", sagte Jane. „Und außerdem gehört es uns nicht. Leg es wieder hin."

Simon machte ein böses Gesicht.

„Wir sind doch im Dschungel", sagte Jane hastig, „nicht auf See. Da sind Landmarken, nach denen wir uns richten können."

„Schon gut." Simon legte das Etui zögernd zurück.

Sie traten wieder aus dem kleinen dunklen Korridor hinaus, und als sie die Tür, die hineinführte, hinter sich geschlossen hatten, verschwand diese wieder im Schatten, so daß sie kaum noch von der Wand zu unterscheiden war.

„Hier gibt's nicht mehr viel zu sehen. Diese Tür führt zu Großonkel Merrys Schlafzimmer, da ist auf der einen Seite davon das Bad und auf der anderen Seite Mutters Atelier."

„Wie komisch dieses Haus doch gebaut ist", sagte Simon, als sie jetzt in einen anderen engen Flur traten, der zur Treppe ins obere Stockwerk führte. „Lauter kleine Stücke, die mit komischen kleinen Fluren verbunden sind. So als sollte jeder Teil vor den andern geheimgehalten werden."

Barney sah sich in dem trüben Licht um und klopfte gegen die Wände, die bis zur halben Höhe mit Holz verkleidet waren. „Es klingt nirgendwo hohl. Eigentlich müßten hier geheime Täfelungen sein, verborgene Eingänge zu den Schatzhöhlen der Eingeborenen."

„Nun, wir sind noch nicht am Ende." Simon ging voran, die Treppe zum vertrauten obersten Stockwerk hinauf, wo sich ihre Schlafzimmer befanden. „Findet ihr nicht auch, daß es schon dunkel wird? Wahrscheinlich, weil die Wolken so tief hängen."

Barney hockte sich auf die oberste Stufe. „Wir müßten Fakkeln haben, brennende Scheite, die uns den Pfad erleuchten und die wilden Tiere fernhalten. Aber die könnten wir gar nicht benutzen, weil ja hier überall feindliche Eingeborene sind, und die würden uns sehen."

Jetzt war Simon an der Reihe. Im freundlichen Schweigen des *Grauen Hauses* schien sich die Einbildungskraft leicht zu entfalten. „Sie sind tatsächlich schon hinter uns her, sie kriechen auf unserer Spur den Berg hinauf. Bald werden wir ihre Füße rascheln hören."

„Wir sollten uns verstecken."

„Wir müssen irgendwo ein Lager aufschlagen, wo sie nicht hinkönnen."

„In einem der Schlafzimmer. Das sind alles Höhlen."

„Ich kann sie schon atmen hören", sagte Barney und starrte die dunkle Treppe hinunter in den Schatten. Halb glaubte er wirklich schon daran.

„Die bekannten Höhlen wären nicht gut", sagte Simon, der sich daran erinnerte, daß er ja das Kommando führte. „Da würden sie zuerst nachsehen." Er ging durch den Flur und begann nachdenklich, die Türen zu öffnen und wieder zu schließen. „Das Zimmer von Mutter und Vater – das hilft uns nicht, das ist eine gewöhnliche Höhle. Janes Zimmer – da ist es das gleiche. Das Badezimmer, unser Zimmer – da gibt es nirgendwo einen Fluchtweg. Sie würden uns alle den Göttern opfern und uns aufessen."

Barney sagte mit Grabesstimme: „Gekocht – in einem großen, großen Topf."

„Vielleicht gibt es hier noch eine Türe – ich meine Höhle – wie unten." Jane suchte das dunkelste Ende des Flurs ab, das jenseits der Tür ihrer Brüder lag. Aber der Flur war dort durch eine Wand abgeschlossen, die Flurwände hatten an allen drei Seiten keine Unterbrechung. „Hier müßte doch noch eine Tür sein. Schließlich geht das Haus doch hier weiter, und direkt hier drunter ist eine Tür", sie deutete auf die glatte Wand, „und dahinter ist ein Zimmer. Also müßte hinter dieser Wand ein ebenso großes Zimmer sein."

Simons Interesse erwachte. „Du hast ganz recht. Aber hier ist keine Tür."

„Vielleicht ist sie hinter der Täfelung versteckt", sagte Barney hoffnungsvoll.

„Du liest zu viele Bücher. Hast du je eine richtige Geheimtür in einem richtigen Haus gesehen? Und an dieser Wand ist auch keine Täfelung, nur eine Tapete."

„Dein Zimmer liegt daneben", sagte Jane. „Vielleicht hat das eine Tür?"

Simon schüttelte den Kopf.

Barney öffnete die Tür zu ihrem Schlafzimmer und ging hinein. Im Vorbeigehen beförderte er seine Pantoffeln mit einem Tritt unter das Bett.

Dann blieb er plötzlich stehen.

„He – kommt mal her."

„Was ist los?"

„Das Stück hier zwischen unseren Betten, wo die Wand eine Art Nische für den Kleiderschrank bildet, was ist dahinter?"

„Nun, der Flur natürlich."

„Das kann nicht sein. Die Wand hier ist zu lang. Stellt euch mal in die Tür und schaut nach beiden Seiten – der Flur hört auf, und die Wand drinnen geht noch ein Stück weiter."

„Ich werde dort, wo der Flur zu Ende ist, an die Wand klopfen, und ihr horcht hier drinnen", sagte Jane. Sie ging nach draußen und zog die Tür hinter sich zu, und sie hörten das leise Klopfen genau über dem Kopfende von Barneys Bett.

„Da hast du es", rief Barney und hüpfte vor Aufregung. „Der Flur reicht nur bis hierher, aber die Wand hier drinnen reicht noch viel weiter, über dein Bett hinweg bis zum Fenster. Auf der anderen Seite muß also noch ein Raum sein."

Jane kam ins Schlafzimmer zurück. „Die Wand draußen scheint längst nicht so lang wie die hier drinnen."

„Das ist sie auch nicht, und ich glaube", sagte Simon langsam, „das bedeutet, daß hinter dem Kleiderschrank eine Tür sein muß."

„Womit wir am Ende wären", sagte Jane enttäuscht. „Der Kleiderschrank ist riesig. Den werden wir niemals von der Stelle rücken."

„Wieso nicht?" Simon betrachtete den Kleiderschrank nachdenklich. „Wir müssen ganz unten anfassen und aufpassen, daß er nicht kippt. Wenn wir alle an einer Ecke ziehen, können wir ihn vielleicht schwenken."

„Dann los", sagte Jane. „Du und ich, wir ziehen, und Barney stützt den Schrank oben und schreit, wenn er merkt, daß er kippt."

Die beiden bückten sich und zerrten an einem Fuß des Schrankes.

Nichts geschah.

„Ich glaube, das blöde Stück ist am Fußboden festgenagelt", sagte Jane empört.

„Nein, bestimmt nicht. Los, komm, noch einmal. Eins, zwei, drei – zieht!"

Das hölzerne Ungetüm bewegte sich unwillig knarrend ein paar Zentimeter über den Boden.

„Weiter, weiter, er kommt!" Barney konnte kaum still stehen.

Simon und Jane zerrten und stießen und stöhnten, ihre Turnschuhe rutschten über das Linoleum; und ganz allmählich bewegte sich der Schrank in einem Winkel von der Wand weg. Barney, der ins Düster dahinter spähte, schrie plötzlich auf.

„Da ist sie! Da ist eine Tür! Uff –" Er stolperte rückwärts, schnappte nach Luft und nieste. „Sie ist ganz voller Staub und Spinnweben, sie ist bestimmt seit Jahren nicht mehr aufgemacht worden."

„Also los, versuch es", keuchte Simon mit rotem Gesicht. Der Erfolg verschlug ihm den Atem.

„Hoffentlich öffnet sie sich nicht auf uns zu", sagte Jane, die erschöpft auf dem Boden saß. „Ich kann dieses Ding keinen Zentimeter weiter ziehen."

„Sie tut's nicht", kam Barneys Stimme gedämpft hinter dem Schrank hervor. Sie hörten, wie die Tür sich mit unwilligem Kreischen öffnete. Dann tauchte Barney wieder auf; ein dicker dunkler Streifen lief über eine seiner Wangen. „Da ist kein Zimmer. Es ist eine Treppe. Eher eine Leiter. Sie führt auf eine Art Dachboden, und da oben ist es hell." Er sah Simon mit einem schiefen Grinsen an. „Du kannst als erster gehen, Boß."

Einer nach dem andern zwängten sie sich hinter den Schrank und durch die kleine verborgene Tür. Dahinter war es zuerst sehr dunkel. Simon mußte blinzeln, dann sah er eine Leiter vor sich mit weit auseinanderstehenden Holmen, die steil zu einem dämmrigen Viereck hinaufführte, hinter dem er nichts mehr erkennen konnte. Die Stufen waren dick mit Staub bedeckt, und einen Augenblick lang hatte er Angst, die Stille zu stören.

Dann hörte er schwach über seinem Kopf das sanfte vertraute Murmeln der See. Dieses freundliche Geräusch machte ihm Mut, und er erinnerte sich sogar daran, daß sie ja auf einer Expedition waren. „Der letzte macht hinter sich die Tür zu", rief er nach unten. „Damit die Eingeborenen nicht nachkommen." Dann begann er, die Leiter hinaufzusteigen.

Kapitel 3

Als Simon den Kopf oben durch die Luke steckte, blieb ihm, genau wie vorher Barney, der Atem stehen: „Aah – Aah –" Dann nieste er gewaltig. Staubwolken stiegen auf, und die Leiter wackelte.

„He", rief Barney empört von unten und drehte sein Gesicht von den zuckenden Fersen seines Bruders weg.

Simon öffnete die tränenden Augen und blinzelte. Um ihn herum lag ein riesiger Dachboden, der über die ganze Länge und Breite des Hauses reichte. Im schrägen Dach befanden sich zwei blinde Fenster. Der ganze Raum war übersät mit der fantastischsten Sammlung von Gegenständen, die er je gesehen hatte. Kisten, Truhen und Koffer standen überall herum; dazwischen lagen Haufen von schmutzigem grauem Segeltuch und nachlässig aufgerollten Tauen; Stapel von Zeitungen und Zeitschriften, vom Alter vergilbt, eine Messing-Bettstelle und eine Standuhr ohne Zifferblatt. Während Simon sich umsah, bemerkte er kleinere Gegenstände: eine zerbrochene Angelrute, einen Strohhut, der über die Ecke eines Ölgemäldes gestülpt war. Das Bild war so nachgedunkelt, daß es nur noch eine große schwarze Wolke bildete. Er sah eine leere Mausefalle, ein Flaschenschiff, eine Vitrine voller Steinbrocken, ein paar alte enge Stiefel, deren Schäfte zur Seite gesunken waren, als wären sie müde; ein paar zerbeulte Zinnkrüge.

„Du meine Güte!" sagte Simon.

Von unten kam gedämpfter Protest, deshalb stemmte er sich durch die Öffnung nach oben und ließ sich seitwärts auf den Boden rollen, um Platz zu machen. Barney und Jane kamen hinter ihm her.

„Simon", sagte Jane und sah ihn entgeistert an. „Du bist aber dreckig."

„Das sieht einem Mädchen wieder ähnlich. All das hier um dich herum, und du siehst nur ein bißchen Staub. Den kann man doch abklopfen." Er klopfte ohne viel Erfolg an seinem scheckigen Hemd herum. „Aber ist das hier nicht herrlich? Seht doch!"

Barney stöhnte vor Vergnügen, während er vorsichtig zwischen den vielen Gegenständen auf dem Boden herumstelzte. „Hier ist ein altes Steuerrad . . . und ein Schaukelstuhl . . . und ein Sattel. Ob der Kapitän denn ein Pferd gehabt hat?"

Jane hatte eigentlich eine beleidigte Miene machen wollen, aber es gelang ihr nicht. „Hier können wir wirklich Forscher sein, und alles nur Mögliche entdecken."

„Es ist eine Schatzhöhle. Hier wollten auch die Eingeborenen hin. Hört ihr unten ihr zorniges und enttäuschtes Geheul?"

„Sie tanzen in einem Kreis herum, und der Medizinmann steht in der Mitte und verflucht uns."

„Laß ihn nur fluchen", sagte Barney munter. „Wir haben Proviant für sehr lange Zeit. Ich bin hungrig."

„Oh, noch nicht, hungrig kannst du gar nicht sein. Es ist erst vier Uhr."

„Nun, da ist es doch Zeit zum Teetrinken. Und wenn man auf der Flucht ist, ißt man wenig und oft, denn man wagt nicht, lange haltzumachen. Wenn wir Eskimos wären, würden wir jetzt alte Schnürsenkel kauen. In meinem Buch steht . . ."

„Dein Buch interessiert uns nicht", sagte Simon. Er griff in den Rucksack. „Hier hast du einen Apfel. Nimm ihn und halt den Mund. Ich will mich erst einmal richtig umsehen, danach halten wir unser Picknick. Und wenn ich warten kann, dann kannst du es auch."

„Ich sehe nicht ein, warum", sagte Barney, aber er biß munter in den Apfel. Dabei schlenderte er umher und verschwand schließlich zwischen dem Messingskelett des alten Bettes und einem leeren Schrank.

Während der nächsten halben Stunde stocherten sie wie in einem glücklichen, staubigen Traum in den abgestellten Sachen, den zerbrochenen Möbeln und dem alten Zierrat herum. Jane dachte, es ist, als würde man in einer fremden Lebensgeschichte lesen. Sie betrachtete gerade die streichholzdünnen Masten des Schiffes, das für alle Zeiten bewegungslos in der grünen Glasflasche segelte. Alle diese Dinge waren einmal benutzt worden, hatten zum täglichen Leben des Hauses unten gehört. Jemand hatte in diesem Bett geschlafen, gespannt beobachtet, wie der Zeiger dieser Uhr von einer Minute zur anderen wanderte, hatte sich freudig auf jede dieser Zeitschriften gestürzt, wenn sie ankam. Aber alle diese Menschen waren längst tot oder weggezogen, und die Überreste ihres Lebens lagen hier vergessen herum. Sie wurde ganz traurig.

„Ich habe einen Mordshunger", sagte Barney kläglich.

„Und ich bin durstig. Das macht all der Staub hier. Kommt, wir wollen auspacken, was Mrs. Palk uns mitgegeben hat."

„Dieser Dachboden ist ein Schwindel", sagte Simon, hockte sich auf ein knarrendes Stück Segeltuch und öffnete den Rucksack. „Alle wirklich interessanten Kisten sind verschlossen. Seht euch zum Beispiel die da an." Er wies mit dem Kinn auf eine schwarze Eisenkiste, deren Deckel mit zwei rostigen Vorhängeschlössern gesichert war. „Ich wette, die ist voll Familienschmuck."

„Ja", sagte Jane bedauernd, „aber wir sollen doch nichts anrühren, was verschlossen ist."

„Vieles ist aber auch nicht verschlossen", sagte Simon und reichte ihr die Limonadenflasche. „Hier, trink mal. Wir haben vergessen, Becher mitzunehmen. Und nur keine Angst, wir werden nichts klauen, wenn auch hier bestimmt seit Jahren niemand mehr gewesen ist."

„Gib was zu essen her", sagte Barney.

„Der Kuchen ist da in der Tüte. Nimm dir. Vier für jeden, ich hab sie gezählt."

Barney streckte eine äußerst schmutzige Hand aus.

„Barney", kreischte Jane. „Putz dir die Hand ab. Du ißt sonst alle möglichen Bazillen und kriegst Typhus oder – oder Tollwut oder so was. Hier hast du mein Taschentuch."

„Tollwut kriegen nur Hunde", sagte Barney und betrachtete interessiert die schwarzen Fingerspuren auf dem kleinen Kuchen. „Jedenfalls hat Papa gesagt, die Leute machten viel zuviel

Getue mit den Bazillen. Schon gut, Jane, hör auf, mit diesem blöden Lappen zu wedeln, ich hab selbst ein anständiges Taschentuch. Ich weiß nicht, wie man sich mit so was richtig die Nase putzen kann."

Mit gerunzelter Stirn griff er mit der freien Hand in seine Tasche, worauf sich in seinem Gesichtsausdruck Ekel ausdrückte. „Puh", sagte er und brachte einen braunen, zerquetschten Apfelrest zum Vorschein. „Ich hatte ihn vergessen – wie glitschig und eklig." Er schleuderte den Apfel weit weg in die entfernteste Ecke des Dachbodens. Er prallte auf, rutschte ein Stück und rollte in den Schatten.

Simon grinste: „Das zieht die Ratten an. Auf allen Dachböden sind Ratten. Wir werden sie gleich gierig quieken hören und dann zwei grüne, feurige Punkte sehen, und dann werden wir hier überall Ratten haben. Erst werden sie den Apfelrest essen und sich dann über uns hermachen."

Jane wurde blaß. „O nein, hier können doch keine Ratten sein."

„Wenn welche hier wären, hätten sie all diese Zeitungen gefressen", sagte Barney hoffnungsvoll. „Das stimmt doch?"

„Ich vermute, sie mögen keine Druckerschwärze. In allen alten Häusern gibt es Ratten. In unserer Schule gibt es auch welche. Man kann sie manchmal unter dem Dach herumhuschen hören. Aber wenn ich mir's überlege: Ihre Augen sind rot, nicht grün." Simons Stimme klang nicht mehr ganz so munter. Er fühlte sich jetzt selber wegen der Ratten nicht mehr ganz wohl. „Vielleicht wäre es besser, diesen Apfelrest wieder aufzuheben. Für alle Fälle."

Barney gab einen übertriebenen Seufzer von sich und stand auf, während er seinen Kuchen mit zwei Riesenbissen herunterwürgte. „Wo ist er denn hingefallen? Irgendwo dahinten hin. Warum haben sie wohl nichts in diese Ecke gestellt?"

Er kroch ziellos auf Händen und Knien herum. „Kommt und helft mir. Ich kann ihn nicht finden." Dann bemerkte er dort, wo die Bretterverschalung der Dachschräge auf den Fußboden stieß, eine dreieckige Lücke. Er spähte hindurch und sah das Tageslicht gedämpft durch die Ritzen zwischen den Dachpfannen schimmern. Direkt hinter der Öffnung waren die Bodenbretter zu Ende, und er konnte darunter die in weiten Abständen verlegten Balken fühlen.

„Ich glaube, er muß durch dieses Loch gerutscht sein", rief er. „Ich werde mal nachsehen."

Jane ließ sich neben ihn fallen. „Oh, sei vorsichtig, da könnte eine Ratte sein."

„Könnte sein", rief Barney, der schon halb in der Öffnung steckte. „Durch die Ritzen kommt Licht, und ich kann ein bißchen sehen. Aber ich sehe keinen Apfel. Vielleicht ist er über die Bodenbretter hinausgerutscht. Au!"

Seine hintere Hälfte machte einen plötzlichen Ruck.

„Was ist los? Oh, komm doch zurück!" Jane zerrte an seiner Hose.

„Ich habe etwas berührt. Es kann aber keine Ratte sein. Es hat sich nicht bewegt. Wo ist es jetzt hingerutscht . . . da hab ich's. Fühlt sich wie Pappe an. Puh – da ist auch dieses eklige Apfelstück."

Seine Stimme wurde plötzlich lauter, während er rückwärts aus dem Loch herauskroch. Er war rot und blinzelte. „Also, da ist er", sagte er triumphierend und schwenkte das Apfelgehäuse. „Jetzt muß die Ratte herkommen und es sich holen. Aber ich glaube gar nicht, daß welche da sind."

„Was ist denn das andere, was du da hast?" Simon warf einen neugierigen Blick auf einen zerfetzten, rollenartigen Gegenstand in Barneys anderer Hand.

„Vermutlich ein Stück Tapete. Ihr seid gemein, ich wette, ihr habt den ganzen Kuchen aufgegessen." Barney rannte zurück, daß die Bodenbretter rappelten. Er setzte sich hin, zog sein Taschentuch heraus, schwenkte es vor Janes Gesicht, wischte sich damit die Hände und machte sich über den nächsten Kuchen her. Während sie aßen, griff er wie zufällig nach der Rolle, die er gefunden hatte. Er hielt die eine Seite mit dem Zeh auf dem Boden fest und rollte das Blatt mit einem Stück Holz so weit zurück, bis es ausgebreitet vor ihnen lag.

Und jetzt, da sie sahen, worum es sich handelte, vergaßen sie plötzlich zu essen, sie starrten nur.

Das Blatt, das Barney vor ihnen ausgerollt hatte, war kein Papier, sondern eine Art dickes, bräunliches Pergament, elastisch wie Stahl, mit langen Bruchlinien, deren Ränder nach oben gebogen waren. Auf der Innenseite war ein zweites Blatt aufgeklebt; es war dunkler und sah viel älter aus, die Ränder waren zerfranst, und es war mit einer kleinen Schrift mit seltsamen, wie zusammengepreßt wirkenden, dunkelbraunen Buchstaben bedeckt.

Unter der Schrift war das Blatt dünn und zerschlissen, als wäre es vor langer Zeit von einer großen Hitze versengt worden. Lose Stücke waren sorgfältig wieder aneinandergefügt und auf dem äußeren Blatt festgeklebt worden. Aber es war noch so viel übriggeblieben, daß man auf dem unteren Stück eine grobe Skizze unterscheiden konnte, die wie der undeutliche Umriß einer Landkarte aussah.

Einen Augenblick lang waren sie ganz still.

Barney sagte nichts, aber er spürte, wie in seinem Innern eine seltsame Erregung zu brodeln anfing. Er beugte sich schweigend vor, strich das Blatt glatt und schob das Holzstück beiseite.

„Warte", sagte Simon, „ich hole was, um die Ränder zu beschweren."

Sie stellten einen alten Briefbeschwerer, einen Zinnbecher und zwei Holzklötze, die sie sorgfältig abgestaubt hatten, auf die Ecken, rappelten sich dann wieder auf und schauten sich das Blatt an.

„Es ist schrecklich alt", sagte Jane. „Hunderte, Tausende von Jahren alt."

„So wie die Blätter in den Glaskästen im Museum mit den kleinen Vorhängen darüber, die sie vor dem Licht schützen sollen."

„Wo mag es hergekommen sein? Und wie ist es hier oben heraufgekommen?"

„Jemand muß es hier versteckt haben."

„Aber es ist älter als das Haus. Ich meine, seht es euch doch an. Es muß älter sein. Die Schrift ist an einigen Stellen fast verblaßt."

„Es ist nicht versteckt worden", sagte Barney mit absoluter Überzeugung, obgleich er nicht wußte, woher diese Überzeugung kam. „Jemand hat es nur da hingeworfen, wo er es gefunden hat."

Simon stieß plötzlich einen Triumphschrei aus, der sie zusammenfahren ließ. „Das ist ja fantastisch! Seid ihr euch klar darüber, daß dies hier ein richtiger echter Plan von einem vergrabenen Schatz ist? Er könnte uns zu allem möglichen führen, zu Geheimgängen, wirklichen verborgenen Höhlen – zum Schatz von Trewissick." Er rollte dieses Wort liebevoll im Mund herum.

„Aber es ist kein Plan. Es ist alles geschrieben."

„Nun, dann ist es eine Erklärung. Zum Beispiel: Schaut in jenem kleinen Raum auf dem zweiten Stockwerk nach, unter der zweiten Bodendiele zur Linken . . ."

„Als das hier geschrieben wurde, gab es noch keine Bodendielen."

„Oh, komm – so alt ist es auch wieder nicht."

„Ich glaube doch", sagte Barney still. „Seht euch doch mal die Schrift an. Ihr könnt sie nicht lesen, es ist eine komische Sprache."

„Natürlich kann man das lesen. Man muß nur richtig hinschauen", sagte Simon ungeduldig. In Gedanken schlüpfte er schon durch eine verschiebbare Wandverkleidung und öffnete den Deckel einer Truhe, die unermeßliche Schätze enthielt. Er glaubte fast schon, das Klirren der Dublonen zu hören.

„Laßt uns doch mal schauen." Er beugte sich vor, die Knie auf den harten und rauhen Bodenbrettern, und spähte auf das Manuskript hinunter. Eine lange Pause entstand. „Oh", sagte er schließlich zögernd.

Barney sagte nichts, warf ihm aber einen vielsagenden Blick zu.

„Also gut", sagte Simon, „du brauchst gar nicht so ein hochmütiges Gesicht zu machen. Es ist kein Englisch. Aber das bedeutet nicht, daß wir nicht herauskriegen werden, was es bedeutet."

„Wieso ist es kein Englisch?"

„Wie in aller Welt soll ich das wissen."

„Ich meine", sagte Barney geduldig, „wir sind doch hier in England, in welcher anderen Sprache könnte es denn möglicherweise sein?"

„Latein", sagte Jane ganz überraschend. Sie hatte das Manuskript still über Simons Schulter hinweg betrachtet.

„Latein?"

„Ja. Alle alten Manuskripte sind in Latein geschrieben. Die Mönche haben sie mit einer Gänsefeder geschrieben und mit Blumen und Vögeln und so Sachen verziert, die sich alle um den Anfangsbuchstaben herumringeln."

„Aber hier ringelt sich überhaupt nichts. Es sieht eher aus, als wäre es in Eile geschrieben. Ich sehe überhaupt keine Großbuchstaben."

„Aber warum Latein?" fragte Barney.

„Ich weiß nicht, die Mönche haben es jedenfalls immer benutzt, das ist alles. Das war eine Besonderheit von ihnen. Ich vermute, weil es sich so religiös anhört."

„Nun, Simon hat doch Latein."

„Ja, los, Simon, übersetz mal", sagte Jane boshaft. Sie hatte in der Schule noch nicht mit Latein angefangen, aber Simon lernte es schon seit zwei Jahren und bildete sich etwas darauf ein.

„Ich glaube überhaupt nicht, daß es Latein ist", wehrte sich Simon. Er starrte wieder auf das Manuskript. „Die Schrift ist so komisch, die Buchstaben sehen alle gleich aus. Wie viele kleine gerade Striche in einer Reihe. Das Licht ist hier auch nicht sehr gut."

„Du machst nur Ausflüchte."

„Nein, das stimmt nicht. Es ist nur sehr schwierig."

„Nun, wenn du Latein nicht einmal erkennst, wenn du es vor dir hast, dann kannst du wohl nicht so gut darin sein, wie du immer behauptest."

„Schau noch mal genau", sagte Barney hoffnungsvoll.

„Ich glaube, es sind zwei Teile", sagte Simon langsam. „Oben ist ein kurzer Abschnitt, dann kommt eine Lücke und dann ein viel längerer Abschnitt. Mit dem zweiten Teil kann ich gar nichts anfangen, aber der erste sieht so aus, als könnte es

Latein sein. Das erste Wort sieht wie *cum* aus, das heißt mit. Aber ich kann nicht lesen, was dahinter kommt. Dann kommt später *post multos annos,* das heißt: nach vielen Jahren. Aber die Schrift ist so klein und so verwischt, ich kann nicht – wartet mal, in der letzten Zeile stehen ein paar Namen. Da steht *Mar* – nein, *Marco Arturoque.*"

„Wie Marco Polo", sagte Jane zweifelnd. „Was für ein komischer Name."

„Es ist nicht ein Name, es sind zwei. *Que* heißt und. Sie setzten es nur ans Ende, nicht in die Mitte. Und O am Ende ist der Ablativ von *us,* es heißt also von oder mit Marcus und Arturus."

„Mit oder von? Was für – Barney! Was ist denn los?"

Barney hatte plötzlich stotternd und mit rotem Gesicht mit der Faust auf die Bretter gehauen, hatte dann Luft geholt, um etwas zu sagen und statt dessen angefangen, schrecklich zu husten.

Sie klopften ihm auf den Rücken und ließen ihn aus der Limonadenflasche trinken.

„Marcus und Arturus", sagte er heiser und schluckte. „Versteht ihr denn nicht? Das sind Mark und Arthur! Es handelt von König Arthur und seinen Rittern. Mark war einer von ihnen, und er war König von Cornwall. Es muß sich um sie handeln."

„So was!" sagte Simon. „Ich glaube, er hat recht."

„Das *muß* es sein. Ich wette, der alte König Mark hat irgendwo einen Schatz hinterlassen, und darum ist auch ein Plan dabei."

„Vielleicht finden wir ihn!"

„Wir wären reich."

„Wir wären berühmt."

„Wir müssen es Mutter und Vater sagen", sagte Jane.

Die beiden Jungen hörten auf, sich gegenseitig begeistert zu knuffen und sahen sie an.

„Wozu das denn?"

„Nun", sagte Jane zögernd und etwas verblüfft. „Ich dachte, das müßten wir, das ist alles."

Barney stand wieder auf und runzelte die Stirn. Er fuhr sich mit den Fingern durch das Haar, das inzwischen einige Schattierungen dunkler aussah als am Morgen.

„Ich weiß nicht, was sie sagen würden."

„Ich weiß, was sie sagen würden", sagte Simon bestimmt. „Sie würden sagen, wir bildeten uns das alles nur ein, und auf alle Fälle würden sie uns sagen, wir sollten das Manuskript wieder dorthin legen, wo wir es gefunden haben, weil es uns nicht gehört."

„Nun", sagte Jane, „das ist doch auch so!"

„Es ist ein gefundener Schatz. Und was man findet, kann man behalten."

„Aber wir haben es nicht in unserem Haus gefunden. Es gehört dem Kapitän. Du weißt doch, daß Mutter gesagt hat, wir dürften nichts anrühren."

„Sie hat gesagt, wir dürften nichts anrühren, das weggelegt worden ist. Aber dieses Manuskript ist nicht weggeräumt worden, es ist einfach in eine Ecke geschmissen worden."

„Ich habe es gefunden", sagte Barney. „Es war weggeworfen und ganz staubig. Ich wette, der Kapitän hat keine Ahnung, daß es hier war."

„Also ehrlich, Jane", sagte Simon. „Es geht nicht, daß man einen Plan zu einem vergrabenen Schatz findet und einfach sagt: wie nett! und ihn wieder dahin legt, wo man ihn gefunden hat. Und das würden sie von uns verlangen."

„Na gut", sagte Jane zögernd, „wahrscheinlich hast du recht. Wir können ihn ja nachher immer noch hinlegen."

Barney hatte sich wieder dem Manuskript zugewandt. „He", sagte er, „seht euch mal diesen oberen Teil an, ich meine das alte Manuskript, das auf das Pergament geklebt worden ist. Woraus ist es gemacht? Ich dachte, es wäre Pergament, wie das äußere Blatt. Aber das ist es nicht, seht es euch genau an. Und es ist auch kein Papier. Es ist ein komisches, dickes Zeug, und es ist hart wie Holz."

Er berührte die seltsame braune Fläche vorsichtig am Rand.

„Gib acht", sagte Jane ängstlich, „es könnte vor unseren Augen zu Staub zerfallen oder so was."

„Ich vermute, du möchtest es immer noch gern allen Leuten zeigen", sagte Simon höhnisch. „‚Schaut mal, was wir gefunden haben. Dürfen wir es einmal anfassen?' Und dann würdest du ihnen ein Häufchen Staub in einer Streichholzschachtel zeigen."

Jane sagte nichts.

„Na, laß schon gut sein", sagte Simon begütigend. „Sie meint es ja nur gut. Hört mal, es wird hier oben schrecklich dunkel. Sollen wir nicht lieber nach unten gehen? Sie werden bald nach uns suchen. Mutter hat wahrscheinlich mit Malen aufgehört."

„Es ist spät geworden." Jane sah sich im Dachboden um und schauderte plötzlich. Es wurde dunkel in dem großen, hallenden Raum, und im Geräusch des Regens, der leise gegen die Scheiben klopfte, lag nun etwas Unheimliches.

Als sie dann wieder in ihren Schlafzimmern waren und die Jungen den Schrank vor die kleine Geheimtür geschoben hatten, wuschen sie sich hastig und zogen sich um. Bald drang von unten der scharfe Klang der Schiffsglocke herauf, der sie zum Abendessen rief. Simon hatte das saubere Hemd, bevor er es anzog, zusammengeknüllt, damit es nicht so frisch aussah. Aber an Barneys Haar, das jetzt eine stumpfe, graubraune Farbe zeigte, war nicht mehr viel zu retten.

„Es sieht aus wie der Teppich in unserem Wohnzimmer zu Hause", sagte Jane verzweifelt und versuchte, den Staub herauszubürsten, während ihr Bruder sich wütend sträubte, „Mutter sagt, man sieht jeden Flecken darauf."

„Vielleicht sollten wir es waschen." Simon betrachtete Barney mit kritischem Blick.

„Nein", sagte Barney.

„Na gut. Wir haben auch keine Zeit mehr. Im übrigen bin ich hungrig. Du mußt dich einfach ein bißchen aus dem Licht heraushalten."

Aber als sie alle um den Abendbrottisch herum saßen, merkten sie bald, daß niemand sie danach fragen würde, wo sie gewesen waren. Der Abend fing schlecht an. Alles schien schiefzugehen. Die Mutter sah müde und deprimiert aus und sagte kaum etwas. Wie sie wußten, war das ein Zeichen, daß sie heute mit ihrer Malerei nicht vorangekommen war. Vater, dem der graue Tag die Laune verdorben hatte, wurde wütend, als Rufus triefend von draußen hereingestürmt kam; er verbannte ihn in die Küche zu Mrs. Palk. Und Großonkel Merry war schweigsam und nachdenklich hereingekommen und brütete vor sich hin. Er saß allein an einem Ende der Tafel und starrte wie ein großer geschnitzter Totempfahl in den Raum.

Die Kinder betrachteten ihn heimlich und reichten ihm das Salz, bevor er danach fragen mußte. Großonkel Merry schien sie kaum zu bemerken. Er aß automatisch. Er nahm die Bissen auf die Gabel und führte sie zum Mund, ohne darauf zu achten, was er aß. Barney überlegte einen Augenblick, was wohl geschehen würde, wenn er zum Spaß eine von den Korkmatten über des Großonkels Teller schöbe.

Mrs. Palk kam mit einem riesigen Apfelauflauf und einer Schüssel voll gelber Cremespeise herein und stapelte klappernd die schmutzigen Teller aufeinander. Dann trat sie in den Flur hinaus, und während sie sich zur Küche hin entfernte, hörten sie ihre klangvolle Altstimme. „O Herr, du unsre Zuversicht . . ." verhallte in der Ferne.

Vater seufzte. „Es gibt Zeiten", sagte er gereizt, „wo ich auf geistliche Gesänge zu jeder Mahlzeit verzichten könnte."

„Die Leute in Cornwall", dröhnte Großonkel Merrys Stimme aus dem Schatten, „sind ein frommes protestantisches Völkchen."

„Das scheint mir auch so", sagte Vater. Er reichte Simon die Sahne. Simon nahm sich einen großen Löffel voll, und ein gelber Klecks tropfte von dem Löffel auf das Tischtuch.

„O Simon", sagte die Mutter, „paß doch auf!"

„Ich kann nichts dafür. Es ist einfach getropft."

„Das kommt davon, wenn man zuviel auf einmal nimmt", sagte der Vater.

„Na, du magst doch Creme."

„Möglich. Aber ich versuche nicht, einen Suppenlöffel voll in einem Teelöffel zu transportieren."

„Wie meinst du das?"

„Ach, laß nur", sagte der Vater. „Oh, um Himmels willen, Simon, damit machst du es nur noch schlimmer." Simon hatte versucht, die Sahne mit dem Löffel aufzuheben, hatte sie aber nur auf dem Tischtuch verschmiert.

„Tut mir leid."

„Das möchte ich auch meinen."

„Bist du heute fischen gewesen, Vater?" fragte Jane. Sie hatte das Gefühl, daß es an der Zeit war, das Thema zu wechseln.

„Nein", sagte der Vater.

„Sei nicht blöd", sagte der undankbare Simon gereizt. „Es hat doch geregnet."

„Nun, Vater geht doch manchmal auch im Regen fischen."

„Nein, das stimmt nicht."

„Doch, das stimmt wohl."

„Wenn es mir gestattet ist, meine eigenen Aktionen zu erklären", sagte der Vater mit bitterem Sarkasmus, „es ist bekannt, daß ich gelegentlich im Regen fischen gehe. Heute habe ich das nicht getan. Ist das klar?"

„Nimm doch ein wenig von dem Apfelauflauf, Lieber", sagte die Mutter und reichte ihm einen Teller.

„Hmm", sagte der Vater, warf ihr einen Seitenblick zu und verfiel dann wieder in Schweigen. Nach einer Weile sagte er versöhnlich: „Vielleicht wäre es eine gute Idee, wenn wir nach dem Abendessen alle zusammen einen Spaziergang machten. Es scheint sich aufzuklären."

Alle schauten zum Fenster hinaus, und die Temperatur im Zimmer stieg um etliche Grad. Über der See war die Wolkendecke aufgerissen, ein dunkelblauer Himmel war zu sehen, und als die sinkende Sonne zum erstenmal an diesem Tag zum Vorschein kam, erglühte die gegenüberliegende Landzunge plötzlich in einem leuchtenden Grün.

Dann hörten sie die Türglocke.

„Schade", sagte Mutter enttäuscht, „wer kann das nur sein?"

Mrs. Palks Schritte klapperten fröhlich an der Tür vorbei und kamen wieder zurück. Sie steckte den Kopf ins Zimmer. „Da sind Leute für Sie, Dr. Drew."

„Helft mir ein bißchen, wenn ich Leute wegschicken muß, die hier wohnen möchten", sagte der Vater und ging in den Flur hinaus. Nach ein paar Augenblicken war er wieder da, und während er durch die Tür trat, sagte er nach rückwärts: „ . . . das ist wirklich sehr nett von Ihnen, wir hatten eigentlich noch gar nichts für morgen geplant. Wissen Sie, sie sind recht selbständig. Also, da wären wir." Er hatte das aufgesetzt, was seine Familie sein öffentliches Gesicht nannte, und strahlte sie der Reihe nach an. „Meine Frau, Simon, Jane, Barney . . . das sind Mr. und Miss – hm – Withers. Von der Yacht, die ihr so sehr bewundert habt, Simon. Wir haben uns heute morgen im Hafen getroffen."

Hinter ihm in der Türöffnung standen ein Mann und ein Mädchen. Beide waren dunkelhaarig und zeigten ein strahlendes Lächeln in sonnenverbrannten Gesichtern. Sie sahen aus, als wären sie ganz plötzlich von einem anderen, sehr ordentlichen Planeten hierher versetzt worden. Der Mann trat vor und streckte die Hand aus: „Guten Tag, Mrs. Drew!"

Sie saßen da und sahen ihn wie erstarrt an, während er auf die Mutter zuging. Er trug eine blendendweiße Flanellhose und einen Blazer, ein dunkelblaues Halstuch schaute aus dem weißen Kragen des Hemdes heraus; sie hätten nie erwartet, jemanden wie ihn in Trewissick zu sehen. Dann sprangen sie auf, denn Mutter erhob sich, um dem Mann die Hand zu geben, und Simon warf in der Hast den Stuhl um. In die entstehende Verwirrung hinein erschien Mrs. Palk mit einem Tablett mit einer großen Teekanne, Tassen und Untertassen.

„Ich habe zwei Tassen mehr mitgebracht", sagte sie mit einem starren Lächeln und ging hinaus.

„Bitte bleiben Sie doch sitzen", sagte das Mädchen. „Wir wollten nur eben vorbeischauen, wir wollten nicht stören." Sie bückte sich und half Simon, seinen Stuhl aufzuheben. Die schwarzen Locken fielen ihr dabei in die Stirn. Ein hübsches Mädchen, dachte Jane, die sie beobachtete. Aber natürlich viel älter als die Geschwister. Sie trug eine leuchtendgrüne Hemdbluse und eine schwarze Hose, und ihre Augen glitzerten, als müßte sie heimlich lachen. Jane kam sich plötzlich sehr jung vor.

Mr. Withers sprach mit der Mutter, indem er eine Menge sehr weißer Zähne zeigte. „Bitte, Mrs. Drew, entschuldigen Sie, daß wir hier so eindringen, wir hatten wirklich nicht vor, Sie bei Ihrem Abendessen zu stören."

„Das macht doch nichts", sagte die Mutter ein wenig amüsiert. „Möchten Sie nicht eine Tasse Tee?"

„Nein, nein, vielen Dank, aber wir werden zum Essen auf dem Boot erwartet. Wir sind nur gekommen, um eine Einladung zu überbringen. Meine Schwester und ich sind für einige Tage in Trewissick und haben die Yacht ganz für uns – wir sind auf einer Küstenrundfahrt, müssen Sie wissen –, und wir dachten, daß vielleicht Sie und Ihre Kinder Lust hätten, einen Tag auf See zu verbringen. Wir haben –"

„Mein Gott!" Simon hätte seinen Stuhl beinahe noch einmal umgestoßen. „Wie herrlich! Sie meinen, auf diesem fantastischen Boot?"

„Ja, das meine ich", sagte der lächelnde Mr. Withers.

Simon stammelte, ohne Worte zu finden, sein Gesicht glühte vor Entzücken. Mutter sagte zögernd: „Nun . . ."

„Natürlich verstehe ich, wir fallen hier aus dem Blauen über Sie her", sagte Mr. Withers beruhigend. „Aber es würde uns wirklich Freude machen, zur Abwechslung einmal Gesellschaft zu haben. Und als wir Ihren Mann heute morgen im Büro des Hafenmeisters trafen, stellten wir fest, daß wir in London Nachbarn sind."

„Wirklich?" fragte Barney neugierig vom Tisch her. „Wo denn?"

„Marylebone High Street, direkt um die Ecke von euch", sagte das Mädchen und zeigte seine Grübchen. „Norman verkauft Antiquitäten." Sie schaute zu Mutter hinüber. „Ich vermute, wir beide kaufen in denselben Läden ein, Mrs. Drew – Sie kennen doch die kleine *pâtisserie**, wo man die köstlichen Rumtörtchen bekommt."

„Ich meide sie", sagte die Mutter und lächelte nun auch. „Nun, es ist wirklich sehr freundlich von Ihnen, wenn man be-

* Konditorei

denkt, daß wir uns nicht kennen. Aber ich weiß nicht, ob ... nun, die drei können einen ganz schön in Trab halten."

„Mutter!" Simon war entgeistert.

Mr. Withers zog scherzhaft die Nase kraus. „Aber meine Einladung erstreckt sich auf die ganze Familie, Mrs. Drew. Wir hoffen – und das ist uns ganz ernst –, daß Sie und Ihr Gatte unsere kleine Mannschaft vervollständigen. Nur eine Fahrt auf die offene See hinaus und wieder zurück, wissen Sie – rund um die Bucht. Vielleicht fischen wir auch ein wenig. Es würde mir Freude machen, Ihnen das Boot vorzuführen. Vielleicht morgen? Das Wetter soll gut werden, wie man mir sagt."

Was für eine altmodische Art zu reden er hat, ging es Jane durch den Kopf. Vielleicht kommt das daher, daß er Antiquitäten verkauft. Ihr Blick fiel auf Simon und Barney, die ganz aufgeregt waren bei dem Gedanken, einen Tag auf der fremden Yacht zu verbringen, und ängstlich zu ihren Eltern hinüberschauten. Dann wanderte ihr Blick zu Mr. Withers' makelloser weißer Flanellhose und dem sorgfältig geschlungenen Schal zurück. Ich mag ihn nicht, dachte sie. Ich wüßte gern, warum.

„Nun, jedenfalls danken wir Ihnen sehr", sagte die Mutter schließlich. „Verzeihen Sie, aber ich glaube, ich werde nicht mitkommen – wenn die Sonne herauskommt, werde ich draußen oberhalb des Hafens arbeiten. Aber ich weiß, daß Dick und die Kinder schrecklich gern mitkämen."

„Ach ja, Dr. Drew hat uns gesagt, daß Sie malen", sagte Mr. Withers herzlich, „nun, für uns wird es ein Verlust sein – aber wenn die Muse ruft, liebe Dame ... der Rest der Familie wird doch hoffentlich mitkommen?"

„Sehr gern", sagte Simon schnell.

„Es klingt fantastisch", sagte Barney. Dann besann er sich und fügte hinzu: „Vielen Dank."

„Also", sagte der Vater munter, „das ist eine noble Geste, das muß ich sagen. Wir sind Ihnen alle sehr dankbar. Eigentlich" – er blickte sich unsicher im Raum um –, „eigentlich sollte noch ein anderes Familienmitglied hiersein, aber er scheint verschwunden zu sein. Der Onkel meiner Frau. Er hat das Haus für uns gemietet."

Die Kinder folgten unwillkürlich dem Blick ihres Vaters. Sie hatten Großonkel Merry vergessen. Jetzt merkten sie, daß sie nichts mehr von ihm gesehen hatten, seit die beiden Besucher so plötzlich aufgetaucht waren. Die Tür, die in das Frühstückszimmer im hinteren Teil des Hauses führte, stand ein wenig offen – aber als Barney hinlief, um nachzusehen, war niemand dort.

„Sie meinen Professor Lyon?" sagte das Mädchen.

„Ja." Vater starrte sie einen Augenblick lang an. „Ich wüßte nicht, daß ich ihn heute morgen erwähnt hätte. Sie kennen ihn also?"

Mr. Withers gab an ihrer Stelle eine schnelle und glatte Antwort. „Ich glaube, wir sind uns ein- oder zweimal begegnet. Aber das war ganz woanders. Im Laufe unserer Arbeit, müssen Sie wissen. Ein charmanter alter Herr, soweit ich mich erinnere, aber ein wenig unberechenbar."

„Das ist er ganz gewiß", sagte Mutter nachdenklich. „Immer auf dem Sprung. Er hat nicht einmal fertig zu Abend gegessen. Aber darf ich Ihnen nicht doch eine Tasse Tee oder Kaffee anbieten?"

„Vielen Dank, aber ich glaube, wir müssen jetzt gehen", sagte das Mädchen. „Vayne wird mit dem Abendessen auf uns warten."

Mr. Withers zog das Revers seines makellosen Blazers mit einer genauen, weiblichen Geste glatt. „Du hast ganz recht, Polly, wir dürfen uns nicht verspäten." Er ließ sein weißes Lächeln im Zimmer kreisen, wie ein Leuchtturm sein Licht. „Vayne ist unser Kapitän – der Berufsseemann an Bord. Und außerdem ein vorzüglicher Koch. Sie müssen morgen sein Essen probieren. Also – werden wir Sie alle morgen unten im Hafen sehen, falls das Wetter gut ist? Um halb zehn vielleicht? Das Beiboot wird am Kai auf Sie warten."

„Ausgezeichnet." Der Vater begleitete ihn in die Diele hinaus, und alle drängten sich hinter ihm her. Im Flur blieb Polly Withers stehen und warf über Simons Kopf hinweg einen Blick auf die alten Karten von Cornwall, die zwischen den Ölgemälden an der dunklen Wand hingen. „Sieh doch mal, Norman.

Sind sie nicht herrlich?" Sie wandte sich der Mutter zu: „Dies ist wirklich ein wundervolles Haus. Hat Ihr Onkel es von einem Freund gemietet?"

„Von einem gewissen Kapitän Toms. Wir haben ihn nie getroffen – er ist im Ausland. Ein ziemlich alter Mann – irgendein pensionierter Seemann. Ich glaube, das Haus ist schon seit Jahren im Besitz seiner Familie."

„Ein faszinierendes Haus." Mr. Withers schaute sich mit professionellem Blick um. „Wie ich sehe, besitzt der Kapitän auch einige schöne alte Bücher." Er griff wie zufällig an die Tür eines breiten, niedrigen Bücherschranks, aber sie war verschlossen.

„Ich halte alles unter Verschluß", sagte der Vater. „Sie wissen, wie das so ist mit einem möblierten Haus – man hat immer Angst, etwas zu beschädigen."

„Ein bewundernswerter Grundsatz", sagte Mr. Withers steif. Aber seine Schwester lächelte auf Simon hinunter. „Ich wette, hier kann man herrlich auf Entdeckungsreisen gehen, nicht wahr?" sagte sie. „Habt ihr Kinder schon nach Geheimgängen und so etwas gesucht? Ich bin sicher, ich hätte das in einem so alten Haus getan. Laßt es uns wissen, wenn ihr was findet."

Simon, der Barneys ängstlichen Blick im Nacken spürte, sagte höflich: „Oh, ich glaube nicht, daß es hier so etwas gibt."

„Also, bis morgen", sagte Mr. Withers von der Türschwelle her; dann waren sie weg.

„Ist das nicht fantastisch", sagte Barney eifrig, als die Tür sich geschlossen hatte. „Ein ganzer Tag auf einer Yacht. Glaubst du, daß sie uns beim Segelsetzen helfen lassen?"

„Denkt daran: Ihr habt euch aus dem Weg zu halten, bis man euch ruft", sagte der Vater. „Wir wollen keine Unfälle."

„Nun, du könntest ja den Schiffsarzt spielen."

„Ich bin im Urlaub, denk dran."

„Warum hast du uns nicht erzählt, daß du sie getroffen hast?" fragte Simon.

„Ich hätte es noch getan", sagte der Vater ganz zahm. „Wahrscheinlich war ich zu sehr mit meiner schlechten Laune beschäftigt." Er grinste. „Wenn du willst, kannst du Rufus jetzt rauslassen, Barney – aber er kommt morgen nicht mit aufs Boot, du brauchst gar nicht zu fragen."

Jane sagte plötzlich: „Ich glaube, ich komme auch nicht mit."

„Du meine Güte!" Simon starrte sie an. „Und warum nicht?"

„Ich würde seekrank werden."

„Natürlich nicht – nicht auf einem Segelschiff. Da läuft kein stinkiger alter Motor. Oh, komm doch, Jane."

„Nein", sagte Jane jetzt noch bestimmter. „Ich bin nicht so verrückt auf Boote wie ihr. Ich habe wirklich keine Lust. Sie werden es doch nicht übelnehmen, Vater?"

Simon sagte voller Abscheu: „Du mußt verrückt sein."

„Laß sie in Ruhe", sagte sein Vater. „Sie weiß schon, was sie will. Nein, Jane, sie werden es verstehen. Niemand möchte, daß du Angst hast, dir könnte übel werden. Aber warte mal ab, wie dir morgen früh zumute ist."

„Ich glaube wirklich, daß ich besser nicht mitgehe", sagte Jane. Aber sie sagte nichts über den wirklichen Grund, der sie abhielt. Es hätte zu töricht geklungen, wenn sie erklärt hätte, daß sie eine seltsame Abneigung gegen die große weiße Yacht, den lächelnden Mr. Withers und seine hübsche Schwester verspürte. Je mehr sie darüber nachdachte, desto törichter kam es ihr vor. Und am Ende redete sie nicht nur den andern, sondern auch sich selbst ein, daß der Grund, warum sie den Ausflug nicht mitmachen wollte, lediglich ihre Angst vor der Seekrankheit war.

Aber wieder einmal wußte niemand, wohin Großonkel Merry gegangen war.

Kapitel 4

Weißer Morgendunst lag über der See, unten im Hafen wiegten sich die Boote leise auf dem stillen Wasser, das in der Sonne glitzerte. Jane schaute aus ihrem Fenster nach unten. Die Fischerboote lagen verlassen da, aber sie konnte zwei Gestalten erkennen, die aus einem Beiboot auf den Kai kletterten.

Simon sagte hinter ihrem Rücken: „Ich hab dir das hier gebracht. Wenn du wirklich nicht mitkommst, könntest du darauf aufpassen." Sie drehte sich um und sah, daß er ihr eine graue Wollsocke hinhielt, die seltsam steif und zylindrisch aussah.

„Was ist denn so Besonderes an deiner Socke?"

Simon grinste und senkte die Stimme: „Es ist das Manuskript. Mir ist nichts anderes eingefallen, wo ich es hineintun könnte."

Jane lachte, nahm die Socke und zog das Manuskript halb heraus. Aber obgleich sie es vorsichtig anfaßte, knisterten und krümelten die Ränder da, wo sie sich in der Wolle verfingen. „He", sagte sie erschrocken, „wenn das jedesmal passiert, dann zerfällt uns das ganze Ding in einer Woche. Da oben in der Dachkammer hat es jahrelang gelegen, ohne daß jemand es berührt hat, aber wenn wir es herumtragen –"

Simon betrachtete besorgt das gerollte Pergament, die vom Alter dunkel gewordenen Ränder, und entdeckte Risse, die vorher nicht dagewesen waren. Er sagte ängstlich: „Aber wir müssen es doch noch oft anfassen, wenn wir herausfinden wollen, was daaufsteht ... warte einen Augenblick. Das Zimmer ..."

Er ließ die verblüffte Jane stehen, packte das Manuskript und lief nach unten zu der kleinen dunklen Tür auf dem Flur des ersten Stockwerks, die zu dem Durchgang führte, den sie auf ihrem Weg zum Dachboden entdeckt hatten. Sie war immer noch unverschlossen. Er stieg in den winzigen Flur hinunter, durchquerte ihn und betrat den kahlen, strengen Raum, den sie für das Schlafzimmer des Kapitäns hielten. Es war alles genauso wie am Tag zuvor, die Teleskophülle lag noch auf der Fensterbank.

Simon nahm das Futteral und schraubte es auf. Das Gewinde an beiden Hälften war blank und kein bißchen angelaufen; es war mit einer dünnen Ölschicht bedeckt, und als er die Öffnung gegen das Licht hielt, schimmerte die Kupferschicht im Innern trocken und sauber. Er schob das zusammengerollte Manuskript in die Röhre. Es paßte genau hinein und lag sicher zwischen den beiden Hälften, die er nun wieder zusammenschraubte. Simon sah sich nachdenklich im Zimmer um, als könnte es ihm etwas verraten. Aber da war nichts als das Schweigen und die geheimnisvolle, bewohnte Leere. Er schloß die Tür leise hinter sich und lief wieder nach oben.

„Schau", sagte er zu Jane, „als ob es eigens dafür gemacht wäre."

„Vielleicht wurde es das auch", sagte Jane und nahm das Futteral entgegen.

„Du solltest es irgendwo verstecken", sagte Simon. „Wie wär's oben auf unserem Kleiderschrank?"

„Ich werd schon was finden", sagte Jane nachdenklich.

Aber Simon, der bereits auf dem Weg in sein eigenes Zimmer war, hörte sie kaum; in Gedanken war er schon auf der Yacht der Withers'. Und als Barney, er und der Vater nach langem Hin und Her wegen Ölzeug, Pullovern und Badehosen verschwunden waren, wäre es Jane fast lieber gewesen, sie hätte sich's überlegt und wäre doch noch mitgegangen.

Aber auf Simons Sticheleien hatte sie noch zum Schluß mit fester Stimme gesagt: „Nein. Ich würde nur alles verderben, wenn ich seekrank würde." Nun stand sie statt dessen am Fenster und sah, wie die andern zum Kai hinunterliefen, und sah das kleine Beiboot zu der hohen, schlanken, weißen Yacht hinüberschaukeln.

Ihre Mutter, die auf der einen Seite eine Staffelei unter dem Arm trug und auf der andern eine Tasche mit Butterbroten und

Farben in der Hand hielt, betrachtete sie zweifelnd. „Herzchen, bist du sicher, daß du dich nicht einsam fühlen wirst?"

„Aber nein", sagte Jane munter. „Ich werde herumstreifen, das wird schön. Ehrlich, du fühlst dich doch auch nicht einsam, wenn du malst, nicht wahr?"

Die Mutter lachte. „Nun gut, meine unabhängige Tochter, streife umher. Aber verirr dich nicht. Ich bin auf der anderen Seite oberhalb des Hafens, falls du mich brauchst. Mrs. Palk ist den ganzen Tag hier und wird dir Mittagessen geben. Warum machst du nicht einen Spaziergang mit Rufus?" Sie trat in den Sonnenschein hinaus; ihr Blick war schon abwesend, sie war schon mit Form und Farbe des Bildes beschäftigt, das sie malen würde.

Jane spürte etwas Feuchtes an ihrer Hand, schaute nach unten in die großen, hoffnungsvoll auf sie gerichteten braunen Hundeaugen. Sie lachte und lief mit Rufus ins Dorf hinunter, durch die engen, unbekannten Gassen, wo aus den offenen Türen der Läden der Singsang der Cornwaller Stimmen klang.

Aber den ganzen Morgen über war sie seltsam unruhig, so als mühte sich etwas in ihr, in ihr Bewußtsein aufzusteigen. Es ist, so dachte sie, als versuchte mein Verstand mir etwas zu sagen, was ich nicht richtig hören kann. Als sie mit Rufus zurückkam, und das Tier sich in der Küche keuchend neben Mrs. Palk auf den Boden fallen ließ, war sie seltsam still und nachdenklich.

„War's schön, Herzchen?" sagte Mrs. Palk, während sie sich aufrichtete. Sie hatte einen Eimer mit Seifenwasser neben sich stehen, und ihr Gesicht war rot und glänzend. Sie hatte gerade den grauen Schieferboden geschrubbt.

„Hmm", sagte Jane unsicher. Sie fingerte an der Schleife herum, die ihren Pferdeschwanz zusammenhielt.

„Dein Mittagessen ist gleich fertig", sagte Mrs. Palk und stand auf. „Du meine Güte, sieh dir den Hund an; der ist ganz fertig. Braucht was zu trinken, schätz ich –" Sie griff nach Rufus' Wasserschüssel.

„Ich geh rauf und wasch mich." Jane schlenderte durch die Diele und den kühlen dunklen Flur. Ein Sonnenstrahl fiel auf eine der alten Landkarten, über die Polly Withers in solches Entzücken ausgebrochen war. Miss Withers ... warum waren sie und ihr Bruder ihr so finster vorgekommen? Es waren völlig normale Leute, es gab keinen wirklichen Grund, etwas anderes zu denken. Es war sehr nett von ihnen gewesen, alle zu dieser Schiffstour einzuladen ... aber seltsam war doch diese Bemerkung, die sie gemacht hatte über Forschen und Entdecken von Sachen ...

Entdecken von Sachen. Mitten auf der Treppe erinnerte Jane sich mit plötzlichem Schuldbewußtsein, daß sie den ganzen Morgen nicht an das Manuskript gedacht hatte. Es lag in seinem neuen Behälter in ihrer Nachttischschublade. Hätte sie es mitnehmen sollen? Nein, sei nicht blöd, dachte sie, aber sie rannte wie gehetzt die Treppe hinauf und in ihr Zimmer und atmete erleichtert auf, als sie das Etui matt schimmernd in der Schublade liegen sah.

Sie zog die braune Pergamentrolle heraus, trug sie zum Fenster und rollte sie vorsichtig auf. Die Zeilen der gedrängten schwarzen Buchstaben riefen den gleichen Schauder furchtsamer Erregung in ihr hervor, wie sie ihn in der Dachkammer verspürt hatte, als ihnen allen dreien klargeworden war, was sie da vor Augen hatten. Sie starrte auf das Manuskript, aber die gedrungenen Wortblöcke waren jetzt ebensowenig zu entziffern wie damals. Sie konnte gerade eben die ersten Buchstaben der Wörter erkennen, von denen Simon behauptet hatte, sie hießen Mark und Arthur.

Wie sollten sie je herausfinden, was all dies bedeutete?

Sie betrachtete das untere Ende des gebogenen Blattes, die dünnen, gewundenen Linien, die sie für eine Landkarte gehalten hatten. Im trüben Licht des Dachbodens war wenig zu erkennen gewesen, aber jetzt lag das volle Licht des hellen Mittags darauf. Sie beugte sich über das Blatt und merkte plötzlich, daß auf diesem Plan noch mehr Linien zu sehen waren, als sie zuerst entdeckt hatten, Linien, die so dünn waren, daß sie sie für Risse im Papier gehalten hatten. Und darunter standen – noch blasser – ein paar Worte geschrieben. Es war ein sehr grober Plan, so als sei er sehr hastig aufgezeichnet worden. Er schien eine Küstenlinie darzustellen, die ungefähr wie ein auf der Seite liegender Buchstabe W aussah – eine Küstenlinie mit zwei schmalen Buchten und einer Landzunge dazwischen. Oder waren es zwei Landzungen und eine Bucht dazwischen? Es war nicht möglich, festzustellen, auf welcher Seite das Meer und auf welcher Seite das Land sein sollte. Und obwohl sie erkennen konnte, daß auf einer der Landzungen – oder schmalen Buchten – ein Wort geschrieben stand, war es doch ganz unleserlich, weil einer der Risse in dem alten Pergament genau hindurchlief: eine Falte, die das Wort durchkreuzte wie ein dicker Tintenstrich.

„Wie blöd", sagte Jane laut und verärgert. Während sie das sagte, wurde sie sich bewußt, daß sie sich in dieser letzten halben Minute entschlossen hatte, ganz allein etwas an dem Manuskript zu entdecken, das sie Simon und Barney zeigen konnte, wenn die vom Schiff zurückkamen. Genau diesen Gedanken hatte sie den ganzen Morgen im Hinterkopf gehabt.

Noch ein anderer Name war quer über den Plan geschrieben. Wenn es ein Name war. Die Buchstaben waren klein und braun, aber deutlicher als die andern auf dem Manuskript. Jane enträtselte sie einen nach dem andern und stellte fest, daß sie drei Wörter bildeten: „Ring Mark Hede". Enttäuscht betrachtete sie die Wörter. Sie bedeuteten nichts. „Ring, mark, heed", sagte sie versuchsweise vor sich hin. Das war nicht einmal ein Ortsname. Wie konnte ein Ort einen solchen Namen haben?

Der Klang der Schiffsglocke in der Diele schallte die Treppe hinauf und unterbrach die Stille, in der man nur das Murmeln der See und entfernte Möwenschreie gehört hatte, und Jane hörte Mrs. Palks weit entfernte Stimme: „Jane, Ja-ne!" Hastig rollte sie das Manuskript zusammen, schob es wieder in die Teleskophülle und schraubte die beiden Hälften fest zusammen. Sie öffnete die Schublade des Nachttisches, zögerte einen Augenblick, schob sie dann aber zu. Sie wollte ihren Schatz lieber nicht aus den Augen lassen. Sie nahm sich die Strickjacke vom Bett, wickelte sie um das Etui und lief, immer zwei Stufen auf einmal, die Treppe hinunter.

Aber sie war zu schnell gelaufen. Als sie sich im ersten Stock um den Treppenpfeiler schwingen wollte, stieß sie heftig gegen eine lange hölzerne Truhe, die dort im Schatten stand, und schrie vor Schmerz auf. Es mußte dasselbe Bein sein, an dem sie sich schon am ersten Tag unten am Kai weh getan hatte ... aber als sie sich bückte, um sich das Bein zu reiben, wurde sie aufmerksam. Die Kiste, gegen die sie gestoßen war, war dieselbe, die sie schon am Tag zuvor bemerkt hatten und deren Deckel verschlossen gewesen war. „Das Gold und die Schätze der Eingeborenen", hatte Simon gesagt, dann aber festgestellt, daß er sie nicht öffnen konnte. Aber jetzt war der Deckel ein wenig aufgesprungen und wippte leise auf und ab. Der Deckel mußte nur verklemmt gewesen sein und nicht abgeschlossen, und bei dem Zusammenprall war er aufgesprungen.

Neugierig hob Jane den Deckel ganz hoch. Es war nicht viel in der Truhe: alte Zeitungen, ein Paar große Lederhandschuhe, zwei oder drei schwere wollene Sweater und, halb darunter verborgen, ein kleines Buch in schwarzem Einband. Ein ziemlich langweiliger Schatz, dachte sie. Aber das Buch könnte interessant sein. Sie bückte sich und holte es heraus.

„Ja-ne!" Mrs. Palks Stimme klang jetzt näher. Sie kam die Treppe herauf. Schuldbewußt machte Jane den Deckel wieder zu und steckte das kleine Buch in die Falten ihrer Strickjacke zu dem Teleskopfutteral. Mrs. Palks Gesicht erschien jetzt keuchend zwischen den Stäben des Treppengeländers.

„Ich komme", sagte Jane freundlich.

„Ah, da bist du ja. Ich dachte schon, du wärst zu Bett gegangen. Ich werde zu dick, das Treppensteigen fällt mir schwer." Mrs. Palk lächelte sie strahlend an. „Das Essen steht auf dem Tisch. Ich mußte meinen Kuchen noch aus dem Ofen holen, sonst hätte ich dich nicht so lange warten lassen." Sie watschelte in ihre Küche zurück.

Ein großer Teller voll Schinken und Salat wartete im Eßzimmer auf Jane. Er stand wie eine kleine liebliche Insel auf der glänzenden See der polierten Mahagoniplatte. Daneben stand ein Tellerchen mit einem Stück Stachelbeertorte und ein Kännchen Sahne.

Jane setzte sich hin und aß geistesabwesend alles auf. Mit der einen Hand blätterte sie dabei in dem kleinen Buch, das sie in der Truhe gefunden hatte. Es war ein Führer durch das Dorf und seine Umgebung, der von einem örtlichen Pfarrer verfaßt worden war. „Ein kurzer Führer von Trewissick", stand in fließenden, kurvigen Buchstaben auf der Titelseite. „Zusammengestellt durch Ehrwürden E.J. Hawes-Mellor, Pfarrer der Kirche St. John, Trewissick."

Nicht besonders aufregend, dachte Jane, deren Interesse schon nachließ. Sie blätterte die schmalen Seiten um, in denen die Spazierwege in der Umgebung in allen Einzelheiten beschrieben waren. Die Wörter auf dem Manuskript geisterten ihr immer noch im Kopf herum. Wenn sie doch nur Simon und Barney etwas Neues über die Karte erzählen könnte . . .

In diesem Augenblick fielen die Seiten des Buchs unter ihren Händen genau in der Mitte auseinander. Janes Blick fiel wie zufällig darauf, und sie stutzte. Auf dieser Mittelseite war eine genaue Karte des Dorfes Trewissick zu sehen, jede Straße, ob gerade oder gewunden, war abgebildet, sie drängten sich hinter dem Hafen, der geschützt zwischen seinen beiden Landzungen lag. Die Kirchen und das Gemeindehaus waren besonders gekennzeichnet; und sie stellte stolz fest, daß auch das *Graue Haus* mit seinem Namen eingezeichnet war. Es lag an der Straße, die zur Spitze des einen Vorgebirges, dem Kenmare Head, führte und sich dort in Nichts auflöste. Aber was ihre Aufmerksamkeit erregte, war der Name, der in zierlichen Buchstaben quer über die Landzunge lief. Er lautete: *King Mark's Head* – König Marks Kopf.

King Mark's Head, sagte Jane laut vor sich hin. Sie griff nach der zusammengerollten Strickjacke, die auf dem Stuhl neben ihr lag, holte den Teleskopbehälter heraus und rollte das Manuskript auf dem Tisch auseinander. Die Wörter starrten sie an, kraus und geheimnisvoll: *Ring Mark Hede.* Als sie genau hinschaute, merkte sie, daß der erste Buchstabe des ersten Wortes, der von Alter und Schmutz undeutlich geworden war, sehr wohl statt eines R ein K sein konnte. Sie schluckte vor Aufregung und atmete tief ein.

King Mark's Head – derselbe Name auf beiden Karten. Die Karte auf dem Manuskript vom Dachboden mußte also auch eine Karte von Trewissick sein – von dem Teil von Trewissick, auf dem das *Graue Haus* stand. Die seltsamen Wörter mußten eine alte Bezeichnung für Kenmare Head sein.

Aber als die erste Welle des Entzückens sich gelegt hatte, blickte sie noch einmal von einer Karte auf die andere, und ihre Begeisterung ließ nach. Etwas war seltsam an der welligen Küstenlinie auf dem alten Manuskript; etwas, das mehr war als eine Ungenauigkeit, die bei einer freien Handzeichnung immer festzustellen ist. Die Umrisse der Küste waren nicht dieselben wie die auf der Karte in dem Fremdenführer. Die beiden Landspitzen hatten eine seltsam runde Form, und auch die Form des Hafens war falsch. Warum?

Ratlos holte Jane einen Bleistift von der Anrichte und versuchte, mit einem dünnen Strich die Küstenlinie auf dem Manuskript auf die Karte im Fremdenführer zu übertragen. Es konnte keinen Zweifel geben, die Umrisse waren nicht die gleichen.

Vielleicht war auf dem Manuskript doch nicht Trewissick abgebildet. Vielleicht gab es zwei Landzungen in Cornwall, die *King Mark's Head* hießen. Vielleicht hatte aber auch die Küste in den Hunderten von Jahren, die seit der Niederschrift des Manuskripts vergangen waren, sich verändert. Wie sollten sie das herausfinden?

Sie legte das Manuskript zögernd beiseite und starrte auf die beiden Linien auf der Buchseite, die gedruckte und die mit dem Bleistift gezogene. Aber sie konnte keine Antwort finden. Ungeduldig ließ sie die Seiten des Buches rückwärts durch die Finger gleiten, und schließlich fiel ihr Blick wieder auf die Titelseite.

„... Ehrwürden E.J. Hawes-Mellor ..."

Jane sprang auf. Das war's. Warum auch nicht? Der Pfarrer von Trewissick mußte alles über die Gegend wissen. Er war der Experte. Er hatte den Fremdenführer geschrieben. Er würde wissen, ob die Küstenlinie sich verändert hatte, und wie sie früher verlaufen war. Das war der Weg, es herauszufinden – der einzige Weg. Er war der einzige Mensch, der nicht fragen würde, warum sie das wissen wollte; er würde einfach denken, daß sie sich für das Buch interessierte. Sie mußte ihn aufsuchen und ihn fragen.

Und wenn dann Simon und Barney zurückkamen, was würde sie denen alles erzählen können . . .

Dieser letzte Gedanke gab den Ausschlag. Jane, die sonst die zurückhaltendste unter den Geschwistern war, wußte jetzt, wie sie den Nachmittag verbringen würde. Als die Tür aufging, wandte sie sich schnell um. Mrs. Palk kam hereingewatschelt. „Fertig? Und– hat's geschmeckt?"

„Prima. Vielen Dank." Jane nahm den Reiseführer und das kostbare Strickjackenbündel. „Mrs. Palk", sagte sie vorsichtig, „kennen Sie den Pfarrer von Trewissick?" Gewiß, dachte sie, sie muß ihn kennen, mit all ihren Kirchenliedern.

„Nun, ich persönlich nicht, nein." Mrs. Palk wurde sehr ernst und feierlich. „Ich gehöre zu einer Sekte, daher habe ich keinen Kontakt mit ihm, aber natürlich hab ich ihn schon gesehen. Soll 'n kluger Mann sein, der Pfarrer, wie man sagt. Wolltest du dir die Kirche ansehn, Herzchen?"

„Ja", sagte Jane. Das kann ich ja schließlich auch, verteidigte sie sich vor sich selbst.

„Es ist ein schönes altes Gebäude. Aber ziemlich weit – den Berg hinauf, ganz am Ende des Dorfes. Wenn man vom Kai aus die Fish Street hinaufgeht, kann man den Turm sehen."

„Ich glaube, ich erinnere mich."

„Und sieh zu, daß du keinen Sonnenstich kriegst", sagte Mrs. Palk wohlwollend und segelte mit dem Geschirr davon, und gleich darauf hörte Jane es schaurig schön und genußvoll von der Küche her durch den Flur schallen: „Herr bleib bei mir . . ." Sie lief nach oben, sah sich hastig nach einem Versteck für das Etui um und stopfte es schließlich am Fuß ihres Bettes unter das Bettzeug. Es lag dort zwischen Matratze und Bettwand und bildete keine Erhöhung. Und damit nicht am Ende ihre Schüchternheit doch noch über ihren Plan siegte, nahm sie sich den Führer und ging sofort in die träge Nachmittagssonne hinaus.

Die Kirche auf dem Kamm des Hügels schien ganz abgeschnitten von der See. Jane konnte von dort aus nichts sehen als Bäume und Hügel. Sogar die kleinen Häuser des Dorfes verschwanden etwa zwanzig Meter, bevor man auf die Straße zur Kirche kam. Die gedrungene graue Kirche mit ihrem niedrigen Turm und den mächtigen Torpfosten, die zum Kirchhof führten, hätte in irgendeinem bewaldeten Tal hundert Meilen entfernt von der See stehen können.

Auf dem Kirchhof schnitt ein verhutzelter alter Mann in Hemdsärmeln das Gras mit einer Heckenschere.

Jane blieb in seiner Nähe auf der anderen Seite der Friedhofsmauer stehen.

„Entschuldigen Sie", sagte sie laut, „ist das dort drüben das Pfarrhaus?"

Der alte Mann zog pfeifend die Luft ein und richtete sich auf, indem er sich mit einem Arm im Kreuz abstützte. „Stimmt", sagte er kurz. Dann blieb er einfach stehen und starrte sie ausdruckslos an. Er ließ sie nicht aus den Augen, während sie die Straße überquerte und die Auffahrt zum Haus hinaufging.

Jane hörte in den schweigenden Nachmittag hinein den Kies unter ihren Schuhen übermäßig laut knirschen. Das große graue Haus, in dessen leeren Fenstern kein Leben zu sehen war, schien sie davor zu warnen, seine Ruhe zu stören.

Das Anwesen war, wie Jane fand, für ein Pfarrhaus reichlich schäbig. Der Kies der Auffahrt war von Unkraut durchwachsen, die Hortensien im weitläufigen Garten waren verwildert, das Gras des Rasens war hoch wie das einer Heuwiese. Sie drückte die Klingel neben der Tür, deren Anstrich sich schälte, und hörte weit drinnen im Haus ein leises Läuten.

Nach langer Zeit, als sie schon erleichtert dachte, daß niemand das Klingeln beantworten würde, hörte sie drinnen Schritte. Die Tür öffnete sich mit unwilligem Knarren, so als öffnete sie sich nur selten.

Der Mann, der im Türrahmen stand, war groß und dunkel, in einem unordentlichen alten Sportsakko. Gleichzeitig hatte er etwas Abweisendes. Er hatte die dichtesten schwarzen Augenbrauen, die Jane je gesehen hatte; sie bildeten einen geraden Strich über seinen Augen, ohne eine Unterbrechung in der Mitte. Er starrte auf sie herunter.

„Ja?“ Seine Stimme war sehr tief und ohne die Spur eines Akzents.

„Bitte, ist Mr. Hawes-Mellor zu Hause?“

Der große Mann runzelte die Stirn. „Wer?“

„Mr. Hawes-Mellor. Der Pfarrer.“

Seine Miene hellte sich ein wenig auf, wenn auch der scharfe Blick unter den schwarzen Brauen sie nicht losließ. „Ach, ich verstehe. Es tut mir leid, aber Mr. Hawes-Mellor ist nicht mehr Pfarrer hier. Er ist schon vor Jahren gestorben.“

„Oh“, sagte Jane und trat zurück, froh, eine Gelegenheit zu haben, wieder wegzugehen. „Nun, in dem Fall ...“

„Vielleicht kann ich dir helfen“, sagte der Mann mit tiefer, trauriger Stimme. „Mein Name ist Hastings, ich bin hier der Nachfolger von Mr. Hawes-Mellor.“

„Oh“, sagte Jane noch einmal. Der einsame Mr. Hastings, sein seltsam vernachlässigtes Haus und der Garten fingen an, ihr unheimlich zu werden. „O nein, ich will Ihnen nicht lästig fallen. Es war nur wegen eines Buches, das er geschrieben hat, einem Reiseführer von diesem Dorf.“

Ein Funken von Interesse schien sich in dem dunklen Gesicht des Pfarrers zu entzünden. „Ein Reiseführer von Trewissick? Ich habe davon reden hören, aber es ist mir nie gelungen, ein Exemplar aufzutreiben. Wonach wolltest du denn fragen? Wenn du nach dem Buch suchst, so kann ich dir leider nicht helfen.“

„O nein“, sagte Jane nicht ohne Stolz. „Ich hab eins.“ Sie hielt ihm das kleine Buch hin. „Es war nur etwas in diesem Buch, etwas über das Dorf. Ich habe mich gefragt, ob er sich da nicht geirrt hat.“

Der Pfarrer starrte auf das Buch herunter, öffnete den Mund, um etwas zu sagen, schien es sich dann aber anders zu überlegen. Er machte die Tür weiter auf und verzog den Mund zu einem gequälten Lächeln: „Komm doch einen Augenblick herein, kleines Fräulein, dann wollen wir sehen, was sich machen läßt. Da ich schon einige Jahre hier bin, weiß ich auch ein bißchen über Trewissick Bescheid."

„Vielen Dank", sagte Jane ein wenig ängstlich. Sie trat durch die Tür, und während sie ihm in den Flur hinunter folgte, schob sie die Schleife an ihrem Pferdeschwanz höher. Hoffentlich sehe ich einigermaßen ordentlich aus, dachte sie. Aber als sie sich dann umsah, fand sie, daß sie sogar in Lumpen hier nicht fehl am Platze wäre und daß das Pfarrhaus das ungemütlichste und schäbigste Haus war, daß sie je gesehen hatte. Es war geräumig und weitläufig und großzügiger entworfen als das *Graue Haus,* aber der Anstrich schälte sich von den Wänden, die Wände waren fleckig, die Fußböden waren kahl bis auf einen oder zwei verblichene kleine Teppiche. Der Pfarrer, der in steifer Haltung vor ihr herging, fing an, ihr leid zu tun.

Er führte sie in einen Raum, der offenbar sein Studierzimmer war. Der große Schreibtisch war mit Papieren übersät, die beiden Korbsessel waren verschlissen und die Kissen darin verblichen. Die Wände ringsum waren mit Bücherregalen bedeckt. Die hohen Glastüren standen weit offen, und man sah auf den verwilderten Rasen hinaus.

„Nun also", sagte er, setzte sich hinter seinen Schreibtisch und rückte die Papiere darauf ein wenig beiseite. „Setz dich und erzähl mir, was du Mr. Hawes-Mellor fragen wolltest. Du hast ein Exemplar seines Buches gefunden, nicht wahr?"

Er starrte wieder auf das Buch in Janes Hand. Es schien ihn zu faszinieren.

„Ja", sagte Jane. „Möchten Sie es sich einmal ansehen?" Sie hielt ihm das Buch hin.

Der Pfarrer nahm es und schloß seine langen Finger um den schmalen Band, als wäre er etwas unendlich Kostbares. Er öffnete ihn nicht, sondern legte ihn vor sich auf den Schreibtisch und starrte darauf hinunter, so daß es schien, als sähe er ihn gar nicht, sondern dächte an etwas ganz anderes. Dann wandte er sein ernstes, beschattetes Gesicht wieder Jane zu.

„Du bist hier in Ferien?"

„Ja. Ich heiße Jane Drew. Ich wohne mit meiner Familie im *Grauen Haus.*"

„Ach, tatsächlich? Mit dem Haus bin ich nicht sehr vertraut." Mr. Hastings lächelte fast grimmig. „Ich fürchte, Kapitän Toms liegt nichts an meiner Bekanntschaft. Ein seltsamer, eigenbrötlerischer Mann."

„Wir haben ihn gar nicht kennengelernt", sagte Jane. „Er ist im Ausland."

„Und dieses Buch", seine Finger liebkosten das Buch unwillkürlich. „Ist es interessant?"

„Oh, sehr. Ich finde all diese Geschichten über Trewissick schrecklich spannend, als es hier noch Schmuggler und so was gab." Einen Augenblick lang stiegen in Jane Zweifel auf, ob sie die Landkarte überhaupt erwähnen sollte. Aber ihre Neugierde war stärker als ihre Zweifel. Sie stand auf, ging um den Tisch herum und stellte sich neben den Pfarrer. Dann blätterte sie das Buch an der Stelle auf, wo die Karte des südlichen Cornwall zu finden war. „Dies war es, worüber ich mir nicht klarwerden konnte: die Form der Küstenlinie. Ich wollte Sie fragen, ob die früher einmal anders verlaufen ist."

Da sie neben dem Pfarrer stand, konnte sie sein Gesicht nicht sehen, aber seine Schultern schienen sich zu straffen, während er die Karte betrachtete. Und die Finger der Hand, die auf der Tischplatte lag, krümmten sich leise nach innen.

„Eine seltsame Frage", sagte er.

„Ich dachte nur."

„Ich sehe, da ist eine andere Linie mit Bleistift über die Küstenlinie gezogen. Hast du das gemacht?"

„Ja."

„Aus der Fantasie?"

„Mehr oder weniger. Das heißt . . . ich habe so etwas Ähnliches irgendwo gesehen, in einem Buch oder sonstwo." Jane wurde unsicher, sie versuchte, das Manuskript aus der Dachkammer nicht zu erwähnen, aber auch nicht direkt die Unwahrheit zu sagen. „Wenn Sie Trewissick kennen, Mr. Hastings, wissen Sie dann auch, ob die Küste immer die gleiche Form gehabt hat?"

„Wahrscheinlich. Eine Küste aus Granitgestein braucht sehr lange Zeit, um sich zu verändern." Er starrte auf die Bleistiftlinie. „Du sagst, du hättest diese Linie in einem Buch gesehen?"

„Vielleicht in einem Buch oder auf einer anderen Landkarte oder sonstwo", sagte Jane unsicher.

„Im *Grauen Haus*?"

„Wir rühren die Bücher des Kapitäns nicht an", sagte Jane sofort, ohne zu bedenken, daß der Reiseführer ja auch dem Kapitän gehörte.

„Aber ihr habt darin herumgestöbert, ganz sicher." Der Pfarrer stand auf, und sie kam sich ganz klein neben ihm vor. Er streckte seinen langen Arm aus und holte ein Buch aus einem der Regale. Er reichte es Jane. Es war sehr alt und in glänzendes, zerschlissenes Leder gebunden, die Seiten knisterten beim Umblättern und strömten einen modrigen Geruch aus. Es hieß *Tales of Lyonesse*, und viele S sahen wie F aus.

„Hast du so ein Buch gefunden?" fragte er eindringlich. Er stand zwischen Jane und dem Fenster, und als sie zu ihm aufblickte, konnte sie in seinem beschatteten Gesicht nichts erkennen als ein schwaches Glitzern in seinen Augen. Jane wurde es einen Augenblick lang sehr unheimlich zumute, und eine leichte Kälte und ein Unbehagen überkamen sie, wie sie es in diesen Ferien nun schon ein paarmal gespürt hatte: die Ahnung von etwas Geheimnisvollem, das allen bekannt, nur ihren Brüdern und ihr verborgen war.

„Nein, ich glaube nicht."

„Bist du sicher? Vielleicht ein ähnlicher Titel? Könntest du in einem solchen Buch eine Landkarte gesehen haben?"

„Nein, bestimmt nicht. Wir haben nicht in Bücher hineingeschaut."

„Vielleicht hast du einen solchen Band wie diesen in einem Regal gesehen?"

„Ehrlich, ich weiß es nicht", sagte Jane und verkroch sich in ihren Sessel, so drängend war der Ton seiner Stimme jetzt geworden. „Warum fragen Sie nicht den Kapitän?"

Mr. Hastings nahm ihr das Buch aus der Hand und stellte es wieder an seinen Platz. Der Ausdruck in seinem Gesicht war wieder ernst. „Er ist kein mitteilsamer Mann", sagte er brüsk.

Jane wurde immer unbehaglicher zumute, und sie begann, von einem Fuß auf den andern zu trippeln.

„Nun, ich muß gehen", sagte sie, indem sie den munteren Ton ihrer Mutter nachahmte, und hoffte, daß es höflich klang. „Tut mir leid, daß ich Sie gestört habe." Sie ließ ihre Blicke hastig zwischen Fenster und Tür hin und her gehen.

Der Pfarrer, der in gespanntem Schweigen dastand, raffte sich zusammen und trat auf die Glastür zu. „Du kannst hier herausgehen. Es ist kürzer. Die vordere Haustür wird selten benutzt."

Er streckte Jane seine Hand hin. „Es freut mich, dich kennengelernt zu haben, Miss Drew. Es tut mir leid, daß ich dir nicht habe helfen können, aber ich muß sagen, ich finde es unwahrscheinlich, daß unsere Küste hier jemals einen anderen Verlauf gehabt hat als die, die auf Mr. Hawes-Mellors Karte zu sehen ist. Soviel ich weiß, hatte er als Kartograph einen Ruf. Es freut mich, daß du mich besucht hast."

Er neigte feierlich den Kopf, während er Jane die Hand schüttelte. Es war eine fremdartige, altertümliche Geste, die sie plötzlich an Mr. Withers erinnerte, der sich auf diese Art im *Grauen Haus* verabschiedet hatte. Aber dies hier kam ihr echter vor, so wie etwas, das Mr. Withers nur zu imitieren versucht hatte.

„Auf Wiedersehn", sagte sie schnell und lief durch das lange, fedrige Gras und dann über die Auffahrt des schweigenden schäbigen Hauses auf die Straße, die heimwärts führte.

Kapitel 5

Als Jane das *Graue Haus* erreichte, plapperten im Wohnzimmer Simon und Barney wie Affen auf Großonkel Merry ein, der aus den Tiefen eines wuchtigen Sessels still zuhörte. Die beiden Jungen glühten vor Aufregung, und selbst Barneys helle Haut war in Wind und Sonne rosig braun geworden.

„Da bist du ja, Kind", sagte Mutter. „Ich fing gerade an, mir Sorgen zu machen."

Simon begrüßte sie laut: „Oh, du hättest mitkommen sollen! Es war fabelhaft, genau wie auf hoher See, und wenn wir den Wind im Rücken hatten, fuhren wir ganz schnell, schneller als ein Motorboot . . . aber zurück sind wir mit dem Motor gekommen, denn es ging kein Wind mehr, aber das war auch schön. Mr. Withers ist zu einem Drink mit raufgekommen, aber jetzt ist er wieder weg. Vater ist mit ihm gegangen und holt die Makrelen, die wir gefangen haben."

„Und was hat Jane gemacht?" fragte Großonkel Merry aus seiner Ecke heraus.

„Oh, nichts Besonderes", sagte Jane. „Ich bin herumgewandert."

Die Kinder wurden früh zu Bett geschickt, denn als Simon hinter seinem Stuhl plötzlich eine Leuchtturm-Sirene nachgeahmt hatte, hatte der Vater drohend gesagt, sie wären alle „übermüdet".

Als sie oben waren, klopfte Jane an die Tür der Jungen und ging hinein, um ihnen von ihrer Entdeckung und von ihrem Besuch beim Pfarrer zu erzählen.

Die Jungen waren nicht ganz so begeistert, wie sie erwartet hatte.

„Du hast etwas aus dem Manuskript kopiert und es ihm gezeigt?" fragte Simon. Er war entsetzt.

„Ja", antwortete Jane kampflustig. „Was ist denn dabei? Eine dünne Bleistiftlinie in einem Reiseführer, damit kann doch niemand etwas anfangen."

„Du hättest aber auf keinen Fall irgend etwas ohne unser Einverständnis mit dem Manuskript machen dürfen!"

„Es hatte doch gar nichts mit dem Manuskript zu tun, jedenfalls weiß er nichts davon. Ich habe ihm nur gesagt, daß ich etwas über die Küstenlinie herausfinden will." Weil sie sich gegen Simons Unwillen wehren mußte, vergaß sie das Unbehagen, daß der Pfarrer ihr eingeflößt hatte. „Ich dachte, ihr würdet dankbar sein, weil ich herausgefunden habe, daß die Karte auf dem Manuskript Kenmare Head darstellt."

„Weißt du, sie hat ganz recht", sagte Barney, der schon im Bett lag. „Es ist schrecklich wichtig, das zu wissen. Nach dem, was wir bis jetzt wußten, hätte es genausogut eine Karte von Timbuktu sein können. Und wenn es stimmt, was der Pfarrer sagt, daß sich die Küste nicht mehr verändert hat, nachdem unsere Karte gezeichnet wurde, dann hilft uns auch das weiter, falls wir in dem Manuskript Hinweise finden."

„Möglich", brummte Simon, kletterte ins Bett und trat alle Decken von sich. „Jetzt ist auch nichts mehr dran zu ändern. Wir reden morgen drüber."

„Dann können wir mit unserer Suche beginnen", sagte Barney gähnend. „Nacht, Jane. Bis morgen."

„Gute Nacht."

Aber der Morgen brachte mehr, als sie erwartet hatten.

Simon erwachte als erster. Es war noch sehr früh. Die Luft war immer noch so mild wie am Vortag. Er lag in seinem Schlafanzug da, starrte eine Weile an die Decke und achtete auf Barneys friedliche Atemzüge. Dann wurde er unruhig, bekam Hunger und tappte barfuß nach unten. Wenn er Mrs. Palk schon in der Küche antraf, konnte er vielleicht zweimal frühstücken.

Aber Mrs. Palk schien noch nicht gekommen zu sein, das Haus war ganz still. Erst als Simon den Treppenkopf erreichte, von dem aus es in die Diele hinunterging, merkte er, daß irgend etwas nicht stimmte.

Immer wenn er die Treppe herunterkam, blieb er vor der alten Karte von Cornwall stehen, die auf dem Treppenabsatz an der Wand hing. Als er an diesem Morgen danach ausschaute, war sie nicht da. Nur das helle Viereck auf der Tapete zeigte an, wo sie gehangen hatte; und als Simons Blick an der Reihe der Bilder entlangglitt, die im Treppenhaus hingen, bemerkte er mehrere Lücken.

Verwirrt ging er langsam in die Diele hinunter. Auch hier fand er mehrere nackte Stellen, wo Bilder entfernt worden waren, und das Barometer, das neben einer der leeren Stellen hing, war seitlich verrückt.

Simon trat hin und rückte es gerade. Er spürte die bloßen Holzdielen kühl unter seinen nackten Füßen. Als er sich in der langgestreckten Diele umsah, konnte er zuerst nichts Ungewöhnliches bemerken. Dann sah er, daß am hinteren Ende, wo die Sonne durch die offene Küchentür hereinfiel, mehrere Dielenbretter herausgebrochen worden waren und lose dort lagen. Simon traute seinen Augen nicht.

Er ging auf die Küche zu, aber in einer plötzlichen Regung griff er nach der Klinke der Wohnzimmertür. Wie immer quietschte sie, als er sie herunterdrückte, und als Simon beunruhigt die Tür ein wenig öffnete und in das Zimmer spähte, blieb ihm fast der Atem stehen.

Das Zimmer sah aus, als hätte in der Nacht ein Tornado darin gewütet. Die Bilder hingen schief an der Wand oder lagen aus dem Rahmen gerissen auf dem Boden. Auf den ersten entsetzten Blick glaubte Simon die Möbel unter Büchern begraben. Überall lagen Bücher auf dem Boden verstreut, geöffnet, geschlossen, umgedreht, auf Tischen und Stühlen aufgehäuft, auf der Anrichte gestapelt; vereinzelt lagen noch ein paar in den Regalen. All die verschlossenen Bücherschränke, die an den Wänden entlangstanden und die sie nicht hatten berühren dürfen, waren leer. Die Glastüren hingen lose in den Angeln, um die Schlösser herum war das Holz gesplittert. Einige Türen waren vollständig herausgebrochen worden und lehnten an der

Wand. Die Bretter in den Schränken waren völlig leergeräumt worden, die Schubladen darunter standen offen, die losen Blätter, die darin aufbewahrt gewesen waren, hatten sich über das Bücherchaos auf dem Boden ergossen. Es roch schwach nach Moder, und ein dünner Staubschleier schien in der Luft zu hängen.

Einen schrecklichen Augenblick lang stand Simon wie erstarrt da. Dann machte er kehrt, stürzte die Treppe hinauf und rief laut nach seinem Vater.

Seine Schreie rissen das ganze Haus aus dem leichten Halbschlaf des frühen Morgens. Angeführt vom Vater, stolperten sie in Schlafanzügen und Nachthemden in den Flur hinaus und folgten Simon nach unten, während sie noch halb benommen versuchten, die Worte zu verstehen, die aus ihm heraussprudelten.

„Was ist los?"

„Was ist denn? Brennt es?"

„Einbrecher?" sagte Vater ungläubig, während er die Treppe herunterkam. „Aber in einem solchen Dorf wird doch nicht eingebrochen – du lieber Himmel!" Durch die offene Tür hatte er die Verwüstung im Wohnzimmer erblickt. Die Mutter, Jane und Barney, die ihm gefolgt waren, verstummten, aber nicht für lange.

Wo immer sie im Erdgeschoß des Hauses hinkamen, fanden sie das gleiche. Die Türen der Bücherschränke waren erbrochen worden, die Bücher lagen in chaotischen Haufen auf dem Boden herum. Jede verschlossene Tür oder Schublade war aufgebrochen worden, alle Papiere, die sich darin befunden hatten, waren wild herumgestreut worden. Selbst das halbe Dutzend alter Kochbücher im Frühstückszimmer war von seinem Bord gerissen worden.

„Das verstehe ich nicht", sagte der Vater langsam. „Das Haus ist praktisch auf den Kopf gestellt worden, aber ein paar offensichtlich wertvolle Gegenstände hat man nicht angerührt. Zum Beispiel diese Statue auf dem Kaminsims und die große Silberschale auf der Anrichte im vorderen Zimmer. Ich sehe in dem Ganzen keinen Sinn."

„Jemand hat das aus Zerstörungswut getan", sagte Barney ernst.

Simon sagte zögernd: „Die müssen doch einen schrecklichen Lärm gemacht haben. Warum sind wir nicht wach geworden?"

„Wir waren zwei Stockwerke höher", sagte Barney. „Da oben hört man nichts. Mir gefällt das, es ist so geheimnisvoll."

„Mir gefällt das nicht", Jane schauderte. „Stellt euch vor, jemand ist hier unten die ganze Nacht herumgegangen, während wir oben schliefen. Ich finde das unheimlich."

„Vielleicht war es auch niemand", sagte Barney.

„Sei doch kein Idiot. Natürlich war jemand da. Oder glaubst du, die Bücher sind von selbst aus den Regalen gehüpft."

„Es braucht ja kein Mensch gewesen zu sein. Vielleicht war es einer von diesen besonderen Geistern, die nur aus Spaß Sachen herumwerfen, ein Polter-, Polt-"

„Poltergeist", sagte der Vater geistesabwesend. Er öffnete alle Schränke, in denen das Silber aufbewahrt wurde, um zu sehen, ob irgend etwas verschwunden war.

„Da habt ihr's. Es war so einer."

„Mrs. Palk sagt auch, daß es in dem Haus spuken soll", sagte Jane.

Alle schauten einander mit runden Augen an und schauderten.

Als die Mutter plötzlich in der Tür auftauchte, fuhren alle zusammen. „Hört mal", sagte sie, „das wäre der erste Geist, von dem ich höre, der Schuhe mit Kreppsohlen trägt. Dick, komm mal und sieh dir das hier draußen an."

Der Vater richtete sich auf und folgte ihr in die Küche, die Kinder dicht auf den Fersen.

Zwei Fenster in der Küche standen offen, ein großes über dem Ausguß und ein kleines, das darüber lag. Auch die Tür war offen. Und auf der weißen gekachelten Abstellfläche neben dem Spülstein war der schwache, aber deutlich erkennbare Abdruck eines Schuhs. Es war ein großer Abdruck mit gerillten Sohlen, und ähnliche Spuren waren auf dem Fensterbrett darüber.

„Mein Gott!"

„Da habt ihr euren Geist", sagte der Vater in munterem Ton, obgleich er gar nicht munter aussah.

Dann wandte er sich ihnen zu und sagte freundlich, aber energisch: „Und ihr drei geht jetzt nach oben und zieht euch an. Ihr habt alles gesehen, was es zu sehen gibt. Nein –" Er hob die Hände, da alle Kinder heftig zu protestieren anfingen, „dies ist kein Spiel. Es ist äußerst ernst. Wir müssen die Polizei rufen, und ich will nicht, daß irgend etwas angefaßt wird, bevor sie da ist. Weg jetzt!"

Der Vater hatte einen bestimmten Tonfall, gegen den es keinen Widerspruch gab. Simon, Jane und Barney verzogen sich murrend durch die Küchentür und durchquerten die Diele. Dann blieben sie am Fuß der Treppe wie angewurzelt stehen.

Großonkel Merry kam mit schweren Schritten die Stufen hinunter auf sie zu. Er war in einen leuchtendroten Schlafanzug gekleidet, und sein weißes zerzaustes Haar sträubte sich in alle Richtungen. Er gähnte herzhaft und rieb sich mit verwirrtem Ausdruck die Augen.

„Versteh ich nicht", murmelte er vor sich hin. „Wieso? . . . ein so tiefer Schlaf . . . höchst ungewöhnlich . . ." Dann sah er die Kinder. „Guten Morgen", sagte er mit Würde, so als wäre er vollständig und tadellos gekleidet, „obwohl ich heute morgen so benommen bin, ist der Lärm hier unten bis zu mir heraufgedrungen. Ist was nicht in Ordnung?"

„Es ist *eingebrochen* worden . . .!" begann Simon, aber der Vater war aus der Küche gekommen und klatschte in die Hände. „Los, los! Ich hab euch gesagt, ihr sollt nach oben gehen und euch anziehen . . . Oh, gut, da bist du ja, Merry. Es ist etwas sehr Merkwürdiges geschehen –" Er warf den Kindern einen strengen Blick zu, und sie liefen schnell nach oben.

Nach dem Frühstück kam die Polizei aus St. Austell: ein untersetzter, rotgesichtiger Wachtmeister und ein sehr junger Polizist, der ihm wie ein stummer Schatten folgte. Simon freute sich schon darauf, daß man ihn als den Entdecker des Verbrechens genau verhören würde. Zumindest, vermutete er, würde er eine Aussage machen müssen. Er wußte nicht genau, was das bedeutete, aber es klang vertraulich und wichtig.

Aber der Wachtmeister sagte zu ihm nur – und sein weicher Cornwall-Akzent schien die Worte zu streicheln –: „Du kamst als erster runter, nicht?"

„Ja. Das stimmt."

„Hast was angerührt?"

„Nein, nichts. Nun, ich hab das Barometer wieder gerade gehängt. Es hing schief." Während er seinen Blick über das Chaos schweifen ließ, fand Simon, daß sich das sehr dumm anhörte.

„Aha. Hast du was gehört?"

„Nein."

„Alles war wie sonst – abgesehen von dem Durcheinander natürlich –"

„Ja, eigentlich ja."

„Aha", sagte der Wachtmeister. Er grinste Simon an, der gespannt auf der äußersten Stuhlkante saß. „Na gut. Ich laß dich jetzt gehen."

„Oh", sagte Simon enttäuscht. „Ist das alles?"

„Ich denke", sagte der Wachtmeister gemächlich und zog sich die Jacke über dem runden Bauch zurecht. „Nun, Sir", sagte er zum Vater, „wenn wir uns jetzt mal den Schuhabdruck ansehen könnten, den Sie, wie Sie sagen, gefunden haben . . ."

„Ja, natürlich." Der Vater führte sie in die Küche, die Kinder folgten wie von einem Magneten gezogen und spähten durch die Tür. Der Wachtmeister betrachtete den Fußabdruck eine Weile mit ausdruckslosem Gesicht, dann sagte er zu dem stummen Polizisten: „Nun, sieh dir das mal genau an, George", und schlenderte nachdenklich in das Durcheinander des Wohnzimmers zurück.

„Sie sagten, daß nichts zu fehlen scheint, Sir?"

„Nun, das ist natürlich schwer zu sagen, da wir das Haus nur gemietet haben", sagte der Vater. „Aber von den wertvollen Gegenständen fehlt tatsächlich nichts. Das Silber ist nicht angerührt worden, und es ist ja auch nicht viel. Diese Schale dort wurde, wie Sie sehen, stehengelassen. Sie scheinen nach Büchern gesucht zu haben, und ob da etwas fehlt, dafür kann ich natürlich nicht bürgen. Es könnten ein paar fehlen, die uns noch gar nicht aufgefallen sind."

„Das ist ein ganz schönes Durcheinander, das muß ich sagen.“ Der Wachtmeister bückte sich mit einiger Anstrengung und hob ein Buch auf. Der Rest eines zerrissenen Spinnennetzes klebte auf dem oberen Rand. „Die sind wohl sehr alt – und wohl auch wertvoll. Der Kapitän ist recht wohlhabend, wie ich glaube.“

„Wenn ich einen Vorschlag machen dürfte, Herr Wachtmeister –“ sagte Großonkel Merry, der hinter der kleinen Gruppe stand, vorsichtig.

„Ja, bitte, Herr Professor.“ Der Wachtmeister strahlte über sein ganzes rosiges Bauerngesicht; sogar er schien Großonkel Merry erstaunlicherweise zu kennen.

„Ich hatte keine Gelegenheit, mir die Bibliothek genau anzusehen, da die meisten Schränke verschlossen waren. Aber ich möchte sagen, daß die wenigsten Bücher hier im Haus wertvoll waren, jedenfalls für einen Händler. Keins von ihnen war mehr wert als höchstens ein paar Pfund.“

„Komisch. Sie scheinen nach etwas gesucht zu haben . . . He, schauen Sie mal her.“ Der Wachtmeister schob die Papiere beiseite, die auf dem Boden lagen, und darunter kam ein Haufen leerer Bilderrahmen zum Vorschein.

„Die sind aus der Diele“, sagte Simon sofort. „In diesem wulstigen Goldrahmen war eine Landkarte, sie hing oben auf dem Treppenabsatz.“

„Hm, da ist keine Karte mehr drin. Die sind alle rausgerissen worden. Aber vielleicht finden wir sie noch irgendwo in diesem Haufen.“ Der Wachtmeister schaukelte auf den Absätzen hin und her und starrte mit einem Ausdruck milden Bedauerns auf die zertrümmerten Bücherschränke und die Bücherhaufen. Er rieb nachdenklich einen seiner Silberknöpfe und wandte sich schließlich mit entschlossener Miene an den Vater. „Reiner Vandalismus, würde ich meinen, Sir. Es gibt keine andere Erklärung. Wenn so was hier auch selten ist.“

„Ah“, sagte der junge Polizist bedauernd, wurde dann sofort feuerrot und schaute auf seine Schuhspitzen.

Der Wachtmeister strahlte ihn an. „Jemand, der was gegen den Kapitän hat, hat sich an seinem Eigentum vergriffen. Kann gut sein, daß ein paar Leute hier in der Gegend ihn nicht leiden können, er ist ein komischer alter Vogel. Meinen Sie nicht auch, Herr Professor?"

„So könnte man ihn nennen", sagte der Großonkel geistesabwesend. Er hatte die Stirn in Falten gezogen und sah sich ratlos um.

„Ein Einbruch ist in so einem kleinen Ort wie Trewissick nicht schwer", sagte der Wachtmeister. „Die Leute erwarten es nicht. Sie lassen die Fenster offen ... haben Sie gestern abend das Haus verschlossen, Dr. Drew?"

„Ja, das tue ich immer, vorn und hinten." Der Vater kratzte sich am Kopf. „Ich könnte schwören, daß im Erdgeschoß kein Fenster offenstand, aber ich muß zugeben, ich bin nicht rundgegangen und habe an jedem einzelnen gerüttelt."

„Aber nein, das würde auch niemand erwarten ... ich kann nicht begreifen, warum jemand das Risiko eingeht, alles zu demolieren, ohne etwas mitzunehmen. Und jetzt möcht ich mir noch mal diesen Abdruck ansehen –" Er ging vor den andern aus dem Zimmer hinaus.

Simon winkte Jane und Barney, sie sollten zurückbleiben. „Vandalen", sagte er nachdenklich. Er nahm ein Buch auf, das aufgeschlagen umgekehrt auf dem Teppich lag, und schloß es vorsichtig.

„Irgendwas stimmt nicht", sagte Jane. „Alles ist so gründlich gemacht worden. Jede Schublade ist aufgerissen, und fast jedes Buch ist aus dem Regal genommen worden."

„Und alle Landkarten sind aus den Rahmen gerissen", sagte Barney. „Nur die Landkarten, habt ihr das bemerkt? Kein einziges Bild."

„Die Einbrecher müssen nach etwas gesucht haben."

„Und sie haben das ganze Haus durchsucht, weil sie es nicht finden konnten."

„Vielleicht war es nicht hier unten", sagte Simon langsam.

„Nun, oben konnte es doch nicht sein."

„Wie willst du das wissen?"

„Sei nicht blöd. Oben ist doch gar nichts. Außer uns."

„Ist da wirklich nichts?"

„Also –“ sagte Jane, und dann sahen sie einander plötzlich entsetzt an. Sie drehten sich um und stürzten aus dem Zimmer die Treppe hinauf in das Schlafzimmer im zweiten Stock, wo zwischen den Betten von Simon und Barney der große eckige Kleiderschrank stand. Simon zerrte hastig einen Stuhl herbei, sprang hinauf und tastete oben auf dem Schrank herum. Sein Gesicht wurde starr vor Schreck. „Es ist weg!“

Ein schrecklicher Augenblick der Stille folgte. Dann ließ sich Jane mit einem Plumps auf Barneys Bett fallen und fing an, wie verrückt zu lachen.

„Hör auf!“ sagte Simon wütend, er klang in diesem Moment so autoritär wie sein Vater.

„Verzeih . . . es ist alles in Ordnung“, sagte Jane zahm. „Es ist nicht weg. Es ist in meinem Bett.“

„In deinem Bett?“

„Ja. Ich habe es. Es ist immer noch da. Ich hatte es ganz vergessen.“ Jane stotterte. Dann riß sie sich zusammen. „Als ich den Pfarrer besuchen ging, wollte ich es nicht mitnehmen und mußte es irgendwo in meinem Zimmer verstecken. Da habe ich es unter mein Bettzeug geschoben. Das fiel mir zuerst ein. In der vergangenen Nacht hab ich gar nicht mehr dran gedacht. Ich muß eingeschlafen sein, ohne das Futteral gespürt zu haben. Kommt!“

Das vordere Schlafzimmer war voller Sonnenschein, und durch das Fenster funkelte die See so fröhlich herein, als könnte es nichts Böses auf der Welt geben. Jane zog das Laken von dem zerwühlten Bett, und in einer Ecke am Fußende kam das Teleskopetui zum Vorschein.

Sie hockten sich nebeneinander auf den Bettrand, und Jane schraubte das Etui in ihrem Schoß auf. Erleichtert und schweigend betrachteten sie den vertrauten hohlen Zylinder, der in seinem Inneren das Manuskript enthielt.

„Ist euch klar“, sagte Simon ernst, „daß dies der sicherste Ort war, an dem es hatte liegen können? Sie hätten überall suchen können, ohne uns zu wecken, aber nicht in deinem Bett.“

„Meinst du, sie waren hier oben und haben in unserem Zimmer nachgesehen?“ Barney wurde blaß.

„Sie können überall gesucht haben."

„Oh, aber das ist doch verrückt." Jane schwenkte ihren Pferdeschwanz, als versuchte sie, den Kopf klarzubekommen. „Wie können sie denn überhaupt etwas von dem Manuskript wissen? Wir haben es in der Dachkammer gefunden, es war gut versteckt, und offenbar hatte es dort seit vielen, vielen Jahren gelegen. Im übrigen ist auch schon seit Jahren niemand mehr auf dem Speicher gewesen – denkt doch an den Staub auf der Treppe."

„Ich weiß nicht", sagte Simon. „Es gibt vieles, was ich nicht verstehe. Ich weiß nur, daß ich ein komisches Gefühl hatte, seitdem du gesagt hast, daß dieser Pfarrer wegen der kopierten Linie auf der Landkarte so in Aufregung geraten ist."

Jane zuckte die Schultern. „Ich glaube nicht, daß ein Pfarrer schlecht sein kann. Jedenfalls wußte er nichts von dem Manuskript. Er hat mir ein paar Fragen gestellt, aber ich glaube, er war nur neugierig."

„Wartet mal", sagte Barney zögernd, „mir ist etwas eingefallen. Noch jemand hat Fragen gestellt. Das war Mr. Withers gestern auf dem Boot, als ich mit ihm unten in der Kabine war und wir das Mittagessen vorbereitet haben. Er fing an, allerhand komische Sachen über das *Graue Haus* zu erzählen, und wir sollten ihm sagen, wenn wir etwas sähen, was uns sehr alt vorkäme . . . irgendwelche" – er schluckte –, „irgendwelche alten Bücher oder Karten oder Papiere . . ."

„O nein", sagte Simon, „er kann es doch nicht gewesen sein."

„Aber wer immer es war", sagte Barney mit leiser, klarer Stimme, „er hat nach dem Manuskript gesucht – so ist es doch?"

Wie sie da so im Schweigen des *Grauen Hauses* saßen, wußten alle drei, daß dies die Wahrheit war.

„Sie müssen es schrecklich dringend brauchen." Simon betrachtete das Manuskript. „Es ist das Stück mit der Karte, das sie brauchen. Jemand muß irgendwie gewußt haben, daß es im Haus ist. Oh, ich wünschte, wir wüßten, was draufsteht."

„Hört mal", sagte Jane entschlossen, „wir müssen Mutter und Vater davon erzählen."

Simon streckte das Kinn vor. „Das hätte gar keinen Zweck. Mutter würde sich zu Tode sorgen. Und seht ihr nicht ein, daß wir dann keine Möglichkeit mehr hätten, selber dahinterzukommen, was es bedeutet? Und wenn es uns nun wirklich zu einem vergrabenen Schatz führt?"

„Ich will diesen biestigen Schatz gar nicht finden. Wenn wir's tun, wird etwas Schreckliches geschehen."

Barneys Besitzerstolz war größer als seine Angst. „Wir können jetzt niemandem mehr davon erzählen. Wir haben es gefunden. Ich habe es gefunden, es ist meine Aufgabe."

„Du bist zu klein, um das zu verstehen", sagte Jane überheblich, „irgendeinem müssen wir es sagen – Vater oder dem Polizisten. Seht es doch ein", fügte sie kläglich bittend hinzu, „wir müssen etwas unternehmen, nachdem, was letzte Nacht passiert ist."

„Kinder!" Die Stimme der Mutter kam aus dem Treppenhaus, sie klang ganz nah. Schuldbewußt sprangen sie auf, und Simon hielt das Manuskript hinter den Rücken.

„Hallo?"

„Oh, da seid ihr ja." Die Mutter tauchte in der Tür auf. Sie schien über etwas nachzudenken. „Hört mal, im Haus wird es den ganzen Morgen chaotisch zugehen – hättet ihr nicht Lust, schwimmen zu gehen und etwas später zum Mittagessen zu kommen – sagen wir halb zwei? Heute nachmittag will Großonkel Merry mit euch allen einen Ausflug machen."

„Prima", sagte Simon, und die Mutter verschwand wieder.

„Das ist es!" Barney schlug vor Aufregung und Erleichterung auf das Kissen ein. „Warum ist uns das nur nicht eher eingefallen? Wir können es jemandem sagen, ohne das was passiert. Wir können es Großonkel Merry sagen!"

Kapitel 6

„Was für ein herrlicher Nachmittag für eine Wanderung“, sagte Großonkel Merry, als sie den Berg hinunter auf den Hafen zugingen. „Wohin wollt ihr gehen?“

„Irgendwohin, wo es einsam ist.“

„Ganz, ganz weit weg von hier.“

„Irgendwohin, wo wir reden können.“

Großonkel Merry blickte von einem gespannten Gesicht zum andern. Seine ausdruckslose, unbewegte Miene veränderte sich nicht, er sagte einfach: „Nun gut.“ Er schritt weit aus, so daß sie traben mußten, um mit ihm Schritt zu halten. Er stellte keine Fragen, sondern schritt schweigend dahin. Sie stiegen die gewundene, schmale Straße hinauf, die von der Hafenseite, die Kenmare Head und dem *Grauen Haus* gegenüberlag, bergauf führte, folgten dann dem Pfad, der oben am Kliff entlanglief, an den letzten vereinzelten Häusern des Dorfes vorbei, bis der langgestreckte, grüne und purpurne Rand der dem Haus gegenüberliegenden Landzunge sich vor ihnen erhob.

Durch Heidekraut und Stechginster, an rauhen, grauen Felsbrocken vorbei, die verwittert und von gelben Flechten gesprenkelt waren, mühten sie sich die Steigung hinauf. Unten im Hafen hatte man keinen Hauch verspürt, aber hier oben pfiff ihnen der Wind um die Ohren.

„Puh“, machte Barney, blieb stehen und warf einen Blick nach unten. „Schaut mal!“

Sie wandten sich um und sahen tief unten den Hafen liegen und das *Graue Haus,* das an der gewundenen Straße winzig aussah. Sie waren jetzt schon höher als die höchste Stelle der Landzunge, auf der das *Graue Haus* lag, und der mit Felsbrokken übersäte Abhang stieg immer noch über ihnen auf und schien an den Himmel zu grenzen.

Sie wandten sich wieder um und kletterten weiter, und schließlich hatten sie die Höhe der Landzunge erreicht. Sie konnten auf beiden Seiten die Linie der Brandung wie eine sich leise verschiebende Landkarte vor sich sehen, und dahinter lag die große blaue Fläche des Meeres. Eine große, abschüssige Granitplatte ragte höher empor als alle anderen, an denen sie vorbeigekommen waren. Großonkel Merry setzte sich nieder und lehnte sich mit dem Rücken gegen den Stein; seine angezogenen Beine ragten spitz und knochig in den flatternden braunen Cordhosenbeinen vor ihm auf. Die Kinder standen beieinander und blickten nach unten. Das Land, das vor ihnen lag, war unbekannt, eine schweigende, geheimnisvolle Welt abgerundeter Höhen und unsichtbarer Täler, deren Farben im Glast der Sommerhitze ineinanderflossen.

„Hic incipit regnum Logri . . ." sagte Großonkel Merry, indem er mit ihnen über all das hinschaute, als läse er es von einer Inschrift ab.

„Was bedeutet das?"

„Hier beginnt das Königreich von Logres . . . kommt jetzt, ihr drei, und setzt euch hin."

Sie hockten sich neben ihn in einem Halbkreis vor den großen Felsen. Großonkel Merry schaute auf sie herab, als säße er auf einem Thron. „Nun", sagte er freundlich, „wer erzählt mir, was los ist?" Nur das Säuseln des Windes störte die Stille. Jane und Barney sahen Simon an. „Nun, es war der Einbruch", begann er stockend. „Wir haben uns Sorgen gemacht . . ." Und dann sprudelte es gleichzeitig aus allen dreien heraus.

„Als Miss Withers neulich abends da war, hat sie Fragen über das *Graue Haus* gestellt, und ob wir irgend etwas gefunden hätten."

„Und auch Mr. Withers auf der Yacht, er hat mich nach alten Büchern gefragt."

„Und die Leute, die gestern nacht da waren, die haben nur die Bücher angefaßt und all die alten Landkarten . . ."

„ . . . sie haben danach gesucht, ganz bestimmt . . ."

„ . . . nur wußten sie nicht, wo sie suchen mußten, und sie wußten nicht, daß wir es schon hatten."

„Wenn sie nun wissen, daß wir es haben, könnten sie hinter uns her sein . . .“

Großonkel Merry hob die Hand, rührte sich aber nicht. Er hatte das Kinn erhoben. Es sah aus, als wartete er auf etwas.

„Langsam jetzt“, sagte er. „Wenn ihr im *Grauen Haus* etwas gefunden habt, was war es?“

Simon griff in den Rucksack. Er reichte Großonkel Merry die Pergamentrolle. „Das haben wir gefunden.“

Großonkel Merry nahm das Pergament und entrollte es vorsichtig auf seinen Knien. Lange betrachtete er es schweigend, und sie konnten sehen, wie sein Blick über die Worte glitt.

Der Wind strich mit leisem Wimmern über die Landzunge, und obwohl der Ausdruck in Großonkel Merrys Gesicht sich nicht veränderte, wußten sie plötzlich, daß eine ungeheure Erregung ihn überflutete. Es knisterte wie eine elektrische Strömung in der Luft, aufregend und beängstigend zugleich, wenn sie auch nicht verstehen konnten, was es war. Schließlich hob er den Kopf und schaute über die Hügel von Cornwall, die sich weit in die Ferne erstreckten. Ein tiefer Seufzer der Erleichterung hob seine Brust, es war, als sei er von der Last der Sorgen der ganzen Welt befreit worden.

„Wo habt ihr es gefunden?“ sagte er, und die drei Kinder fuhren bei dem ruhigen, gewohnten Ton der Stimme zusammen, als wären sie aus einer Verzauberung geweckt worden.

„Auf dem Dachboden.“

„Das Haus hat einen großen Dachboden, der ganz verstaubt und voller Gerümpel ist. Wir haben hinter unserem Kleiderschrank eine Tür gefunden und eine Treppe, die nach oben führt.“

„Ich habe es gefunden“, sagte Barney. „Ich habe einen Apfelrest weggeworfen und wollte ihn dann wegen der Ratten zurückholen, und ich fand das Manuskript zufällig in einer Ecke unter dem Fußboden.“

„Was ist es, Gummery?“

„Was steht drauf?“

„Es ist schrecklich alt, nicht wahr? Ist es wichtig? Geht es um einen vergrabenen Schatz?“

„Das könnte man sagen", sagte Großonkel Merry. Seine Augen schienen verschleiert, unfähig, sich scharf auf etwas zu richten, aber um seine Mundwinkel zuckte es. Ohne daß er gelächelt hätte, sah er glücklicher aus, als sie ihn je zuvor gesehen hatten. Jane, die ihn betrachtete, dachte: Gewöhnlich ist es ein trauriges Gesicht, und darum kommt es einem jetzt so ganz anders vor.

Er legte das Manuskript auf seinen Schoß, blickte von Jane zu Simon, dann zu Barney und wieder zurück. Es war, als suchte er nach Worten.

„Ihr habt etwas gefunden, daß vielleicht wichtiger ist, als ihr es euch vorstellen könnt", sagte er schließlich.

Sie starrten ihn an. Er wandte den Blick von ihnen ab und ließ ihn wieder über die Höhen schweifen.

„Ihr erinnert euch an die Märchen, die man euch erzählt hat, als ihr noch ganz klein wart – es war einmal . . . Warum, glaubt ihr, fangen die immer so an?"

„Weil sie nicht wahr sind", sagte Simon sofort.

Jane, verzaubert von der Unwirklichkeit dieses hohen, abgeschiedenen Ortes, sagte: „Vielleicht sind sie einmal wahr gewesen, aber niemand wußte mehr, wann."

Großonkel Merry wandte den Kopf und lächelte sie an. „Du hast recht. Es war einmal . . . vor langer Zeit . . . da sind vielleicht einmal Dinge geschehen, aber man hat so lange darüber gesprochen, daß schließlich niemand es genau wußte. Und unter all dem, was die Leute im Lauf der Zeit hinzugefügt haben, den Zauberworten und den Wunderlampen, steckt doch nur eins – der gute Held kämpft gegen den Riesen oder die Hexe oder den bösen Onkel. Das Gute gegen das Böse."

„Aschenbrödel."

„Aladin."

„Hans, der Riesentöter."

„Und alle anderen." Er senkte wieder den Blick. Seine Finger liebkosten den gebogenen Rand des Pergaments. „Wißt ihr, wovon dieses Manuskript handelt?"

„König Arthur", sagte Barney sofort. „Und König Mark. Simon hat die Namen gefunden. Sie sind lateinisch."

„Und was weißt du über König Arthur?"

Barney sah sich mit einem triumphierenden Blick um, weil die andern ihm zuhören mußten, und holte tief Atem, um eine lange Aufzählung zu beginnen, aber dann konnte er doch nur stammeln.

„Nun ... er war König von England, und er hatte die Ritter von der Tafelrunde, Lanzelot und Galahad und Kay und die andern. Und sie kämpften in Turnieren und retteten Leute vor bösen Rittern. Und Arthur schlug alle mit seinem Schwert Excalibur. Ich glaube, das war das Gute gegen das Böse, wie du es eben gesagt hast, wie in den Märchen. Nur war er wirklich."

Großonkel Merrys stilles, glückliches Lächeln flackerte wieder auf. „Und wann war er König von England?"

„Nun –" Barney zuckte die Schultern. „Vor langer, langer Zeit ..."

„... wie in den Märchen", beendete Jane den Satz. „Jetzt verstehe ich. Aber Gummery, was willst du uns damit sagen? Ist König Arthur auch ein Märchen?"

„Nein", sagte Barney empört.

„Nein", sagte Großonkel Merry. „Es hat ihn wirklich gegeben. Aber mit ihm ist das gleiche geschehen, versteht ihr? Er hat vor so langer Zeit gelebt, daß es keinen schriftlichen Bericht über ihn gibt. So ist auch er zu einer Geschichte geworden, zu einer Legende."

Simon zerrte unruhig an dem Riemen seines Rucksacks. „Aber ich verstehe nicht, was das mit dem Manuskript zu tun hat."

Der Wind, der über die Landzunge strich, spielte in Großonkel Merrys weißem Haar, das sich gegen den blauen Himmel abhob, und als er jetzt den Blick senkte, sah er weise und streng aus.

„Ein wenig Geduld. Und hört mir jetzt genau zu, vielleicht ist es schwer für euch, zu verstehen, was ich jetzt sage.

Erstens: Ihr habt mich von Logres sprechen hören. Das war vor Tausenden von Jahren der Name für dieses Land, in jenen alten Zeiten, wo der Kampf zwischen dem Guten und dem Bösen härter und offener ausgetragen wurde als heute. Dieser

Kampf geht aber um uns herum immer noch weiter: Er gleicht einem Kampf zwischen zwei Heeren. Manchmal scheint es, daß das eine gewinnen wird, manchmal das andere, aber noch nie hat eine der Seiten einen vollständigen Sieg errungen. Und das wird auch nie geschehen", fügte er leise wie zu sich selbst hinzu, „denn etwas von beidem ist in jedem Menschen.

Manchmal kommt im Lauf der Jahrhunderte dieser uralte Kampf zu einem Höhepunkt. Das Böse wird sehr stark und scheint zu siegen. Aber zur gleichen Zeit gibt es immer einen Führer in der Welt, einen großen Menschen, der manchmal mehr als ein Mensch zu sein scheint, der die Mächte des Guten anführt und den verlorenen Boden und die verlorenen Menschen wieder zurückgewinnt."

„König Arthur", sagte Barney.

„König Arthur war ein solcher Führer", sagte Großonkel Merry. „Er kämpfte gegen die Menschen, die Logres erobern wollten, die raubten und mordeten und alle Regeln eines gerechten Kampfes brachen. Er war ein starker und guter Mensch, und die Menschen jener Tage vertrauten ihm ohne Einschränkung. Mit diesem Vertrauen im Rücken, war Arthurs Macht sehr groß – so groß, daß in den Geschichten, die sich seither um ihn gerankt haben, die Leute von Zauberkräften sprechen. Aber Zauber ist nur ein Wort."

„Aber er hat den Kampf doch nicht gewonnen", sagte Jane plötzlich mit Überzeugung, „sonst hätte es seitdem keine Kriege mehr gegeben."

„Nein, er hat nicht gewonnen", sagte Großonkel Merry, und selbst in diesem klaren Nachmittagslicht schien er sich mit jedem Wort mehr zu entfernen, er schien so alt wie der Felsen hinter ihm, so alt wie die Zeiten, von denen er sprach.

„Er wurde nicht ganz geschlagen, aber er konnte den Kampf auch nicht ganz gewinnen. Deshalb ist der Kampf zwischen dem Guten und dem Bösen seitdem immer weitergegangen. Aber das Gute hat sehr an Klarheit verloren, es hat wohl seit den alten Zeiten von Logres immer versucht, die Kraft wiederzugewinnen, die Arthur ihm erkämpft hatte, aber es ist nie gelungen. Zu vieles ist vergessen worden."

„Die Menschen, die sich an die alte Zeit erinnerten, haben seitdem nach ihrem Geheimnis gesucht. Aber auch andere haben danach gesucht – die Feinde, die bösen Menschen, die in ihrem kalten Herzen ebenso gierig danach verlangen wie die Männer, die Arthur damals bekämpfte."

Großonkel Merry schaute in die Ferne, sein Kopf hob sich vom Blau des Himmels ab wie das stolze Haupt einer Statue, die Jahrhunderte alt ist und doch immer dieselbe. „Ich habe gesucht", sagte er, „viele, viele Jahre."

Die Kinder starrten ihn überwältigt und ein wenig erschrokken an. Einen Augenblick lang war er ein Fremder, jemand, den sie nicht kannten.

Jane hatte plötzlich das fantastische Gefühl, daß Großonkel Merry nicht wirklich existierte, daß er verschwunden sein würde, wenn sie atmeten oder sprachen.

Er schaute sie wieder an. „Ich hatte herausbekommen, daß das, was ich suchte, sich in diesem Teil von Cornwall befand", sagte er. „Aber ich wußte nicht, daß gerade ihr Kinder es finden solltet. Oder in welche Gefahr ihr euch begeben würdet."

„Gefahr?" fragte Simon ungläubig.

„Sehr große Gefahr", sagte Großonkel Merry und sah ihm voll ins Gesicht. Simon schluckte. „Dieses Manuskript, Simon, stellt euch in die Mitte des Kampfes. Oh, oh, niemand wird dir ein Messer in den Rücken stoßen – ihre Methoden sind raffinierter. Und vielleicht auch erfolgreicher." Er betrachtete wieder das Manuskript. „Dies", sagte er fast in seinem gewohnten Ton, „ist eine Kopie."

„Eine Kopie?" sagte Barney, „aber es ist so alt."

„O ja, es ist alt. Etwa sechshundert Jahre alt. Aber es ist eine Kopie von etwas, das noch viel älter war – es wurde vor mehr als neunhundert Jahren geschrieben. Der Anfang ist Latein."

„Seht ihr, das hab ich doch gesagt", sagte Jane triumphierend.

Simon schob die Unterlippe vor: „Und ich hab etwas davon übersetzt. Das stimmt doch? Wenn auch nicht viel", räumte er zu Großonkel Merry gewandt ein. „Ich kannte keines der Wörter."

„Das glaube ich dir. Dies ist mittelalterliches Latein. Es ist anders als das Latein, das ihr in der Schule lernt ... Es wurde von einem Mönch geschrieben, der hier in der Nähe gelebt haben muß. Das muß vor etwa sechshundert Jahren gewesen sein, aber es steht kein Datum darauf. Der Text sagt ungefähr, daß ein altes, englisches Manuskript in der Nähe seines Klosters gefunden worden ist. Er sagt auch, daß in diesem Manuskript eine alte Legende aus den Tagen von Mark und König Arthur mitgeteilt wird und daß er diese Geschichte kopiert hat, damit sie nicht verlorengeht, denn das Manuskript zerfiel schon. Er sagt außerdem, daß er eine Landkarte kopierte, die sich bei dem Manuskript befand. Darunter steht dann die kopierte Geschichte – und ganz unten seht ihr die Landkarte."

„Wenn das originale Manuskript so alt war, daß es schon vor sechshundert Jahren in Stücke zerfiel ..." sagte Barney nachdenklich.

Simon unterbrach ihn ungestüm: „Gummery, kannst du den Teil, der abgeschrieben worden ist, lesen? Das ist doch kein Latein, oder doch?"

„Nein", sagte Großonkel Merry, „es ist ein früher angelsächsischer Dialekt, eine alte Sprache, die vor vielen Jahrhunderten gesprochen wurde. Aber es ist sogar eine alte Form dieser Sprache, voll von alten gälischen Wörtern, sogar gälischen Wörtern aus dem Bretonischen. Ich weiß nicht – ich werde es übersetzen, so gut ich kann. Aber vielleicht wird das ein ziemlich kurioses Englisch, vielleicht werde ich auch aufhören müssen ..."

Er betrachtete das Manuskript noch einmal eindringlich. Dann begann er stammelnd und mit vielen Pausen, während er das Blatt in die Sonne hielt oder in seinem Kopf nach einem Wort suchte, in seiner tiefen, wie von weitem kommenden Stimme zu lesen. Die Kinder saßen da und hörten zu; die Sonne brannte ihnen ins Gesicht, und der Wind flüsterte ihnen in die Ohren.

„Dies schreibe ich, damit, wenn die Zeit kommt, es von dem richtigen Mann gefunden werde. Und ich lasse es in der Obhut des alten Landes, das bald nicht mehr sein wird.

In das Königreich des Mark, das Land Cornwall, kam in den Tagen meiner Väter ein fremder Ritter auf der Flucht nach Westen. Viele flohen in jenen Tagen hierher, als das alte Königreich von den Eindringlingen zerstört und die letzte Schlacht des Königs Arthur verloren war. Denn nur im Westland liebten die Menschen noch Gott und die alten Sitten.

Und der fremde Ritter, der zum Haus meiner Väter kam, war Bedwin genannt, und er trug bei sich das letzte hohe Gut von Logres, einen Kelch, der in der Art des heiligen Grals gefertigt war, und auf seiner Außenseite, die in Felder aufgeteilt war, war die wahre Geschichte von König Arthur berichtet, die bald im Gedächtnis der Menschen verdunkelt sein wird. Jedes Feld erzählte von einem Übel, das Arthur und die Ritter Gottes besiegt hatten, bis am Ende das Böse den Sieg davontrug. Und auf dem letzten Feld trägt er das Versprechen und den Beweis dafür, daß Arthur wiederkommen wird.

Denn wisset, sagte der Ritter Bedwin zu meinen Vätern, jetzt ist das Böse über uns gekommen, und so wird es bleiben, länger, als wir uns träumen. Aber wenn dieser Kelch, der das letzte Gut und Wahrzeichen der alten Welt ist, nicht verlorengeht, dann wird, wenn die Zeit gekommen ist, der Pendragon wiederkommen. Und das Böse wird vertrieben werden und nie zurückkehren.

Und damit nun der Schatz bewahrt bleibe, so sagte er, gebe ich ihn in eure Obhut und in die eurer Söhne und Sohnessöhne, bis daß der Tag kommt. Denn ich bin zu Tode verwundet worden in der letzten der alten Schlachten, und mehr kann ich nicht tun.

Und bald starb er, und sie begruben ihn über der See und unter dem Stein, und dort liegt er, bis unser Herr wiederkommt.

Und so ist der Kelch in die Obhut meiner Väter gelangt, und sie haben ihn gehütet im Lande Cornwall, wo die Menschen noch versuchten, die alten Sitten lebendig zu erhalten, während im Osten die Männer des Bösen immer zahlreicher wurden und das Land von Logres sich verfinsterte. Denn Arthur war davongegangen, und Mark war tot, und die neuen Könige waren nicht so, wie die alten gewesen waren. Und mit jedem

Zeitenwechsel kam der Kelch in die Obhut des ältesten Sohnes, und zuletzt kam er zu mir.

Und seit dem Tod meines Vaters habe ich ihn nach bestem Vermögen in Sicherheit gehütet, im Verborgenen und in gutem Glauben. Aber jetzt werde ich alt und bin kinderlos, und die tiefste Finsternis senkt sich über unser Land. Denn die heidnischen Männer, die Diener des Bösen, die vor Jahren in den Osten kamen, die Engländer erschlugen und ihr Land nahmen, wenden sich jetzt westwärts, und wir werden nicht mehr lange vor ihnen sicher sein.

Die Finsternis bewegt sich auf Cornwall zu, die langen Schiffe schleichen sich an unsere Küste, und die Schlacht ist nahe, die zum Untergang führen wird, zum Ende all dessen, was wir gekannt haben. Es gibt keinen Hüter mehr für diesen Gral, da der Sohn meines Bruders, den ich wie meinen eigenen liebte, sich schon den heidnischen Männern zugewendet hat und sie gegen Westen führt. Und um mein Leben zu retten und das Geheimnis des Grals, das nur seine Hüter kennen, zu wahren, muß ich ebenso fliehen wie Bedwin, der fremde Ritter, geflohen ist. Aber im ganzen Land Logres bleibt kein Zufluchtsort, so daß ich über See in das Land fliehen muß, wohin, wie sie sagen, die Männer aus Cornwall immer geflohen sind, wenn der Schrecken ihnen drohte.

Aber der Gral darf dieses Land nicht verlassen, er muß den Pendragon erwarten, bis der Tag kommt.

Deshalb vertraue ich ihn diesem Land an, verberge ihn über See und unter Stein, und ich hinterlasse hier die Zeichen, durch die der rechte Mann am rechten Ort wissen wird, wo er liegt. Die Zeichen, die verblassen, aber nicht sterben. Das Geheimnis des Auftrags, der auf dem Kelch geschrieben ist, darf ich nicht preisgeben, ich muß es unausgesprochen mit ins Grab nehmen. Aber der Mann, der den Gral findet und andere Worte von mir weiß, wird durch beides zusammen das Geheimnis lösen. Und ihm gilt der Auftrag, das Versprechen und der Beweis, und in seinen Tagen wird der Pendragon wiederkommen. Und jener Tag wird ein neues Logres sehen, aus dem das Böse vertrieben ist, und die alte Welt wird dann nur noch wie ein Traum sein."

Großonkel Merry hörte auf zu lesen; aber die Kinder blieben so still und sprachlos sitzen, als erklänge seine Stimme immer noch. Die Geschichte schien so genau in dieses grüne Land zu passen, dessen Hügel und Täler sich unter ihnen dahinzogen, daß ihnen war, als säßen sie mitten in der Vergangenheit. Sie sahen den fremden Ritter Bedwin auf sich zureiten, er kam eben über den Kamm eines Hügels, während die Langboote der Eindringlinge hinter den grauen Granitklippen der Landzunge mit ihrem weißen Gischtgürtel lauerten.

Simon sagte schließlich: „Wer ist der Pendragon?"

„König Arthur", sagte Barney.

Jane sagte nichts. Sie saß da und dachte an den traurigen Cornwall-Mann, der über die See davonsegelte, hinweg von seinem bedrohten Land. Sie schaute zu Großonkel Merry hin. Sein Blick schweifte über die See und zu der anderen Landzunge jenseits von Trewissick hinüber; die strengen Züge seines Gesichts waren entspannt und nachdenklich. „. . . Und die alte Welt", wiederholte er leise und wie zu sich selbst, „wird nur noch ein Traum sein . . ."

Simon stand auf und hockte sich dicht neben ihn, um das Manuskript auf seinen Knien zu betrachten. „Dann muß man auf der Karte sehen können, wo der Gral versteckt ist. Vielleicht finden wir ihn. Was würde das bedeuten?"

„Es wird alles mögliche mit sich bringen, und nicht alles wird angenehm sein", sagte Großonkel Merry grimmig.

„Wie wird er aussehen? Was ist ein Gral überhaupt?"

„Eine Art Trinkgefäß. Ein Kelch. Ein Becher. Aber nicht wie ein gewöhnlicher Becher", sagte Großonkel Merry und betrachtete sie mit ernstem Blick. „Nun hört mir gut zu. Diese Karte, die ihr gefunden habt, weist den Weg zu einem Zeichen, das die Menschen seit Jahrhunderten gesucht haben. Ich habe euch schon gesagt, daß auch ich danach gesucht habe. Aber ihr erinnert euch: Ich habe euch gesagt, daß auch andere danach suchen, Leute von der feindlichen Seite, wenn ihr so wollt. Diese Leute sind böse, und sie können sehr, sehr gefährlich werden." Großonkel Merry beugte sich vor und sprach mit großem Ernst, so daß die Kinder seinen Blick fast ängstlich erwiderten.

„Sie sind jetzt schon lange Zeit immer dicht hinter mir her", sagte er. „Und hier in Trewissick sind sie auch ganz in eurer Nähe gewesen. Einer von ihnen ist ein Mann, Norman Withers, eine andere ist die Frau, die sich seine Schwester nennt. Vielleicht gibt es noch andere, aber das weiß ich nicht."

„Und der Einbruch?" Sie starrten ihn an, und Jane sagte: „Waren sie das?"

„Ohne Zweifel", sagte Großonkel Merry. „Vielleicht waren sie es nicht selbst, aber ganz sicher stecken sie dahinter – die durchwühlten Bücher, die gestohlenen Landkarten, die Suche nach einem verborgenen Versteck unter dem Fußboden. Wie ihr wißt, waren sie sehr nahe dran, näher als ich. Als ich das *Graue Haus* mietete, war es nicht mehr als ein Schuß ins Dunkle. Ich war so weit gekommen, daß ich wußte, ich mußte in der Gegend von Trewissick suchen, aber das war auch alles. Ich hatte keine Vorstellung, wonach ich eigentlich suchte. Es hätte irgend etwas sein können. Aber sie wußten es. Auf irgendeine dunkle Weise haben sie herausgefunden, daß es sich um ein Manuskript handelte, und letzte Nacht haben sie danach gesucht. Aber sie hatten nicht damit gerechnet, daß ihr es als erste gefunden habt." Er lächelte leise. „Ich möchte Withers' Gesicht heute gern sehen!"

„Jetzt paßt alles zusammen", sagte Simon langsam. „Die Art, wie er sich so schnell mit Vater angefreundet hat, wie er uns auf das Boot eingeladen hat –" Einen unbehaglichen Augenblick lang hörte er wieder Großonkel Merrys Stimme, die mit Nachdruck sagte: „Sie können sehr, sehr gefährlich werden . . ."

Barney sagte: „Aber Gummery, wußtest du, daß *wir* es finden würden? Wir, ich meine, ich, Simon und Jane?"

Sein Großonkel sah ihn scharf an: „Warum sagst du das?"

„Nun – ich weiß nicht", Barney suchte nach Worten. „Du mußt gesucht haben, bevor wir kamen, und du hast nichts gefunden. Aber als wir kamen, warst du nie da. Du bist dauernd verschwunden, fast als wolltest du das Haus uns überlassen."

Großonkel Merry lächelte. „Ja, Barney", sagte er, „ich hatte tatsächlich eine Ahnung, daß ihr es finden könntet, denn ich kenne euch drei gut. Diese Idee kam mir, bevor sie unseren Freunden kam, und deshalb haben sie sich trotz ihres Interesses am *Grauen Haus* immer Sorgen darüber gemacht, was ich wohl vorhätte. Und während ihr das Haus für euch hattet, sind sie über das ganze südliche Cornwall hinter mir hergehetzt. Ich war, so könnte man es sagen, der Köder, hinter dem sie herliefen."

„Aber was –" sagte Barney.

„Laß doch", unterbrach ihn Simon. Er hatte ungeduldig an Großonkel Merrys Ellbogen herumgezerrt. „Es ist doch jetzt alles klar. Aber was ist jetzt mit der Karte?"

„Du hast ganz recht." Großonkel Merry ließ sich wieder mit dem Rücken zum Felsen im Gras nieder. „Wir haben keine Zeit zu verlieren."

„Es ist eine Karte von Trewissick", sagte Simon eifrig. „Jane hat das herausgefunden. Nur scheint sich die Küste verändert zu haben –"

„Ich habe sie mit der Karte im Reiseführer verglichen, der sich im *Grauen Haus* befand", sagte Jane. Es schien ihr kaum nötig, ihren Besuch bei dem Pfarrer zu erwähnen. „Das Komische ist, daß die Küstenlinie auf den beiden Karten anders aussieht, aber die Namen sind die gleichen. Wenn du genau auf das Manuskript schaust, so heißt die eine der Landzungen *King Mark's Head,* nur ist es falsch geschrieben. Und im Fremdenführer steht an dieser Stelle *Kenmare Head.* Auf dem Manuskript muß also Trewissick gezeichnet sein."

„Das ist richtig", sagte Großonkel Merry, während er sich über das Manuskript neigte. „Ein einfacher Sprachverschleiß. Man läßt Konsonanten fallen –" Sein Kopf fuhr in die Höhe. „*Was* hast du gesagt?"

Jane verstand nicht. „Hmm?"

„Hast du gesagt, daß die Landzunge im Reiseführer *King Mark's Head* genannt wird?"

„Ja. Ist das wichtig?"

„O nein." Der abwesende Ausdruck legte sich wieder wie ein Schleier über Großonkel Merrys Gesicht. „Nur ist dieser Name schon seit sehr langer Zeit nicht mehr in Gebrauch, die meisten

Leute kennen ihn gar nicht mehr. Ich würde mir diesen Führer gern einmal ansehen."

„Das verstehe ich nicht." Simon betrachtete die alte Zeichnung. „Selbst wenn dies Trewissick sein soll, was nützt uns das? Es ist der nutzloseste Schatzplan, den ich je gesehen habe, es sind allerlei merkwürdige Zeichen darauf, aber keins, das verständlich wäre. Nichts führt zu etwas anderem, wie soll man also herausfinden, wo der Gral ist?"

Großonkel Merry wies auf das Manuskript. „Denk daran, was im Text steht – für den richtigen Mann am richtigen Ort, zu finden . . ."

„Vielleicht ist es wie eins der Labyrinthe, die man manchmal in Büchern abgebildet sieht", sagte Jane. Sie dachte angestrengt nach. „Wenn man erst einen Anfang gefunden hat, ist es ganz leicht, aber es ist schrecklich schwer, diesen Ausgangspunkt zu finden. Das könnte es sein, was mit ‚am richtigen Ort' gemeint ist. Wenn man mit der Karte an den richtigen Ausgangspunkt geht, sagt sie einem, wohin man als nächstes gehen muß."

Simons Stimme hörte sich fast wie ein Heulen an: „Aber wie sollen wir herausfinden, wo wir anfangen müssen?"

Barney, der dicht neben Großonkel Merry stand, hatte nicht zugehört. Er war wie sooft in ein verträumtes Schweigen verfallen, schaute mit weit offenen Augen über den Hafen hinweg und von Zeit zu Zeit wieder hinunter auf die Zeichnung. „Jetzt weiß ich, woran es mich erinnert", sagte er nachdenklich.

Niemand beachtete ihn. Barney fuhr wie im Traum fort: „Es sieht aus wie eine von Mutters Zeichnungen, die sie perspektivische Skizzen nennt. Eigentlich sieht das hier aus wie ein Bild und nicht wie eine Landkarte. Wenn man nach unten blickt, verdeckt diese Hügelkuppe den Rand des Hafens, und die Landspitze macht diesen Bogen" – er zog mit dem Finger in der Luft die Linie nach, die er unten vor sich sah. „Und die Steine oben drauf bilden diese komischen Knoten hier auf der Zeichnung . . ."

„Menschenskind, er hat es gefunden!" schrie Simon und riß Barney aus seiner Träumerei. „Das ist es! Schaut doch mal! Es ist ein Bild und keine Landkarte, und darum sah die Form so verkehrt aus, wenn man sie mit der Karte im Führer verglich. Schaut doch mal –" Er nahm das Manuskript vorsichtig aus Großonkel Merrys Händen und hielt es vor den langen, felsigen Arm von Kenmare Head. Und während sie den Blick zwischen der Landzunge und dem Manuskript hin- und herschweifen ließen, wurde es ihnen plötzlich ganz klar, daß sie eine Abbildung der Landschaft vor sich liegen hatten, und sie konnten nicht mehr verstehen, wie sie diese für eine Landkarte hatten halten können.

„Dann muß", sagte Jane, während sie fassungslos von einem Gesicht zum andern schaute, „dann muß dies der rechte Ort sein. Der Anfang des Labyrinths. Die ganze Zeit haben wir, ohne daß wir es wußten, genau auf der Stelle gestanden wie der Mann, der das Bild gezeichnet hat. Stellt euch das vor!" Sie betrachtete das Manuskript mit ehrfürchtiger Scheu.

„Also los!" sagte Barney, der vor Aufregung glühte. „Wir wissen jetzt, von wo der Mann ausgegangen ist. Aber wie sollen wir herausfinden, wohin es als nächstes geht?"

„Sieh dir das Bild an. Auf diesem Vorgebirge hier ist eine Art Fleck eingezeichnet."

„Es gibt hier überall Flecken. Die Hälfte sind mit Tinte gemacht, und die anderen sind einfach Dreck."

„Die Zeichen des Alters", sagte Großonkel Merry düster.

„Nein, aber dieser hier ist absichtlich gemacht worden", sagte Simon hartnäckig. Genau hier, wo – o Gott! Das muß der Felsen sein, an dem du lehnst, Gummery!"

Sein Großonkel schaute sich prüfend um. „Nun, ich glaube, es wäre möglich. Ja, es ist wirklich möglich. Ich denke, dies ist eine natürliche Formation, nichts von Menschenhand Errichtetes."

Barney stand auf und ging um den Felsen herum. Er untersuchte die mit gelben Flechten überwucherten Risse und jede Schrunde, jede Delle genau, konnte aber nichts Ungewöhnliches finden. „Da ist nichts Besonderes", sagte er enttäuscht, als er an der anderen Seite wieder zum Vorschein kam.

Jane brach in Lachen aus. „Du siehst genau aus wie Rufus, der hinter einer Kaninchenspur herschnüffelt und schließlich feststellt, daß überhaupt nichts da ist."

Barney schlug sich auf's Knie. „Ich weiß, wir hätten Rufus mitbringen sollen. Er hätte uns sehr nützen können, er hätte eine Spur gerochen."

„Man kann Sachen nicht mehr riechen, wenn sie Jahrhunderte verborgen gewesen sind, du Idiot."

„Wieso nicht? Wartet nur, ich wette, daß er uns helfen wird."

„Bestimmt nicht."

„Wo ist er überhaupt?"

„Bei Mrs. Palk. Ich vermute, daß sie ihn irgendwo eingesperrt hat, den Armen. Ihr wißt doch, als er neulich abend so wütend wurde, hat Vater gesagt, daß er ihn nicht mehr im Haus haben will."

„Mrs. Palk nimmt ihn jeden Abend mit nach Haus."

„Wenn sie ihn gestern nicht mitgenommen hätte, hätte er vielleicht die Einbrecher gestellt."

„Ja, natürlich!" Einen Augenblick lang herrschte Schweigen, während sie alle diesem Gedanken nachhingen.

„Ich traue Mrs. Palk nicht", sagte Jane, ohne dies näher zu erklären.

„Macht euch deswegen keine Gedanken", sagte Großonkel Merry leichthin. „Ich vermute, daß der Hund ihnen nur die Hände geleckt hätte und sie aufgefordert hätte, weiterzumachen."

„Er mag Mr. Withers nicht", sagte Barney. „Als wir gestern von der Yacht zurückkamen, kam er uns schwanzwedelnd entgegengelaufen, aber als er Mr. Withers sah, klemmte er den Schwanz ein und bellte. Gestern haben wir alle darüber gelacht", fügte er nachdenklich hinzu.

„Nun, morgen nehmen wir ihn mit. Aber wir müssen jetzt bald zurückgehen und wissen immer noch nicht, wo wir anfangen sollen. Gummery, könnte dieser Felsen wirklich etwas bedeuten?" Simon rieb nachdenklich die graue Oberfläche.

„Vielleicht bildet er mit irgendeinem anderen Punkt eine Linie", sagte Jane voller Hoffnung, „wie ein Strich auf dem Kompaß. Schaut mal auf die Karte, ich meine das Bild."

„Das hilft nichts. Er könnte mit irgendeinem dieser Flecken eine Linie bilden."

„Nun, dann müssen wir feststellen, wo diese einzelnen Punkte alle liegen, hingehen und suchen, ob wir in der Nähe etwas finden."

„Aber das würde Monate dauern."

„Oh!" Barney stampfte vor Ungeduld mit dem Fuß. „Das ist ja schrecklich. Was sollen wir nur machen?"

„Es lassen", sagte Großonkel Merry. Die Kinder waren überrascht.

„Es lassen?" Sie starrten ihn an.

„Es bis morgen lassen. Und morgen wieder mit frischem Mut anfangen. Wir haben nicht viel Zeit, und es wird ein Rennen ohne Ende werden. Aber im Augenblick haben wir einen Vorsprung. Die andere Seite weiß nicht, daß wir etwas gefunden haben. Sie beobachten mich mit Argusaugen, aber euch haben sie nicht in Verdacht, und mit etwas Glück wird das auch so bleiben. Ihr könnt es euch leisten, wegzugehen und es bis morgen zu überdenken."

„Werden sie nicht wiederkommen und wieder einbrechen?" sagte Jane unruhig.

„Das werden sie nicht wagen. Nein, das war nur ein Versuch – sie haben alles darangesetzt, einen Schlüssel zu finden, und es ist ihnen nicht gelungen. Sie werden jetzt etwas anderes versuchen."

„Wenn wir nur wüßten, was."

„Großonkel Merry, warum können wir nicht der Polizei sagen, daß sie es waren? Dann könnten sie uns überhaupt nichts mehr antun."

„Ja", sagte Jane eifrig. „Warum nicht?"

„Das können wir auf keinen Fall", sagte Barney mit Überzeugung.

„Warum nicht?"

„Ich weiß nicht."

Sie sahen Großonkel Merry an.

Ohne seine Meinung zu verraten, sagte er: „Warum habt ihr der Polizei nicht gesagt, daß ihr wahrscheinlich wüßtet, wonach die Einbrecher gesucht haben?"

„Nun – sie hätten uns ausgelacht. Sie hätten geglaubt, es wäre nur ein altes Stück Papier."

„Und wenn wir zur Polizei gegangen wären, wäre es kein Geheimnis mehr gewesen, und wir hätten uns nicht auf die Suche machen können."

„Und dazu kommt noch", sagte Jane, und ihr altes Schuldbewußtsein stieg wieder auf, „daß wir Mutter und Vater nichts davon gesagt hatten."

„Also", sagte Großonkel Merry, „ihr hättet ihnen gesagt, wir haben auf dem Dachboden ein altes Pergament gefunden, und wir glauben, daß auch die Einbrecher danach gesucht haben, denn sie haben das ganze Haus auf den Kopf gestellt. Und unser redlicher Wachtmeister, der überzeugt davon ist, daß die Schuldigen einfach Rowdys waren, hätte nachsichtig gelächelt und euch gesagt, ihr solltet spielen gehen."

„Das stimmt, das stimmt genau. Das ist der Grund, warum wir nichts gesagt haben."

Großonkel Merry lächelte. „Ich könnte jetzt zu ihm gehen und ihm sagen, dies Manuskript ist der Schlüssel, der zu einer Art von uraltem Kelch führt, den man einen Gral nennt und der in Trewissick versteckt ist. Darauf ist die wahre Geschichte von König Arthur niedergeschrieben. Der Mann von der Yacht *Lady Mary* sucht dieses Manuskript und ist deshalb in das Haus eingebrochen, und er ist mir Tag und Nacht gefolgt, um festzustellen, ob ich es vor ihm gefunden habe. Was würde dann geschehen?"

„Sie würden Mr. Withers verhaften", sagte Simon voller Hoffnung, aber es klang nicht sehr überzeugt.

„Der Wachtmeister würde zu Mr. Withers gehen, und der würde natürlich für die Nacht des Einbruchs ein perfektes Alibi haben, und er würde ihn in ziemlich entschuldigendem Ton über meine seltsame Geschichte befragen. Mr. Withers würde mit Erfolg den höflichen, weltmännischen Antiquitätenhändler spielen, der hier einen harmlosen Urlaub mit seiner hübschen Schwester verbringt."

„Dafür haben wir ihn auch gehalten."

„Der Wachtmeister kennt mich", fuhr Großonkel Merry fort, „und findet, daß ich manchmal Dinge tue" – er lächelte –, „die ihm exzentrisch vorkommen. Er würde sich die Sache überlegen und bei sich denken: der arme alte Professor – es ist jetzt doch zuviel für ihn geworden. Dieses ganze Bücherlesen ist unnatürlich und hat dem armen alten Burschen schließlich doch den Kopf verdreht."

„Du kannst ihn noch besser nachmachen als Simon", sagte Jane bewundernd.

„Ich verstehe jetzt", sagte Simon. „Es würde fantastisch klingen. Und wenn wir dem Wachtmeister erzählten, daß Mr. Withers und seine Schwester nach alten Büchern gefragt haben, dann würde ihm das ganz normal und gar nicht verdächtig vorkommen."

Er schaute auf und grinste. „Wir konnten es ihnen natürlich nicht sagen. Tut mir leid, ich hab nicht nachgedacht."

„Nun, jetzt müßt ihr nachdenken, und zwar ernsthaft", sagte Großonkel Merry und schaute einen nach dem andern mit einem ernsten dunklen Blick an. „Ich werde jetzt etwas sagen, was ich nicht wiederholen werde. Vielleicht denkt ihr das gleiche, was auch der Wachtmeister denken würde: daß alles, was hier vor sich geht, nur auf einer privaten Rivalität beruht. Ein alter Professor und ein Büchersammler, die beide darauf versessen sind, dem andern etwas abzujagen, was für niemanden sonst einen großen Wert hat."

„Nein."

„Natürlich nicht."

„Es ist noch viel mehr", sagte Jane leidenschaftlich, „ich habe ein Gefühl . . ."

„Nun – wenn ihr alle ein Gefühl habt, wenn ihr nur ein wenig von den Dingen begreift, die ich euch vorhin mitzuteilen versuchte, dann ist das mehr als genug. Aber ich bin nicht glücklich darüber, daß ihr drei in all dies verwickelt seid, und ich wäre noch weniger glücklich, wenn ich denken müßte, ihr hättet keine Vorstellung davon, was ihr da tut."

„Das klingt schrecklich ernst", sagte Simon neugierig.

„Das ist es auch . . . ich mache mir Sorgen, weil ich die ganze Zeit nur am Rande des Geschehens etwas tun kann: Ich muß sie ablenken, sie sollen denken, daß sie sich um niemanden zu kümmern brauchen als um mich. Ihr müßt also allein handeln, ihr bleibt allein mit der Verantwortung, all dies zu entwirren." Er berührte das Manuskript in Simons Hand. „Ihr müßt einen schwierigen Schritt nach dem andern gehen."

„Prima", sagte Barney überglücklich.

Simon schaute seinen Bruder und dann seine Schwester an, er reckte sich und versuchte, so würdig auszusehen, wie man eben in kurzen Hosen und Sandalen aussehen kann.

„Nun, ich bin der Älteste –"

„Du bist nur elf Monate älter als ich", sagte Jane.

„Aber ich bin der Älteste, und ich bin verantwortlich für euch beide, und ich sollte der Sprecher sein und . . . und . . ." – er fing an zu stottern und gab dann ganz plötzlich jeden Versuch, würdevoll zu erscheinen, auf – „und ehrlich, Gummery, wir wissen, was wir tun. Es ist irgendwie eine Aufgabe, wie Barney sagte. Und wir sind ja auch nicht ganz allein."

„Gut", sagte Großonkel Merry, „das wäre abgemacht." Und er schüttelte ihnen nacheinander die Hand. Jeder schaute den andern mit großen Augen und ein wenig atemlos an, und dann kamen sie sich plötzlich ziemlich töricht vor und fingen an zu lachen. Aber hinter dem Gelächter spürten sie leise eine neuartige tröstliche Verbundenheit angesichts möglicher Gefahren.

Als sie ihr Zeug zusammengepackt hatten und sich bergab auf den Weg machten, hielt Großonkel Merry sie noch einmal zurück. „Seht euch zuerst noch einmal alles genau an." Er wies mit dem Arm über den Hafen, die See und die Klippen hinweg. „Nehmt auch das wirkliche Bild in euch auf. Prägt es euch ein."

Vom Abhang aus schauten sie noch einmal hinüber. Die Sonne ging am westlichen Horizont unter; sie stand über Kenmare Head und dem *Grauen Haus* und beleuchtete den Kamm des Vorgebirges und die seltsamen grauen Felsen, die wie Nadeln am Horizont aufragten. Aber der Hafen lag schon im Schatten. Während sie schauten, schien die Sonne allmählich zu sinken, bis die unerträgliche Helligkeit genau über den deutlich sichtbaren Fingern der Gruppe aufrecht stehender Steine stand und die Steine selbst in der lodernden Glut unsichtbar wurden.

Kapitel 7

„Also, ich glaube, daß er unter dem *Grauen Haus* vergraben ist."

„Ja, die Einbrecher haben versucht, die Fußbodenbretter loszumachen."

„Aber sie haben nach der Karte gesucht, nicht nach dem Gral."

„Das stimmt. Denk daran, was Großonkel Merry gesagt hat. Sie wußten nicht, wonach sie suchten, er auch nicht. Es könnte ein Schlüssel wie die Landkarte, es könnte aber auch der Gegenstand selbst gewesen sein."

„Nun, der Schlüssel war im *Grauen Haus,* warum sollte der Gegenstand selbst nicht auch dort sein?"

„Aber hör doch mal, du Idiot", sagte Simon und entrollte das Manuskript, „das *Graue Haus* ist gar nicht eingezeichnet, an der Stelle ist nicht einmal ein Fleck. Es hat damals noch gar nicht existiert. Denk doch daran, daß unser Cornwall-Mann vor neunhundert Jahren gelebt hat."

„Oh."

Sie saßen auf dem grasbewachsenen Abhang von Kenmare Head neben einem der schmalen Trampelpfade, die im Zickzack zum Kamm hinaufführten. Großonkel Merry hatte sie allein gelassen. „Einen Tag Vorsprung, um den ersten Hinweis zu finden", sagte er, „während ich die Spürhunde ablenke. Aber einen Rat gebe ich euch – fangt erst am Nachmittag an. Verbringt den Morgen am Strand oder sonstwo. Dann seid ihr sicher, daß die Spürhunde weg sind."

Dann war er mit dem Vater zum Fischen gefahren. Dieser wollte sein Glück an einer Stelle vor einer Landspitze versuchen, die eine Meile entfernt war. Und tatsächlich, als ihr kleines Boot mit Vater am Steuer und Großonkel Merrys aufrechter hoher Gestalt im Bug aus dem Hafen hinaustuckerte, hatte sich die *Lady Mary*, die weiß in der Sonne schimmerte, innerhalb weniger Minuten hinter ihnen hergemacht; ihr Motor surrte leise über die stille morgendliche See.

Die Kinder, die die Yacht vom Haus aus beobachteten, hatten gesehen, wie ihre Segel sich langsam entfalteten und sich blähten, als sie in die Bucht hinauskam. Sie schlug einen weiten Bogen in die offene See hinaus, aber von ihrem Kurs aus würden sie Großonkel Merry und den Vater immer im Auge behalten können.

Hier oben auf dem Vorgebirge kitzelte die Nachmittagssonne ihre nackten Beine, und es wehte eine leichte Brise. „O Gott", sagte Jane niedergeschlagen; sie zog einen Grashalm aus seiner Scheide und knabberte daran. „Es ist hoffnungslos. Wir wissen einfach nicht, wo wir anfangen sollen. Vielleicht sollten wir dahin zurückgehen, wo wir gestern waren."

„Aber wir wissen, wie von dort aus die Dinge aussehen."

„Aber was für Dinge?"

„Nun – diese Landzunge, und die See und die Sonne – und die Steine hier oben auf dem Kamm." Barney wies über ihre Köpfe den Abhang hinauf. „Ich glaube, die haben etwas damit zu tun. Der Mann aus Cornwall muß sie schon gesehen haben. Gummery sagt, daß sie dreitausend Jahre alt sind, sie müssen also vor neunhundert Jahren fast so alt ausgesehen haben wie heute."

„Man sieht sie wirklich deutlich von der anderen Seite." Simon richtete sich auf. Sein Interesse war erwacht.

„Aber sie sind so weit weg von dort drüben", erklärte Jane. „Ich meine, es könnte doch sein, daß man vom ersten Punkt zehn Schritte nach links gehen muß oder so. So ist es immer in Geschichten mit vergrabenen Schätzen. Aber um von dort drüben zu den stehenden Steinen hier oben zu kommen, müßte man mindestens tausend Schritte quer über den Hafen machen. Das gibt doch keinen Sinn."

„So muß es gar nicht sein", sagte Simon. „Es könnte wieder so etwas wie ein Strich auf einem Kompaß sein. Ihr wißt doch – vielleicht müssen wir etwas mit etwas anderem in eine Linie bringen, und diese Linie führt dann wieder zu etwas Drittem."

Barney schloß die Augen und legte sein Gesicht in Falten. Er versuchte, sich das Bild der Szene zurückzurufen, die sie gestern abend so eindringlich betrachtet hatten. „Wißt ihr noch, wie gestern die Sonne unterging?“ sagte er zögernd. „Von dort, wo wir standen, war die Sonne auf einer Linie mit dem größten der Steine. Ich weiß es noch, weil man es nur dann erkennen konnte, wenn man nicht genau in die Sonne guckte. Wißt ihr, was ich meine?“

Simon schaute wieder aufmerksam auf das Manuskript, Erregung schien ihn zu überkommen.

„Weißt du, ich glaube, du bist da auf etwas gestoßen. Dieser kleine Kreis, der hier über den aufrechten Steinen gezeichnet ist und von dem wir dachten, es wäre nur eine Verzierung – vielleicht soll das die Sonne sein. Ich meine, wenn der Mann wußte, daß die Karte viele, viele Jahre lang nicht gefunden würde, dann mußte er Zeichen benutzen, die sich höchstwahrscheinlich nicht verändern, wie zum Beispiel einen Kreis für die Sonne.“

„Dann kommt, laßt uns weiter nach oben gehen und nachsehen.“ Jane sprang auf, blieb dann aber wie erstarrt stehen. „Simon, schnell“, sagte sie leise mit gepreßter Stimme. „Tu die Zeichnung weg. Versteck sie.“

Simon zog die Stirn kraus. „Was um Himmels willen –“

„Schnell, es ist Miss Withers. Sie kommt den Pfad herauf, und es ist noch jemand bei ihr. Sie sind gleich hier.“

Simon rollte schnell das Manuskript zusammen und steckte es in den Rucksack. „Wer ist bei ihr?“ zischte er.

„Ich kann es nicht sehen – doch, jetzt seh ich's.“ Jane wandte sich schnell ab, als tue ihr der Anblick weh, und setzte sich wieder hin. Sie war ganz rot geworden. „Es ist dieser Junge. Der, der mich umgestoßen hat. Ich wußte doch, daß er etwas mit dem Ganzen zu tun hat.“

Jetzt hörten sie die Stimmen, die von unten näher kamen. Miss Withers' klare Stimme klang zu ihnen herauf. „Es ist mir gleich, Bill, wir müssen alles nachprüfen. Vielleicht hat er schon –“ Dann war sie auf der Höhe angekommen, ihre Silhouette hob sich gegen den Horizont ab. Sie blieb stehen, als sie die drei Kinder sah, die da saßen und sie ausdruckslos anstarrten. Auch der Junge blieb mit finsterer Miene stehen.

Miss Withers war verdutzt, einen Augenblick stand sie mit offenem Mund da. Dann riß sie sich zusammen und lächelte sie mit blitzenden Zähnen an. „So was!" sagte sie heiter und kam auf sie zu. „Was für eine reizende Überraschung. Alle jungen Drews beisammen. Ich hoffe, all die frische Seeluft neulich hat die jungen Leute nicht zu sehr ermüdet."

„Überhaupt nicht, vielen Dank", sagte Barney mit seiner klarsten, wohlerzogendsten Stimme.

„Es ist ein wundervolles Boot", sagte Simon ebenso zurückhaltend und höflich.

„Und was macht ihr hier oben?" fragte Miss Withers mit Unschuldsmiene. Sie trug Hosen und eine ärmellose weiße Bluse, die ihre Arme sehr braun erscheinen ließ, und ihr dunkles Haar war vom Wind zerzaust. Sie sah sehr gesund und anziehend aus.

Sie sah Jane erwartungsvoll an. Jane schluckte. „Wir haben einfach nur auf die See hinausgeschaut. Wir haben heute morgen Ihr Boot hinausfahren sehen."

„Wir dachten, Sie wären an Bord", fügte Simon unbedachterweise hinzu.

Ein Ausdruck der Erschöpfung ging über Polly Withers' Gesicht. Sie sagte leichthin: „Ach, ich bin nicht ganz seefest, wie ich euch sicher schon gesagt habe."

Simon hielt seinen Blick mit Absicht auf die See gerichtet. Sie lag so glatt und ruhig da wie ein Teich. Miss Withers, die seinem Blick gefolgt war, sagte: „Ach, der Wind wird schon noch aufkommen, ihr werdet sehn."

„So?" sagte Simon. Sein Gesicht war ganz ausdruckslos, aber in seinem Ton lag eine ganz leise spöttische Ungläubigkeit. Zum ersten Mal verlor Miss Withers' Lächeln ein wenig an Glanz.

Bevor sie etwas sagen konnte, sprach der Junge, der bei ihr war. „Miss Withers hat immer recht mit der See", sagte er schroff und funkelte Simon an. „Sie weiß mehr darüber als all die alten Männer da unten zusammen." Er wies mit dem Kinn verächtlich zum Hafen hinunter.

„Oh – ich habe euch nicht bekannt gemacht", sagte Miss Withers strahlend. „Verzeiht mir. Jane, Simon, Barnabas, dies ist Bill, unsere rechte Hand. Ohne ihn läuft auf der *Lady Mary* nichts."

Der Junge wurde dunkelrot, warf ihr einen schnellen Blick zu und schaute dann auf seine dreckigen Turnschuhe hinunter. Jane dachte mitleidig: Er bewundert sie restlos.

„Wir sind uns schon mal begegnet", sagte Simon kurz.

Barney sagte: „Was macht denn das Fahrrad?"

„Daß du fragst, macht's auch nicht besser", knurrte der Junge.

„Benimm dich, Bill –" Trotz des süßen Lächelns war Miss Withers' Stimme kalt und gespannt wie ein Drahtseil. „In diesem Ton sprechen wir nicht mit unseren Freunden."

Bill sah sie mit dumpfem Vorwurf an, wandte sich dann mit einem Ruck ab und ging ohne ein weiteres Wort den Pfad hinauf.

„Du meine Güte." Miss Withers seufzte. „Jetzt habe ich ihn verletzt. Diese Dorfleute sind so empfindlich." Sie schnitt ihnen eine lustige Grimasse, als betrachtete sie sie als Mitverschworene. „Ich glaube, ich gehe ihm besser nach." Sie wandte sich, um dem Jungen zu folgen, drehte sich dann aber plötzlich wieder um. Ihre Worte schlugen wie ein Blitz ein: „Habt ihr eine Karte gefunden?"

Die Kinder starrten sie an. Dieser Augenblick dröhnender Stille kam ihnen wie eine Stunde vor. Dann rettete sich Barney, von nackter Angst getrieben, in ein unsinniges Geschwätz. „Sagten Sie Karten, Miss Withers? Oder meinten Sie Garten? Wir waren im Garten und haben in der Hecke eine Lücke entdeckt, durch die wir hier heraufgekommen sind. Aber eine Karte haben wir nicht. Wenigstens ich nicht. Simon und Jane müssen Sie selbst fragen . . . wissen Sie den Weg auf den Berg hinauf nicht?"

Miss Withers sah die Kinder starr an, entspannte sich dann aber wieder und war die Freundlichkeit selbst. „Ja, das meinte ich, Barnabas, eine Wegkarte . . . Ich finde mich hier in der Gegend tatsächlich nicht gut zurecht. Und ich konnte heute morgen in keinem der Läden eine Wegkarte finden. Es gibt einen kleinen Fußpfad, den ich suche, er muß auf der anderen Seite entlangführen, und Bill ist da auch keine große Hilfe."

„Ich glaube, Großonkel Merry hat eine Wegkarte", sagte Jane mit ausdrucksloser Stimme. Sie beobachtete Miss Withers scharf aus dem Augenwinkel, aber in deren Gesicht regte sich kein Muskel. „Sie haben unseren Großonkel noch nicht kennengelernt, nicht wahr, Miss Withers? Er ist heute mit Vater zum Fischen gefahren. Wie schade. Es tut mir schrecklich leid, daß wir Ihnen nicht helfen können."

„Hoffentlich finden Sie Ihren Weg", sagte Simon freundlich.

„Nun, ich denke schon." Miss Withers warf ihnen ihr strahlendstes Lächeln zu, dann wandte sie sich den Pfad hinauf und hob die Hand. „Auf Wiedersehn, alle zusammen."

Sie sahen ihr schweigend nach, bis sie über die Linie hinweg verschwunden war, die der Himmel mit dem grünen Abhang bildete. Dann ließ Barney sich mit dem Gesicht nach unten zu Boden fallen, rollte um und um und ließ dabei ein langes, erleichtertes Stöhnen hören. „Huuuuh! Wie schrecklich! Als sie plötzlich sagte . . ." Er vergrub sein Gesicht im Gras.

„Glaubt ihr, daß sie was gemerkt hat?" fragte Jane ängstlich. „Haben wir uns verraten?"

„Ich weiß nicht." Simon blickte nachdenklich den stillen grünen Abhang hinauf. Es war jetzt keine Spur mehr von Miss Withers oder sonst jemandem zu sehen. Man sah nur in der Ferne ein paar Schafe grasen. „Ich glaube nicht. Das heißt, wir müssen alle ziemlich blöd ausgesehen haben, als sie nach der Karte fragte. Du jedenfalls sahst blöd aus."

„Du auch. Wie ein Fisch."

„Na gut . . . ich finde, es war ganz natürlich, daß wir überrascht aussahen, wo ihre Frage so aus dem Blauen heraus kam. Ich glaube nicht, daß sie feststellen konnte, ob wir schuldbewußt aussahen oder einfach überrascht." Während er sprach, wurde er immer zuversichtlicher. „Sie glaubt, daß wir wirklich meinten, sie brauchte eine gewöhnliche Wegkarte, um sich hier zurechtzufinden."

„Vielleicht wollte sie das auch nur."

„Keine Angst!“ sagte Barney und hob den Kopf aus dem Gras. „Sie wollte uns auf die Probe stellen, ganz bestimmt. Warum hätte sie sonst gesagt ‚gefunden‘? Habt ihr eine Karte gefunden? Jeder normale Mensch würde doch sagen: Habt ihr eine Karte?“

„Er hat ganz recht.“ Simon stand auf und klopfte sich den Staub von den Beinen. „Auch Großonkel Merry hat recht gehabt. Sie lassen nichts unversucht. Miss Withers war überrascht, uns hier zu treffen, das konnte man sehen, aber es dauerte keine fünf Sekunden, bevor sie den Versuch machte, das mit der Karte rauszukriegen.“

„Es war scheußlich“, sagte Jane und zuckte mit den Schultern, als könnte sie so die Erinnerung abschütteln. Ihr Blick ging den Abhang hinauf. „Wie können wir jetzt da hinaufgehen? Wir wissen nicht, ob sie und der schreckliche Kerl sich da oben irgendwo versteckt haben und beobachten, was wir tun.“

„Es hat keinen Sinn, daß wir uns von denen an unserem Vorhaben hindern lassen.“ Simon reckte sein Kinn vor. „Wenn wir dauernd daran denken, daß man uns beobachtet, werden wir nie etwas unternehmen. Solange wir uns normal benehmen, so als ob wir einfach eine Wanderung machten, müßte alles in Ordnung sein.“ Er nahm seinen Rucksack. „Kommt.“

Der Abhang von Kenmare Head war steiler als das Vorgebirge auf der anderen Seite des Hafens, und während sie sich den Pfad hinaufmühten, der im Zickzack nach oben führte, sahen sie über sich nichts als die Linie, wo Berghang und Himmel aufeinandertrafen; die Sonne schien ihnen in die Augen und blendete sie. Die graue, felsige Spitze der Landzunge dehnte sich weit unter ihnen in die See hinaus, und das Land, das sich zu ihr hinuntersenkte, sah ungeheuer fest aus, als bestände es aus schierem Fels, und der Grasboden darüber wäre nur eine dünne Haut.

Dann hatten sie den Kamm erreicht, das Gras war hier ganz kurz und bildete eine trockene grüne Fläche, und sie konnten die stehenden Steine sehen. Je näher sie kamen, desto größer schienen die Steine zu werden, schweigend wiesen sie in den Himmel, wie riesige, aufrecht stehende Grabsteine.

„Steine“, sagte Simon, „das ist die größte Untertreibung, die ich je gehört habe. Als würde man die Nelsonsäule einen Stock nennen.“

Er stand da und betrachtete die riesenhaften granitenen Säulen, die über ihm aufragten. Es waren vier; die eine war viel höher als die übrigen, die diese in einer unregelmäßigen Gruppe umringten.

„Vielleicht ist der Gral unter einem von denen vergraben“, sagte Barney unsicher.

„Das kann nicht sein. Sie sind zu alt . . . jedenfalls glaube ich, daß du unrecht hast, wenn du denkst, er wäre vergraben.“

„Aber das muß doch so sein“, sagte Jane. „Wie sonst könnte er die ganze Zeit verborgen geblieben sein?“

„Erinnert ihr euch an die Stelle im Manuskript: über der See, unter dem Stein?“

Simon rieb sich das Ohr. Er war immer noch nicht zufriedengestellt. „Wir sind hier nicht über der See. Die See ist meilenweit entfernt. Nun gut, nicht meilenweit, aber ich schätze, es sind vierhundert Meter bis zur Spitze der Landzunge.“

„Aber trotzdem, wir sind doch über der See, nicht wahr?“

„Ich bin sicher, daß er es so nicht gemeint hat. Über der See – über der See – wie wohl – jedenfalls, wir gehen zu schnell vor. Schritt für Schritt hat Großonkel Merry gesagt. Wir sollten bei dem Schritt bleiben, den wir gerade gemacht haben.“

Simon schaute zur Sonne hin, die allmählich über der Küste unterging, wo jenseits von Kenmare Head eine Klippe nach der anderen im Nebel versank. „Wir wollen uns die Steine ansehen. Die Sonne wird bald so tief stehen wie gestern abend.“

„Von nahem sehen sie so anders aus.“ Jane umkreiste die verwitterten Granitsäulen. „Wir müßten wissen, welcher Stein es war, der von der anderen Seite aus gesehen eine Linie mit der Sonne bildete. Aber wie sollen wir das von hier aus feststellen?“

„Es war der größte“, sagte Barney. „Er ragte höher auf als die andern –“

Die Sonne senkte sich glühend auf den Horizont zu und warf einen rotgoldenen warmen Schein auf ihre Gesichter.

„Seht mal, die Schatten!" sagte Simon plötzlich. Sein Schatten lag auf dem Boden vor ihm, und der Arm, mit dem er darauf deutete, zog sich lang, mit ausgefransten Rändern über das Gras. „So können wir uns von dieser Seite aus vergewissern. Rückwärts. Wenn gestern ein Stein genau zwischen uns und der Sonne stand, dann bedeutet das, daß der Schatten genau dahin weisen muß, wo wir standen. Auf den Felsen, an dem Gummery saß. Schaut mal, man kann ihn von hier aus eben noch sehen."

Ihre Augen folgten seinem Arm und sahen den einzelnen klobigen Felsen auf dem gegenüberliegenden Vorgebirge: ein kleiner, weit entfernter Knoten auf der Linie des Horizonts, der von der goldenen Abendsonne hell erleuchtet wurde. Der Felsen lag höher als der stehende Stein auf Kenmare Head und weiter auf die See zu. Aber es war ohne Zweifel der Ort, an dem sie am Tag zuvor gestanden hatten.

Jane starrte Simon mit offener und ungewohnter Bewunderung an. Er errötete leicht und wurde dann energisch: „Los, Barney, schnell, bevor die Sonne untergeht. Was meinst du, welcher Stein war es?"

„Es war der größte, es muß also der hier gewesen sein."

Barney ging ein paar Schritte bergab auf den größten der Steine zu. Dann ging er um diesen herum auf die Seite, die dem Hafen zugekehrt war. Er hockte sich in den Schatten, den der Stein warf, und spähte zu dem einzelnen Felsen auf der anderen Seite der Bucht hinüber, dann runzelte er unsicher die Stirn. Simon und Jane, die neben ihm standen, warteten ungeduldig.

Barney, der immer verwirrter dreinschaute, legte sich plötzlich bäuchlings ins Gras, so daß er eine Linie mit dem Schatten bildete, und blickte geradeaus. „Liege ich ganz gerade?" fragte er mit etwas gedämpfter Stimme.

„Ja, ja, ganz gerade. Ist es der richtige Stein?"

Barney rappelte sich auf. Enttäuschung lag auf seinem Gesicht. „Nein, der Schatten weist nicht genau auf den Felsen. Man kann den Felsen deutlich sehen, aber um ihn genau im Auge zu haben, muß man den Blick ein wenig zur Seite verschieben. Und das gilt nicht."

„Aber du hast doch gesagt, daß du von drüben den größten Stein vor der Sonne gesehen hast."

„Das sage ich immer noch."

„Das verstehe ich nicht." Janes Stimme klang verdrießlich vor Enttäuschung.

Simon dachte angestrengt nach. Der Rucksack baumelte am Schulterriemen an seiner Hand, und er schlug geistesabwesend damit gegen sein Bein. Er wandte sich um und blickte zurück zu den anderen drei Steinen, die jetzt schwarz und goldgerändert vor der Glut der Sonne standen. Dann stieß er einen Schrei aus, ließ den Rucksack fallen und stürzte auf den am weitesten entfernten Stein zu. Er ließ sich ins Gras fallen, wie Barney es getan hatte, und legte sich in den Schatten. Mit angehaltenem Atem senkte er sein Kinn ins Gras und schloß die Augen.

„Schieb deinen Oberkörper ein ganz klein wenig nach links, dann liegst du gerade", sagte Jane, die dicht neben ihm stand. Sie fing an zu verstehen.

Simon rückte um ein paar Zentimeter und hob sich dann auf die Ellbogen. „Recht so?"

„Ja."

Simon verschränkte die Finger und öffnete die Augen. Über die Grashalme hinweg sah er genau in seinem Blickpunkt auf der gegenüberliegenden Landzunge den hellerleuchteten Felsen. „Das ist der richtige", sagte er mit seltsam gedämpfter Stimme.

Barney stürzte herbei und ließ sich neben ihm zu Boden fallen. „Laß mich, laß mich –" Er schubste Simon beiseite und blinzelte über den Hafen hinweg zum Felsen hinüber. „Du hast recht", sagte er fast bedauernd. „Aber es war der größte Stein, den ich gesehen habe. Das weiß ich bestimmt."

„Da hast du recht", sagte Jane.

„Was soll das heißen, recht?"

„Sieh dir an, wie die Steine aufgestellt sind. Sieh dir an, wie der Boden abfällt. Wir stehen hier auf dem Kamm des Vorgebirges, aber der Boden hier ist nicht flach, und der große Stein steht niedriger als die anderen. Der, neben dem du jetzt stehst, steht höher, auch wenn er nicht der größte ist. Als du gestern seinen Umriß gesehen hast, sah es nur so aus, als wäre er der größte."

„Tatsächlich", sagte Barney, „auf den Gedanken wäre ich nie gekommen."

Simon sagte ein wenig hochmütig: „Am Ende wärst du wohl doch drauf gekommen."

„Das war wirklich klug von dir", sagte Jane. „Wenn du nicht so schnell gewesen wärst, hätten wir es vielleicht nie gemerkt. Der Schatten wird bald verschwunden sein." Sie wies auf den Boden. Hinter ihnen hatte die Sonne beinahe den fernen Horizont erreicht, und die Schatten, die sich über den Boden legten, verschlangen allmählich die Schatten, die die Steine warfen. Aber der Felsen auf der Landzunge auf der anderen Hafenseite, der höher lag und immer noch von der Sonne erreicht wurde, strahlte hell wie ein Leuchtfeuer.

Barney stieß einen Freudenschrei aus. „Wir haben's, wir haben's!"

Er schlug mit der einen Hand auf die harte, warme Oberfläche des stehenden Steins und drehte sich dann im Kreis. „Wir haben den ersten Schritt getan, ist das nicht fabelhaft?"

„Nur den ersten Schritt", sagte Simon. Aber auch er sprudelte vor Freude über. Alle drei spürten plötzlich neue Kräfte.

„Wir haben einen Anfang gemacht . . ."

„Wir wissen jetzt, wo wir nach dem nächsten Hinweis suchen müssen."

„Wir müssen von hier ausgehen." Barney ließ seine Hand wieder über die Oberfläche des stehenden Steins gleiten. „Von diesem hier aus."

„Aber wohin?" sagte Simon. Er war entschlossen, die Sache weiterhin nüchtern zu betrachten. „Und wie?"

„Wir müssen uns einfach die Karte noch einmal ansehen. Sie muß es uns verraten. Ich meine, der erste Schlüssel war ganz deutlich eingezeichnet, der Hinweis, wie man von der anderen Landzunge aus auf diesen Stein hier kommt, wenn wir es nur verstanden hätten." Barney lief zu dem Rucksack hin, den Simon hatte fallen lassen, er riß die Schnallen auf, griff hinein und holte die abgegriffene braune Rolle aus ihrem Behälter.

„Seht her!" Damit ließ er sich zu Boden plumpsen und breitete die Rolle vor sich auf dem Gras aus. „Hier ist der markierte Stein ..."

„Bring die Karte weiter nach oben", sagte Simon, der ihm über die Schulter schaute. „Weiter oben liegt die Sonne noch auf dem Gras, und wir brauchen helles Licht. Oben ist es auch wärmer."

Barney stieg willig weiter nach oben, vorbei an dem mächtigen grauen Fuß des letzten und höchsten der stehenden Steine. Hier oben leuchtete das Gras noch grün im späten goldenen Licht der Sonne. Simon und Jane folgten und stellten sich so zu beiden Seiten auf, daß ihr eigener Schatten das schwache, undeutliche Gekritzel auf dem gebogenen Pergament nicht verdunkelte. Eifrig beugten sie sich nieder und starrten auf die groben, schnell hingeworfenen Umrisse, mit denen der Mann aus Cornwall vor neunhundert Jahren die stehenden Steine festgehalten hatte.

Hinter ihnen erklang die Stimme von Miss Withers: „Ihr habt die Karte also doch gefunden."

Entsetzen überflutete Barney wie eine Woge. Wie erstarrt blieb er über das Manuskript gebeugt. Simon und Jane fuhren erschrocken herum.

Miss Withers stand dicht hinter ihnen. Ihre Silhouette hob sich dunkel und drohend gegen den flammenden Abendhimmel ab, und sie konnten ihr Gesicht nicht sehen. Der Junge Bill tauchte schweigend hinter ihr auf und blieb dicht neben ihr stehen. Der Anblick der beiden aufragenden Gestalten erfüllte Jane mit Panik, sie spürte plötzlich, wie einsam und still es hier war.

Barneys Hand hatte sich unwillkürlich zur Faust geballt, und der Rand des Manuskripts, der nicht mehr gehalten wurde, sprang in seine ursprüngliche Form zurück. Das leise Rascheln, mit dem die Rolle sich schloß, klang in der Stille wie ein Kanonenschuß. „Oh, steckt es nicht weg", sagte Miss Withers laut. „Ich möchte es mir ansehen."

Sie trat einen Schritt vor und streckte die Hand aus, und Jane, die die ausdruckslose harte Stimme in Schrecken versetzt hatte, schrie auf.

„Simon!“

Während die dunkle Gestalt schnell von oben auf ihn zukam, wachte Simon auf. Schneller als er denken konnte, war er herumgefahren, hatte sich gebückt und das Manuskript von Barneys Knie gerissen. Und dann war er schon weg, halb schlingernd, halb laufend sauste er den steilen Abhang von Kenmare Head hinunter auf das Dorf zu.

„Bill! Schnell!“ schrie Miss Withers. In die schwere, schweigende Gestalt neben ihr kam Leben, Bill rannte den Abhang hinab hinter Simon her. Aber er war zu schwerfällig. Am Rande des Steilhangs stolperte er und wäre beinahe gestürzt. Er hatte sich zwar schnell wieder gefangen, aber nicht, bevor Simon, der in gerader Linie über das Gras und den Zickzackpfad hinweg rannte und glitt, einen Vorsprung von dreißig Metern gewonnen hatte.

„Er wird ihn nicht einholen“, sagte Jane mit zitternder Stimme; sie spürte, wie ein breites, erleichtertes Lächeln sich über ihr erstarrtes Gesicht legte.

„Lauf, Simon!“ kreischte Barney, indem er aufsprang.

Miss Withers kam auf sie zu, und sie wichen vor dem Ausdruck in ihrem Gesicht zurück, das sich vor Wut zu einer fremden und schreckenerregenden Maske verzogen hatte, es war nicht mehr hübsch. Nicht einmal mehr jung. Sie fauchte sie an: „Ihr dummen Kinder, ihr mischt euch in Dinge ein, von denen ihr keine Ahnung habt.“

Sie wandte sich schroff von ihnen ab und ging mit langen schnellen Schritten den Abhang hinunter hinter Simon her. Sie beobachteten ihren wütend aufgereckten Rücken, während sie auf dem Zickzackpfad den Abhang hinunterging, bis sie über den Rand des Vorgebirges verschwunden war.

„Komm“, sagte Barney. „Wir müssen Gummery finden. Simon wird Hilfe brauchen.“

Das trockene Gras war unter Simons Füßen wie poliertes Holz, es bot ihm keinen Halt, während er den Abhang hinunterrutschte und -schlitterte. Manchmal war er auf den Füßen, manchmal glitt er auf dem Rücken und den Ellbogen, aber immer hielt er den einen Arm vorgestreckt, um das Manuskript vor Schaden zu bewahren. Hinter sich hörte er den Jungen aus dem Dorf mit schwerem Schritt rutschen und stolpern, sein Atem ging keuchend, und wenn er den Halt verlor und stürzte, schnappte er nach Luft und fluchte.

Während Simon lief, sah er die andere Hafenseite vor sich und hatte das Gefühl, er könnte geradewegs ins Wasser hineinspringen. Der Abhang kam ihm viel steiler vor als beim Aufstieg, er fiel in einer scheinbar endlosen grünen Kurve vor ihm ab. Sein Herz klopfte wild; er war zu sehr darauf bedacht, nur wegzukommen, um sich vorzustellen, was geschehen würde, wenn der Junge ihn einholte. Aber dann ließ mit jedem Augenblick die Angst, die ihm in der Magengrube saß, ein wenig nach.

Alles kam jetzt auf ihn an – er mußte das Manuskript in Sicherheit bringen, er mußte davonkommen. Fast empfand er Freude. Dies war etwas, das er verstehen konnte; es war wie ein Wettrennen oder eine Prügelei in der Schule, er, Simon, gegen Bill. Und er wollte gewinnen. Keuchend blickte er über die Schulter nach hinten. Der Junge schien ein wenig aufzuholen. Simon ließ sich den Rest des Abhangs hinunterfallen, er rutschte und plumpste auf dem Rücken abwärts, was erschrekkend schnell ging, nur manchmal kam er für ein paar Augenblicke auf die Füße und tat ein paar stolpernde Schritte.

Dann kam er plötzlich schwankend und nach Atem ringend unten an. Mit einem kurzen Blick auf den nachkommenden Bill, der ihm wütend zuschrie, als er seinen Blick bemerkte, war Simon auf und davon. Wie ein Hase rannte er über die Wiese und fühlte, wie seine Zuversicht wuchs. Aber den Jungen konnte er nicht abschütteln. Der Dorfjunge war größer, stärker und hatte längere Beine; mit grimmiger Entschlossenheit stampfte er hinter ihm her, mit schwerem Schritt zwar, aber ohne daß der Abstand sich vergrößert hätte. Er lief auf den Zauntritt zu, der sich in der gegenüberliegenden Seite der Hecke befand und setzte hinüber, wobei er die wacklige obere Latte mit einer Hand faßte. Er landete auf der anderen Seite auf einem stillen Feldweg, der von tiefen Wagenspuren gefurcht und von Bäumen gesäumt war, die über ihm ein dichtes Laubdach bildeten. Da die Sonne jetzt untergegangen war, war es unter den Zweigen fast dunkel, und nach beiden Seiten endete der Weg nach wenigen Metern in undurchdringlichen Schatten.

Simon schaute wie wild nach rechts und links, drückte das Manuskript an sich und fühlte, daß seine Hände schweißnaß waren. In welcher Richtung ging es zum *Grauen Haus*? Er konnte auch die See nicht mehr hören.

Er mußte sich blindlings entscheiden, wandte sich nach rechts und lief den Weg entlang. Hinter sich hörte er das Aufschlagen der schweren Schuhe, als der Junge über den Zauntritt kletterte. Leichtfüßig sprang Simon von einer Seite des Weges zur andern, um die tiefen Wagenspuren zu vermeiden. Nach jeder Biegung sah er eine neue Wegstrecke vor sich, der düstere Tunnel aus Laubwerk und Böschung schien sich endlos weiterzuwinden, ohne daß er eine Toreinfahrt oder einen Weg zu einer anderen Wiese gesehen hätte.

Hinter sich hörte er die schweren Tritte des Jungen auf dem harten trockenen Lehm des Weges.

Der Junge schrie jetzt nicht mehr, sondern stampfte in grimmigem Schweigen dahin. Simon spürte, wie ihn wieder Entsetzen überkommen wollte, er lief noch angestrengter in dem Verlangen, aus diesem düsteren Hohlweg ins Freie zu kommen.

Als er die nächste Biegung umrundet hatte, sah er den Himmel, der ihm nach der Düsternis des Weges hell vorkam; in wenigen Augenblicken war er im Freien und lief jetzt auf einer befestigten Straße an stillen Mauern und Bäumen vorbei. Wieder bog er automatisch, ohne Zeit zum Nachdenken, in eine Seitenstraße ein, und die Gummisohlen seiner Turnschuhe trommelten leise die verlassene Straße entlang.

Die lange, hohe graue Mauer auf der einen und die Hecke auf der anderen Seite ließen nicht erkennen, in welcher Richtung er lief – er lief jetzt langsamer, denn er wußte, sosehr er sich auch anstrengte, seine Kräfte ließen nach. Er begann, sich nach einem Menschen zu sehnen, nach irgendeinem, der die Straße entlanggekommen wäre.

Durch das stille abendliche Gezwitscher der Vögel in den Bäumen klangen die Schritte des Jungen wieder näher. Der Lärm dieser Schritte, die so viel lauter waren als seine eigenen, brachte Simon auf eine Idee, und als die Straße sich endlich wieder verzweigte, setzte er zu einem verzweifelten Spurt an und lief diese Abzweigung hinunter.

Die Mauer endete an zwei verwitterten Torpfosten, zwischen denen er in eine überwachsene Einfahrt blickte. Weiter unten erblickte er den herausragenden Turm der Kirche von Trewissick, und der Mut verließ ihn beinahe, als er begriff, wie weit weg er von zu Hause war.

Der Junge Bill war noch nicht um die Ecke gekommen. Simon konnte hören, wie seine Schritte auf der Hauptstraße immer lauter wurden. Schnell schlüpfte er durch das verlassene Tor und kroch in die Büsche, die neben dem Torpfosten ein wirres Dickicht bildeten. Er zuckte vor Schmerz, als von allen Seiten Dornen und scharfe Zweige auf ihn eindrangen. Aber er hockte sich ganz still unter das Laub und versuchte, seine keuchenden Atemstöße zu beruhigen. Es war ihm, als müßte man sein Herz straßauf und straßab hämmern hören.

Er hatte Glück. Er sah, wie Bill, zerzaust und krebsrot, am Ende der Seitenstraße stehenblieb und nach links und rechts blickte. Er sah verwirrt und wütend aus und horchte mit geneigtem Kopf auf Fußtritte. Dann kam er langsam die Seitenstraße hinunter auf Simons Versteck zu, wobei er sich immer wieder unsicher umschaute.

Simon hielt den Atem an und drückte sich tiefer in die Büsche. Dann hörte er etwas Unerwartetes: ein Geräusch, das von hinten auf ihn zukam. Als er scharf den Kopf wandte, schlug ihm eine dicke purpurne Fuchsienblüte ins Auge. Er horchte. Dann erkannte er das Geräusch. Der Kies knirschte unter Schritten, die die Auffahrt hinunter auf die Straße zukamen. Die hellen Lücken zwischen den Zweigen verdunkelten sich einen Augenblick lang, als die Gestalt eines Mannes, der die Einfahrt herunter- und zum Tor hinausging, ganz nah an ihm vorbeikam. Simon konnte erkennen, daß der Mann sehr groß war und dunkles Haar hatte; das Gesicht konnte er nicht sehen.

Die Gestalt des Mannes schlenderte gemächlich auf die Straße hinaus. Simon sah jetzt, daß dieser Mann ganz in Schwarz gekleidet war; er hatte lange dünne schwarze Beine wie die eines Reihers und trug eine schwarze Seidenjacke, über deren Schultern das Licht silbrig glänzte. Das dumpfe Gesicht des Jungen Bill erhellte sich, als er den Mann erblickte, er lief ihm entgegen und traf in der Mitte der Straße mit ihm zusammen. Sie standen beisammen und sprachen, waren aber so weit entfernt, daß Simon nur ein undeutliches Gemurmel hörte. Bill schwenkte die Arme, wies zuerst nach rückwärts die Straße hinunter, dann in die Auffahrt. Simon sah, wie der große dunkle Mann den Kopf schüttelte, aber sein Gesicht konnte er immer noch nicht sehen.

Dann wandten sich beide dem Tor zu und begannen auf Simon zuzukommen. Bill sprach immer noch eifrig. Simon drückte sich erschrocken tiefer in sein Versteck, seine Angst war jetzt größer als zu irgendeinem Zeitpunkt seiner Flucht. Der Mann war für Bill kein Fremder. Der Junge lächelte. Dieser Mann war jemand, den er mit Erleichterung erkannt hatte. Noch jemand auf der feindlichen Seite . . .

Simon konnte jetzt nur die Blätter vor seinem Gesicht sehen, und er wagte nicht, vorzurücken und durch eine Lücke im Laub zu spähen. Aber die Schritte draußen auf der harten Straße wechselten nicht auf den knirschenden Kies; sie gingen außen an der Mauer entlang die Straße hinauf. Simon hörte das Murmeln der Stimmen, fing aber nur einen Satzfetzen auf, als der Junge die Stimme hob: „. . . muß ihn kriegen, hat sie gesagt, 's ist bestimmt der richtige, und jetzt hab ich ihn verloren . . ."

Er hat mich verloren, dachte Simon und grinste. Sein Entsetzen schwand, sobald sich ihre Schritte entfernten, und ein Gefühl des Triumphes begann sich in ihm zu regen, weil er den größeren Jungen überlistet hatte. Er warf einen Blick auf das Manuskript in seiner Hand und drückte es mit einem Verschwörergefühl. Es war jetzt ganz still, und er hörte nichts als das Gezwitscher der Vögel in der fallenden Dämmerung. Wie spät mochte es wohl sein? Es kam ihm vor, als hätte die Jagd eine Woche gedauert. Die Muskeln seiner Beine begannen in ihrer verkrampften Lage zu schmerzen, aber er wartete noch, horchte angestrengt auf einen Laut, der ihm verriet, daß der Mann und der Junge noch in der Nähe waren.

Schließlich entschied er, daß sie die Straße hinuntergegangen und außer Sicht sein mußten. Das Manuskript fest in der einen Hand haltend, teilte er mit der andern die Zweige vor seinem Gesicht und trat auf die Auffahrt hinaus. Niemand war da, nichts bewegte sich.

Simon ging auf Zehenspitzen über den Kies und spähte um den Torpfosten herum. Er konnte niemanden sehen, und mit wachsender Zuversicht trat er durch das Tor, um auf die Straße zurückzugehen, von der er gekommen war.

Erst als er mehrere Schritte nach draußen gegangen war, sah er den Jungen Bill und den dunklen Mann. Sie standen deutlich sichtbar etwa fünfzig Meter entfernt neben der Mauer.

Simon schnappte nach Luft, er fühlte, wie sich ihm der Magen vor Entsetzen drehte. Einen Augenblick stand er da, unsicher, ob er in sein Versteck zurückhuschen sollte, bevor sie ihn gesehen hatten. Aber während er noch wie betäubt zögerte, wandte Bill den Kopf, stieß einen Schrei aus und setzte sich in Bewegung. Der Mann, der gemerkt hatte, was geschah, kam hinter ihm her.

Simon hatte sich schon zur Flucht gewandt und stürzte auf die Hauptstraße zu. Plötzlich erschien das Schweigen ringsum ebenso bedrohlich wie in dem beschatteten Hohlweg. Simon sehnte sich nach der Sicherheit einer Menschenmenge, nach Leuten und Autos; dann hätte er wenigstens nicht mehr dies schreckliche Gefühl, allein zu sein, während er hinter sich die hämmernden Schritte des unnachgiebigen Verfolgers hörte.

Es ging die Seitenstraße entlang, um die Ecke und an der Kirchhofsmauer vorbei, schneller, immer schneller; Simons Mut sank, während er lief, seine Beine waren nach dem verkrampften Stillhalten im Gebüsch steif, sein ganzer Körper war erschöpft. Er wußte, er würde nicht mehr lange durchhalten können.

Ein Auto kam an ihm vorbei; es fuhr schnell in der entgegengesetzten Richtung. Wilde Gedanken fuhren Simon durch den

Kopf, während er die harten Stöße der Straße durch die dünnen Gummisohlen hindurch spürte: Er könnte einem Auto winken und schreien, er könnte vielleicht in einem der kleinen Häuser Zuflucht suchen, die jetzt, da er sich dem Dorf näherte, vereinzelt an der Straße standen. Aber der Junge hatte jetzt einen erwachsenen Mann bei sich, und dieser Mann konnte jedem Fremden, den Simon um Hilfe bat, irgendeine Geschichte erzählen, und der Fremde würde sie wahrscheinlich glauben ...

„Bleib stehn!" rief eine dunkle Stimme hinter ihm. Verzweifelt versuchte Simon, noch schneller davonzustürzen. Wenn sie ihn fingen, war alles vorbei. Dann hatten sie das Manuskript und damit das ganze Geheimnis. Dann konnte er nichts mehr tun, dann hatte er seinen Auftrag verfehlt, hatte Gummery im Stich gelassen ...

Sein Atem ging jetzt schwer und mühsam, und er stolperte beim Laufen. Vor ihm lag eine Straßenkreuzung. Die schnellen, entschlossenen Schritte hinter ihm wurden immer lauter; fast hörte er schon den Atem seines Verfolgers. Er hörte den Jungen mit Triumph in der Stimme rufen: „Schnell ... jetzt ..." Die Stimme war weiter entfernt als die Schritte. Es mußte der Mann sein, der jetzt hinter ihm her war, er war ihm fast auf den Fersen, die stampfenden Füße kamen näher, immer näher ...

Es brauste in Simons Ohren, während er nach Atem rang. Die Straßenkreuzung lag dicht vor ihm, aber er konnte sie kaum erkennen. Halb unbewußt hörte er einen Automotor aufbrüllen, es war jetzt ganz nah, aber sein erschöpftes Gehirn nahm es kaum wahr. Dann ein Klappern und das Quietschen von Bremsen. Und mitten auf der Kreuzung wäre er beinahe mit der rostigen Motorhaube eines großen Wagens zusammengestoßen.

Simon bremste schlitternd und versuchte, dem Wagen auszuweichen, er hatte nur Sinn für die Gefahr, die ihm dicht auf den Fersen war. Und dann war es, als würde durch den dunklen Himmel plötzlich wieder die Sonne hindurchbrechen: Er merkte, daß es Großonkel Merry war, der sich aus dem Wagenfenster beugte.

Der Motor des Wagens brüllte wieder auf. „Auf die andere Seite. Steig ein!"

Schluchzend vor Erleichterung stolperte Simon um den großen Kombiwagen herum und riß die Tür auf der anderen Seite auf. Er fiel in den quietschenden Sitz und zog die Tür zu, während Großonkel Merry den Gang einlegte und Gas gab. Der Wagen tat einen Sprung nach vorn, ruckte um die Ecke, und schon waren sie auf und davon.

Kapitel 8

„Aber woher wußtest du, wohin du kommen mußtest?" fragte Simon, als Großonkel Merry am Fuß des Hügels mit viel Lärm den Gang wechselte, um zum *Grauen Haus* hinaufzufahren.

„Ich wußte es gar nicht. Ich bin einfach im Dorf herumgefahren und habe darauf gehofft, dich zu finden. Ich bin sofort losgefahren, als Jane und Barney ins Haus gestolpert kamen. Die armen Kinder, sie waren in einem schrecklichen Zustand – sie kamen ins Wohnzimmer gestürzt und haben mich buchstäblich nach draußen gezerrt. Deine Eltern waren eher amüsiert. Sie scheinen zu glauben, daß wir uns ein interessantes Spiel ausgedacht haben."

Großonkel Merry lächelte grimmig.

„Uff, das war mein Glück, daß du gerade in diese Straße eingebogen bist", sagte Simon. „Noch nie in meinem Leben war ich so froh, einen bestimmten Menschen zu sehen."

„Nun, du weißt doch, daß ich Trewissick kenne. Als die Kinder sagten, sie hätten dich auf dem Pfad, der zum Haus führt, gesehen, wußte ich, daß du nur in eine Richtung gelaufen sein konntest. Du bist im Pentreath-Weg herausgekommen, nicht wahr?"

„Das war ein Hohlweg", sagte Simon, „dicht von Bäumen gesäumt. Aber ich hatte keine Zeit, mich drum zu kümmern, wie der Weg heißt."

Großonkel Merry lachte. „Das kann ich mir denken. Jedenfalls habe ich angenommen, daß du von diesem Weg in die Tregoney Road eingebogen bist, und das hast du ja auch getan. Ein Glück, daß du nicht in die andere Richtung gelaufen bist."

„Warum?" sagte Simon. Er erinnerte sich, wie er auf gut Glück losgelaufen war, als der Junge hinter ihm über den Zauntritt kletterte.

„In der anderen Richtung bildet der Weg eine Sackgasse. Er endet bei der Pentreath Farm – wenn man es eine Farm nennen kann –, der Hof ist seit Jahren hoffnungslos vernachlässigt. Mrs. Palks ungeratener Bruder lebt dort, der Vater des jungen Bill Hoover. Auch der Junge lebt dort, falls er überhaupt zu Hause ist, und das ist wahrscheinlich nicht oft der Fall. Aber jedenfalls wäre es für dich keine sehr geeignete Zuflucht gewesen."

„O Gott!" Simon fröstelte bei dem Gedanken.

„Vergiß es. Du bist ja eben nicht dort hingelaufen." Der Großonkel hielt den Wagen mit einem letzten Rumpeln und Quietschen an und zog die Handbremse. „Da wären wir. Sicher daheim gelandet. Lauf jetzt hinein und bring dich in Ordnung, bevor deine Mutter dich sieht. Glücklicherweise hat sie Freunde zum Abendessen eingeladen, sie wird also im Wohnzimmer bleiben. Raus jetzt mit dir. Ich bringe noch den Wagen weg. Und, Simon –"

Simon, der das Manuskript fest an die Brust gedrückt hielt und schon halb aus der Tür war, blieb stehen und blickte zurück. Er konnte Großonkel Merrys Gesicht nur undeutlich erkennen. Sein zerzaustes weißes Haar sah im Schatten wie dunkles Gestrüpp aus; das Licht der Straßenlaterne, die weiter den Hügel hinauf stand, spiegelte sich geheimnisvoll in seinen Augen, die wie zwei glimmende Funken in der Dunkelheit waren. „Das hast du sehr gut gemacht", sagte Großonkel Merry ruhig.

Simon sagte nichts, aber als er die Tür hinter sich zuschlug, fühlte er sich plötzlich erwachsener als je zuvor. Und als der Wagen spuckend und hustend die Steigung hinauf verschwunden war, hatte er alle Müdigkeit vergessen und überquerte in sehr aufrechter Haltung die Straße. Jane und Barney waren an der Tür, bevor er den Fuß auf die unterste Eingangsstufe gestellt hatte. Sie zogen ihn nach drinnen und auf die Treppe zu.

„Hat er dich gekriegt?"

„Du hast es noch! Oh, gut gemacht ..."

„Wir dachten, er würde dich zusammenschlagen ..." Das war Barney, mit großen, ernsten Augen.

„Du hast dir doch nicht weh getan? Was ist passiert?" Jane betrachtete Simon von oben bis unten mit kritischen Blicken.

„Ich bin ganz in Ordnung."

Ein plötzlicher Lichtstrahl fiel in die Diele, als die Wohnzimmertür sich öffnete, und Mutter rief: „Seid ihr das, Kinder?"

„Ja", rief Jane, über das Treppengeländer geneigt.

„Gleich gibt's Abendessen. Beeilt euch. Kommt gleich herunter, wenn ihr euch gewaschen habt."

„Gut, Mutter." Die Tür wurde wieder geschlossen. „Die reden da drin alle durcheinander", sagte Jane zu Simon. „Mutter und Vater haben im Hafen eine Freundin getroffen, die sie lange nicht mehr gesehen hatten, und jetzt stellt sich heraus, daß sie in Penzance wohnt. Ich glaube, sie malt auch. Sie bleibt zum Abendessen. Sie scheint ganz nett zu sein. Er hat dich *meilenweit* verfolgt, nicht?"

„Hunderte von Meilen", sagte Simon. Er gähnte. „Viele hundert Meilen ... und dann, als sie mich fast schon hatten, tauchte Großonkel Merry auf."

„Wir haben ihn hinter dir hergeschickt", sagte Barney eifrig, während sie weiter die Treppe hinaufstiegen.

„Wir haben ihn nicht geschickt," sagte Jane vorwurfsvoll. „Er fuhr wie ein Blitz davon, als er hörte, was geschehen war."

„Nun, er wäre nicht losgefahren, wenn wir es ihm nicht gesagt hätten, und dann wäre Simon nicht gerettet worden." Barney glühte vor Aufregung. Er hätte alles darum gegeben, wenn er der Held der Verfolgungsjagd gewesen wäre. „Wir wußten nicht, wohin du gelaufen warst. Wir liefen eine Weile hinter Miss Withers her. Aber sie ging einfach den Abhang hinunter, setzte sich unten ins Gras und schaute auf die See hinaus." Seine Stimme überschlug sich fast. „Da sind wir nach Hause gerannt, und Großonkel Merry war gerade vom Fischen zurückgekommen. Wir waren vielleicht froh, als wir dich aus dem Auto klettern sahen", fügte er überraschend herzlich hinzu.

„Nicht halb so froh wie ich." Simon gähnte noch einmal und rieb sich die Stirn. „Ich fühle mich so schmutzig. Das muß passiert sein, als ich mich in den Büschen versteckte ... Kommt. Ich kann es euch erzählen, während ich mich wasche."

Zuerst waren sie zu sehr mit Essen beschäftigt, und gegen Ende des Abendessens hatten sie zuviel Mühe, nicht einzuschlafen. Daher waren die Kinder froh, daß Miss Hatherton da war. Sie war eine kleine, muntere, lebhafte Person, schon ziemlich alt, mit kurzgeschnittenem grauem Haar und zwinkernden Augen. Sie war Bildhauerin – eine berühmte, wie Großonkel Merry ihnen später erzählte – und hatte die Mutter unterrichtet, als diese noch an der Kunstschule studierte. Sie schien auch eine Leidenschaft für den Haifang zu haben, und am Abendbrottisch führte sie abwechselnd begeisterte Diskussionen über Kunst mit der Mutter und über das Fischen mit dem Vater. Die Kinder hörten interessiert zu, waren aber erleichtert, als Mrs. Palk den Kaffee brachte, und die Mutter, der ihr Gähnen nicht entgangen war, sie zu Bett schickte.

„Nichts macht einen so schläfrig wie die Luft von Cornwall", sagte Miss Hatherton munter, als sie ihre Stühle zurückschoben und gute Nacht sagten. „Wenn einer von ihnen in deine Fußstapfen tritt", fügte sie an Mutter gewendet hinzu, „dann ist es der da." Sie zeigte mit peinlicher Direktheit auf Barney.

Barney blinzelte.

„Was willst du machen, wenn du groß bist, junger Mann?" fragte sie.

„Ich werde Fischer", sagte Barney, ohne zu zögern, „mit einem großen Boot wie die *White Heather.*"

Miss Hatherton brüllte vor Lachen. „Wenn du mir das in zehn Jahren noch einmal sagst", sagte sie, „werde ich sehr überrascht sein. Gute Nacht. Ich werde dir dein erstes Bild abkaufen."

„Sie ist verrückt", sagte Barney, als sie nach oben gingen. „Ich will gar nicht Maler werden."

„Laß nur", sagte Simon. „Sie ist nett. Jane, komm noch einen Augenblick in unser Zimmer. Ich glaube, Gummery kommt nach oben. Er hat mir zugezwinkert, als ich die Tür zumachte."

Sie warteten, und bald darauf trat Großonkel Merry durch die Tür. „Ich kann nur einen Augenblick bleiben", sagte er. „Miss Hatherton und eure Mutter haben mich gerade in eine Diskussion über die Verdienste von Caravaggio und Salvator Rosa verwickelt, die sehr lang und hitzig zu werden verspricht."

„Puh", sagte Barney.

„Du hast recht, Barney, puh. Ich glaube nicht, daß ich mit den beiden mithalten kann. Wie auch immer –"

„Gummery, wir haben ihn gefunden", sagte Jane eifrig. „Wir haben den zweiten Hinweis gefunden, und wir sind jetzt auf dem richtigen Weg. Es ist einer der stehenden Steine auf Kenmare Head. Die beiden Jungen haben es gemeinsam herausgefunden", sagte sie ehrlich. „Komm, Simon, hol das Manuskript heraus."

Simon stand auf und holte den Teleskopbehälter, der jetzt noch schmutziger und abgegriffener aussah als zuvor, oben vom Schrank herunter. Sie breiteten die Rolle auf dem Bett aus und zeigten Großonkel Merry den Felsen, wo alles begonnen hatte, und den kleinen Kreis, der die Sonne darstellen sollte, und erzählten ihm, wie sie sich zu dem stehenden Stein vorgearbeitet hatten.

„Aber auf der Karte können wir den richtigen stehenden Stein nicht bestimmen", sagte Simon, „denn hier sehen sie nicht so aus, wie sie tatsächlich aussehen, wenn man auf dem Vorgebirge steht."

Sie neigten sich alle über die Zeichnung, die sie unwillkürlich immer noch Karte nannten. Großonkel Merry betrachtete sie schweigend.

„Gummery", sagte Jane zögernd. Es ging ihr ein Gedanke im Kopf herum, den sie noch nicht ganz fassen konnte. „Glaubst du, daß der Mann alles nach dem gleichen System gemacht hat?"

„Was meinst du denn damit?" sagte Simon und ließ sich auf dem Bett flach auf den Rücken fallen.

„Nun, du weißt doch noch, als wir versuchten, den ersten Hinweis zu finden, und ich sagte, es müßte so sein, wie alle

Pläne von vergrabenen Schätzen anfangen – sechs Schritte nach Osten oder so. Und du hast gesagt, nein, es könnte auch so sein, daß man ein Ding mit einem anderen in eine Linie bringen müßte, so wie einen Zeiger."

„Und?"

„Bedeutet das vielleicht, daß man bei jedem Schritt irgend etwas in eine Linie mit etwas anderem bringen muß? Sind alle Hinweise die gleiche Art von Hinweisen?"

„Du meinst, wir müßten als nächstes etwas anderes in eine Linie mit dem stehenden Stein bringen?"

Großonkel Merry hielt immer noch den Blick auf die Zeichnung gerichtet. „Es ist möglich. Was bringt dich auf den Gedanken?"

„Das hier", sagte Jane. Sie zeigte auf die Karte. Alle schauten.

„Ich kann nichts sehen", sagte Barney mürrisch.

„Sieh mal, hier. Über der Spitze von Kenmare Head."

„Aber das ist nur wieder ein Fleck", sagte Simon verärgert. „Wie soll der etwas bedeuten?"

„Erinnert er dich nicht an etwas anderes?"

„Nein", sagte Simon. Er ließ sich zurückfallen und gähnte.

Großonkel Merry schaute von einem zum andern und lächelte still.

„Du meine Güte", sagte sie ungeduldig, „ich weiß, daß du heute etwas geleistet hast, und ich weiß, daß du müde bist, aber ehrlich –"

„Ich höre zu", sagte Barney neben ihr. „Was ist mit diesem Fleck?"

„Es ist überhaupt kein Fleck", sagte Jane. „Jedenfalls glaube ich das nicht. Es ist ein bißchen verwischt, aber es ist ein Kreis, ein richtig gezeichneter Kreis, ich glaube, daß er etwas bedeutet. Er sieht genauso aus wie der andere, der über dem stehenden Stein, von dem sich herausgestellt hat, daß es die untergehende Sonne ist."

Simon richtete sich, auf die Ellbogen gestützt, auf und zeigte wieder Interesse.

Jane fuhr fort, laut zu denken: „Der erste Hinweis war so: Wir mußten den Stein finden, der mit der Sonne und dem Felsen, von dem wir ausgingen, eine Linie bildete. Und dann mußten wir zu dem Stein gehen und mit Hilfe des Schattens feststellen, daß wir recht hatten. Nun, vielleicht müssen wir jetzt das gleiche tun. Zuerst etwas finden, was auf einer Linie mit dem Stein liegt, und dann hingehen und feststellen, ob sein Schatten auf den Stein zurückweist."

Großonkel Merry sagte leise: „Die Zeichen, die zunehmen und abnehmen, aber nicht sterben . . ."

Jane wandte sich ihm eifrig zu. „Das ist es, so steht's im Manuskript, nicht wahr? In dem Geschriebenen müssen noch viele Hinweise sein, nicht nur in der Zeichnung. Nur sind sie da noch verschlüsselter, und wir wissen nicht, wie wir sie ausfindig machen sollen."

„Die Sache mit dem Schatten", sagte Simon nachdenklich, „könnte das nicht einfacher sein, als du es eben erklärt hast? Vielleicht brauchen wir nur herauszufinden, wohin der Schatten unseres stehenden Steines weist."

„Aber er weist auf die Stelle, von der wir ausgegangen sind", sagte Barney. „Denn der Mann aus Cornwall hat den Stein nicht als ersten Schlüssel benutzt. Der erste Schlüssel hieß: ‚Finde heraus, was zwischen dir und der sinkenden Sonne steht.' Mit dem Schatten haben wir nur bewiesen, daß wir recht gehabthatten."

„Vielleicht ist es diesmal auch gar nicht ein Schatten, den die untergehende Sonne wirft."

„Und jetzt hilft uns unser Kringel hier weiter", sagte Jane.

Barney sagte schläfrig: „Vielleicht ist es die aufgehende Sonne. Aber das kann auch nicht stimmen, denn dafür ist die Stelle nicht richtig."

„Nein", sagte Simon. „Nein, natürlich nicht. Es ist eben nur ein Fleck."

Jane starrte ihn wütend an und stammelte vor Ungeduld: „Oh . . . warum muß es denn überhaupt die Sonne sein?"

Großonkel Merry saß immer noch schweigend wie eine Statue auf dem Bettrand. Wieder sagte er fast zärtlich vor sich hin: „Die Zeichen, die zu- und abnehmen, aber nicht vergehen . . ."

Simon starrte ihn verständnislos an.

„Verstehst du denn nicht?“ Jane schrie ihn beinahe an. „Es ist nicht die Sonne, es ist der Mond!“

Simons Gesicht war jetzt wie der Himmel an einem windigen Tag. Ein Ausdruck nach dem andern wechselte darauf. Er blickte auf die Karte, dann auf Großonkel Merry. „Gummery“, sagte er vorwurfsvoll, „ich glaube, du hast es die ganze Zeit gewußt. Stimmt das?“

Großonkel Merry erhob sich. Das Bett quietschte, als er aufstand, und seine hohe Gestalt schien den Raum zu füllen. Die Lampe, die hinter seinem Kopf an der Decke hing, ließ sein Gesicht im Schatten, und wieder überkam die drei das alte Gefühl, daß hier ein Geheimnis war. Die große, dunkle Gestalt, der Kopf, der von einem silbrigen Lichtnebel umgeben war, erfüllte sie mit stummer Ehrfurcht.

„Dies ist euer Auftrag“, sagte er. „Ihr müßt jedesmal den Weg selbst finden. Ich bin euer Beschützer, sonst nichts. Ich darf nicht teilnehmen, ich darf euch nicht helfen, nur beschützen werde ich euch auf dem ganzen Weg.“ Er wandte sich ein wenig zur Seite, so daß ihm jetzt das Licht ins Gesicht fiel, und seine Stimme klang wieder alltäglich. „Ich denke, daß ihr auch bei dem nächsten Schritt Schutz brauchen werdet. Ihr wißt jetzt, was es ist, nicht wahr?“

Simon sagte zögernd: „Wir müssen feststellen, wohin der Schatten des stehenden Steins bei Nacht weist. Der Mondschatten.“

Barney sagte, als verstehe sich das von selbst: „Bei Vollmond.“

„Vollmond?“

„Janes Kringel – das ist ein Kreis, kein Halbmond, es ist also der Vollmond gemeint.“

„Wie ist der Mond denn jetzt?“

„Heute nacht werdet ihr nicht auf das Vorgebirge gehen, um den Mond zu betrachten“, sagte Großonkel Merry bestimmt.

„Nein, das meinte ich auch nicht. Ich glaube, ich könnte es auch gar nicht.“ Simon unterdrückte wieder ein Gähnen. „Ich wollte nur wissen, ob der Mond heute voll ist oder nicht. Wenn wir erst Neumond haben, müssen wir noch lange warten.“

„Heute nacht ist Vollmond", sagte Jane. „Ich habe es von meinem Schlafzimmerfenster aus gesehen. Es wird also morgen noch fast genauso hell sein. Wird das genügen, Gummery? Ich meine, können wir morgen gehen?"

Bevor der Großonkel antworten konnte, hatte Simon sich wieder aufgesetzt. Er sah nachdenklich aus. „Irgend etwas gefällt mir daran nicht. Wenn wir am Tag nach Vollmond gehen, haben wir noch Licht genug. Aber der Mond ändert doch seine Bahn, nicht wahr? Ich meine, er geht zu verschiedenen Zeiten auf und unter und auch an verschiedenen Stellen, je nach der Jahreszeit. Nun – wir haben jetzt August, aber wie sollen wir wissen, ob der Mann aus Cornwall seine Hinweise nicht Mitte Januar oder April ausgearbeitet hat, wo der Mond an ganz anderen Stellen steht?"

„Du willst nur Schwierigkeiten machen", sagte Barney.

„Nein", sagte Großonkel Merry. „Er hat recht. Aber das eine will ich euch noch sagen. Ich glaube, ihr werdet feststellen, daß dies die richtige Jahreszeit ist. Ihr könnt es Glück nennen, oder wie ihr sonst wollt. Aber da es euch gelungen ist, den ersten Schlüssel zu finden, glaube ich, daß ihr auch die anderen finden werdet. Ja, Jane, der morgige Abend würde sich gut dazu eignen, den Mond und den stehenden Stein zu betrachten. Besonders gut aus einem Grund, den ihr noch gar nicht kennt – gleich nachdem ihr nach oben gegangen seid, hat Miss Hatherton eure Eltern gebeten, sich morgen ihr Atelier in Penzance anzusehen und über Nacht zu bleiben."

„Oh. Und sie werden gehen?"

„Das müssen wir abwarten. Geht zu Bett. Und setzt nicht euer ganzes Vertrauen in den Mond. Es könnten euch noch größere Schwierigkeiten erwarten, als ihr euch vorstellt."

Die Mutter stand neben Miss Hathertons kleinem, käferartigem Auto, den Türgriff schon in der Hand. „Werdet ihr auch bestimmt zurechtkommen?" fragte sie unsicher.

„O Mutter, natürlich", sagte Jane. „Was sollte uns denn passieren?"

„Nun, ich weiß nicht. Ich lasse euch gar nicht gern allein ... dieser Einbruch neulich ..."

„Das ist doch schon lange her."

„Steckt nur das Haus nicht in Brand", sagte der Vater munter. Miss Hatherton hatte ihm versprochen, ihn am nächsten Tag zum Haifang mitzunehmen, und er war aufgeregt wie ein Schuljunge.

„Laß sie nicht zu spät zu Bett gehen, Onkel Merry", sagte Mutter, als sie ins Auto kletterte.

„Nun mach dir mal keine Sorgen, Ellen", sagte Großonkel Merry väterlich. Er stand auf der Türschwelle und sah aus wie ein alttestamentarischer Patriarch. Die Kinder umringten ihn. „Da Mrs. Palk im Haus bleibt, werde ich gar keine Gelegenheit haben, sie in die Irre zu führen. Statt dessen werden wir wahrscheinlich an Überfütterung sterben."

„Und möchtet ihr nicht doch alle mitkommen?" Miss Hatherton beugte sich über das Steuerrad und blinzelte in die Morgensonne. Der Wagen neigte sich ein wenig zur Seite, als der Vater sich auf den Rücksitz quetschte. Simon reichte ihm sein Angelzeug hinein.

„Nein, ehrlich – aber vielen Dank", sagte er.

„Es hat keinen Zweck, man kann diese drei nicht von Trewissick wegkriegen", sagte der Vater. „So was ist mir noch nicht vorgekommen. Sie auch nur bis ins nächste Dorf mitzunehmen ist schwerer, als eine Napfmuschel von ihrer Klippe zu lösen. Ich wage gar nicht, daran zu denken, was passiert, wenn wir heimfahren müssen."

„Nun, sie wissen, was sie wollen. Und Sie kann ich auch nicht weglocken, Professor Lyon?"

„O Gott", sagte die Mutter, „tut mir leid, daß du sie am Hals hast, Merry." Sie schnitt eine Grimasse zu den Kindern hin.

„Unsinn", sagte Großonkel Merry, „hier bin ich in meinem Element. Und Penzance ist außerdem ein gräßlicher Ort." Er zog die Stirn kraus und sah Miss Hatherton an, die gutmütig zurücklächelte. „Ausflügler, Eiscreme und kleine Fischchen aus Messing. Alles Geschäft. Das ist nichts für mich."

„Also", sagte Miss Hatherton mit einem Grinsen und ließ den Motor an, „auf zu den Fischchen. Wir werden Ihnen eine Zuckerstange schicken, Herr Professor. Auf Wiedersehn! Auf Wiedersehn, Kinder." Der Wagen fuhr davon, begleitet von einem vielstimmigen Abschiedschor.

„Auf Wiedersehn!" ertönte Mrs. Palks schrille Stimme. Sie war plötzlich hinter ihnen in der Tür aufgetaucht und schwenkte ein Gläsertuch. Der kleine Wagen tuckerte die Steigung hinauf und war bald außer Sicht.

„Schön, wie die zwei zusammen wegfahren", sagte Mrs. Palk mit Gefühl. „Ganz wie in alten Zeiten, vermutlich, bevor ihre Sorgen anfingen." Sie schwenkte ihr Küchentuch in Richtung der Kinder.

„Meinen Sie uns damit?" fragte Barney empört.

„Das tu ich; 'ne richtige Landplage seid ihr . . . aber wir werden das schon hinkriegen, denk ich." Grinsend verschwand sie wieder in ihrer Küche.

„Die kam gerade richtig, diese Miss Hatherton", sagte Simon zufrieden. „Natürlich hoffe ich, daß sie sich amüsieren und so, aber hier haben wir dadurch reine Luft, nicht wahr?"

„Dieser Mondschatten . . ." sagte Jane nachdenklich. „Wißt ihr, ich habe gedacht . . ."

„Heute wird nicht mehr gedacht", entschied Großonkel Merry. „Vor heute nacht können wir nichts unternehmen. Dieses Jahr bin ich noch nicht im Wasser gewesen, ich finde, ihr könntet mich mit zum Baden nehmen."

„Zum Baden?" Barneys Stimme war schrill vor Überraschung.

„So ist es." Großonkel Merrys Augen blitzten unter den buschigen weißen Brauen hervor. „Oder findest du, daß ich zum Schwimmen zu alt bin?"

„Hm, nein – nein, nein, überhaupt nicht", sagte Barney verwirrt. „Ich bin nur noch nie auf den Gedanken gekommen, daß du ins Wasser gehst."

„Aber was ist mit der Karte?" jammerte Jane.

„Wir haben doch gerade erst angefangen", sagte Simon vorwurfsvoll.

„Nun, und wir werden auch nicht aufhören. Wir werden einen schönen ruhigen Tag am Strand in der Sonne verbringen. Und wer weiß, vielleicht scheint dann am Abend der Mond."

Als sie am Abend zurück waren und sich wuschen, bevor Mrs. Palk sie zum Essen rief, sahen sie durch die Fenster des *Grauen Hauses* den Mond am späten Augusthimmel stehen. Die Sonne hatte den ganzen Tag auf den Strand heruntergebrannt, und sie waren alle braun geworden – Barneys helle Haut war brennend rot. Aber jetzt beherrschte der Mond den Himmel; einen Himmel, der sich nach dem Sonnenuntergang zu einem seltsamen Schwarzgrau verdüstert hatte. Nur die hellsten Sterne waren zu sehen, die anderen wurden von dem milchigen Glanz überdeckt, der Himmel und See einhüllte und scheinbar nicht vom Mond auszugehen schien.

Simon sagte leise und aufgeregt: „Es ist eine vollkommene Nacht."

„Hm", sagte Jane. Sie war draußen gewesen, um nach dem Himmel zu sehen und hatte ängstlich die schwarzen Umrisse von Kenmare Head betrachtet, die sich dunkel und undurchdringlich hinter dem Haus erhoben. Wie Simon war sie aufgeregt, aber auch das alte Unbehagen war wieder da.

Es wäre besser, sagte sie streng zu sich selbst, nicht über die Finsternis nachzudenken oder sie wenigstens nur als die gleiche Finsternis zu betrachten, in der der längst verstorbene Mann aus Cornwall sich den Hinweis ausgedacht hatte, dem sie jetzt folgten. Aber vielleicht lauerte in dieser Dunkelheit auch immer noch das Böse, das sich damals aus dem feindlichen Osten genähert und den Gral bedroht hatte, für den er so dringend ein Versteck gesucht hatte ... Vielleicht lauerte es auch ihnen da draußen auf ... warum brannte kein Licht auf der Yacht der Withers'?

„Oh, hör auf damit", sagte Jane laut.

„Was?" sagte Simon überrascht.

„Nichts ... ich hab mit mir selbst geredet ... o gut, da ist die Glocke, komm."

Mrs. Palk, die die vollen Teller aus der Küche brachte und die leeren wieder hinaustrug, war in mütterlicher Stimmung. Großonkel Merry sagte ihr, daß sie am äußeren Hafen im Dunkeln fischen wollten, und sofort erklärte sie sich bereit, Thermosflaschen mit heißem Kaffee und Schnittchen in der Küche für ihre Rückkehr bereitzustellen. Aber sie wollte nichts davon hören, daß Barney mitging.

„Mit diesem Sonnenbrand gehst du nirgendwo hin, mein Herzchen, das wäre unvernünftig. Du bleibst hier bei mir und gehst schön früh zu Bett, das ist bei weitem das beste. Wenn du nach draußen gehst, kriegst du Blasen und kratzt dir die Haut auf, und dann liegst du morgen im Bett, statt draußen in der Sonne zu sein, und das willst du doch nicht."

„Es würde mir gar nichts machen", sagte Barney halbherzig. Mrs. Palk hatte ihm Zinksalbe auf die sonnenverbrannten Beine geschmiert, aber sie waren immer noch wund und empfindlich, und obwohl er den Schmerz zu verbergen suchte, mußte er doch bei jedem Schritt leise wimmern. Außerdem war er nach dem Tag in der frischen Luft nach all dem Laufen und Schwimmen sehr müde.

Großonkel Merry sagte: „Ich glaube, es wäre das beste, Barney. Wenn wir zurückkommen, und du bist noch wach, erzählen wir dir alles."

„Das werden Sie nicht", sagte Mrs. Palk. Sie behandelte Großonkel Merry trotz ihres Respekts für den „Professor" mit genau der gleichen gutmütigen Strenge, die sie gegenüber Simon und Jane und Barney zeigte. „Er wird lange und gut und ungestört bis morgen früh schlafen, und dann wird er frisch wie ein Gänseblümchen aufwachen, und es tut ihm nichts mehr weh. Und dann kann er immer noch alles erzählt bekommen."

„Mrs. Palk", sagte Großonkel Merry ganz zahm, „Sie sind eine gute Seele und erinnern mich überwältigend an meine alte Kinderfrau, die mich nie nach draußen gehen ließ, ohne daß ich die Überschuhe anzog. Nun, Barnabas, ich meine . . ."

„Schon gut", sagte Barney traurig. „Ich seh's ein. Ich bleibe hier."

„So ist's recht." Mrs. Palk strahlte. „Ich geh und mach dir was schönes Heißes zu trinken, bevor du zu Bett gehst." Sie watschelte aus dem Zimmer.

„Ihr habt Glück", sagte Barney neidisch zu Simon und Jane. „Ich wette, ihr findet alle möglichen wundervollen Hinweise, wenn ich nicht dabei bin. Es ist nicht fair."

„In Wirklichkeit hast du heute abend die wichtigste Aufgabe", sagte Simon beschwörend, „und auch die gefährlichste. Wir finden, daß es zu gefährlich wäre, die Karte mitzunehmen, sie wird also hier in deiner Obhut bleiben. Vielleicht mußt du sie sogar mit deinem Leben verteidigen – falls die Einbrecher zurückkommen."

„Oh, sei doch still!" sagte Jane erschrocken.

„Mach dir keine Sorgen, das ist nicht sehr wahrscheinlich", sagte Großonkel Merry und erhob sich. „Aber du hast eine große Verantwortung, Barney, du hast also durchaus deinen Anteil an der Unternehmung."

Barney wußte nicht recht, ob er sich wichtig oder bemitleidenswert vorkommen sollte, aber er ging gehorsam zu Bett. Als die andern in die Dunkelheit hinaustraten, sahen sie sich um und erblickten hinter einem der Fenster im ersten Stock sein weißes Gesicht und eine schattenhafte Hand, die ihnen zum Abschied zuwinkte.

„Puh, es ist kalt", sagte Jane. Sie zitterte ein wenig, als sie die Straße hinaufstiegen, die vom Dorf wegführte.

„Wenn wir erst ein Stück gegangen sind, wird dir wieder warm", sagte Großonkel Merry. Er hatte darauf bestanden, daß sie unter ihren Mänteln Pullover und Schals anzogen, und sie waren ihm jetzt dankbar dafür.

„Alles kommt mir so schrecklich groß vor", sagte Simon plötzlich. Unwillkürlich sprachen sie ganz leise, denn in der Dunkelheit war nichts zu hören als das leise Geräusch ihrer eigenen Füße. Nur manchmal hörte man unten im Dorf das Brummen eines Autos, das ganz leise Rauschen der See und das Knirschen der Boote, die im Hafen vertäut lagen.

Jane ließ ihren Blick über die silbrigen Dächer schweifen und sah die schwarzen Schattenflecke, die der Mond hervorrief.

„Ich weiß, was du gemeint hast. Man sieht von allen Dingen nur eine Seite, die andere liegt immer im Schatten. Man sieht also nicht, wo das Ding aufhört ... und die Landzunge sieht schrecklich düster aus. Ich bin froh, daß ich nicht allein bin."

Ein solches Bekenntnis hätte sie bei Tageslicht niemals abgelegt. Aber in der Finsternis der Nacht kam es ihr weniger beschämend vor. Simon sagte, was niemand erwartet hätte: „Mir geht es auch so."

Großonkel Merry sagte nichts. Er ging schweigend neben ihnen her, sehr groß wie er war und tief in Gedanken versunken. Sein Gesicht verlor sich im Schatten. Mit jedem langen Schritt schien er mehr mit der Nacht zu verschmelzen, als gehöre er zu dem Geheimnis, dem Schweigen und den leisen, namenlosen Geräuschen.

Da, wo die Straße eine Biegung machte und sich vom Hafen abwandte, verließen sie sie, kletterten über einen Zaun und betraten die Landzunge. Die Straße führte wieder landeinwärts, und über ihnen stieg der grasbewachsene Abhang auf die stehenden Steine zu. Bald hatten sie den Fußpfad gefunden und begannen den langen Zickzackweg zum Kamm hinauf.

Jane blieb plötzlich stehen. „Horcht!" sagte sie.

Sie blieben stehen, konnten aber nichts hören als das Seufzen der See.

„Du bildest dir was ein", sagte Simon nervös.

„Nein – ich bin sicher –"

Vom Kamm des Vorgebirges, der immer noch nicht zu sehen war, kam ein schwacher, geisterhafter Laut. „Whu – uu."

„Oh", sagte Jane erleichtert. „Nur eine Eule. Schrecklich – ich hab wirklich nicht gewußt, was das sein könnte."

Großonkel Merry sagte immer noch nichts. Sie begannen wieder zu steigen.

Auf einmal, wie in einem stummen Einverständnis, blieben alle wieder stehen. Es war, als hätte ein dunkler Vorhang sich um sie herum gesenkt.

„Was ist das?"

„Eine Wolke hat sich vor den Mond geschoben. Schaut. Es ist nur eine kleine."

So plötzlich, wie es gekommen war, war das Wölkchen weitergezogen, und Land und See lagen wieder im silbrigen Mondlicht.

„Du hast gesagt, es würde keine Wolken geben."

„Nun, es sind auch nur ein paar kleine."

„Der Wind hat gedreht", sagte Großonkel Merry. Nach dem langen Schweigen klang seine Stimme sehr tief. „Er kommt aus Südwesten, ein Cornwallwind. Manchmal bringt er Wolken und manchmal andere Dinge." Er stieg weiter den Abhang hinauf, und sie wagten nicht, ihn zu fragen, was er damit meinte.

Während sie hinter ihm herkletterten, kamen noch mehr Wolken auf. Zerfetzt und vom Mondlicht silbrig gerändert, fegten sie über den Himmel, als ob dort oben ein anderer Wind wehte, der stärker und entschiedener war als die leichte Brise, die ihnen von oben her ins Gesicht blies.

Und dann sahen sie über dem dunklen Kamm des Vorgebirges die Umrisse der stehenden Steine emporragen. In der Dunkelheit wirkten sie noch größer. Geheimnisvoll türmten sie sich vor dem silberüberfluteten Himmel und wurden in erschreckender Weise unsichtbar, sobald eine Wolke sich vor die Mondscheibe schob. Schon im Tageslicht waren ihnen die Steine groß vorgekommen, aber jetzt waren sie ungeheuerlich, sie beherrschten die Halbinsel und auch die mondhellen Täler, die sich hinter dem schwachen Blinken der Dorflichter landeinwärts erstreckten. Jane klammerte sich an Simons Arm.

„Ich bin sicher, daß sie uns hier nicht haben wollen", sagte sie unglücklich.

„Wer will uns nicht haben?" fragte Simon. Das Bemühen, tapfer zu scheinen, machte seine Stimme lauter als beabsichtigt.

„Sss – mach doch nicht solchen Krach."

„Oh, sei nicht kindisch", sagte Simon grob. Auch er fühlte sich in der dunklen Leere der Nacht nicht behaglich, aber er war entschlossen, Janes Ahnungen nicht auch bei sich hochkommen zu lassen. Aber dann wurde ihm ganz kalt, denn die dunkle Stimme ihres Großonkels schien all das, was Jane fühlte, zu bestätigen.

„Sie haben nichts gegen uns", sagte Großonkel Merry sanft, „wenn überhaupt jemand, so sind wir hier willkommen."

Simon schüttelte sich ein wenig und tat, als hätte er nichts gehört. Er betrachtete die Steine, die jetzt um sie herum standen und sich hoch in den Himmel erhoben.

„Dieser war es." Er ging auf den Stein zu, den sie am Tag zuvor entdeckt hatten. „Ich erinnere mich an diese komische Höhlung in der Seite."

Jane, beruhigt vom nüchternen Ton seiner Stimme, trat zu ihm. „Ja, das ist er. Als wir von hier hinüberschauten, waren wir vollkommen auf einer Linie mit der Sonne und mit dem Felsen auf der anderen Landzunge, von dem wir ausgegangen waren. Komisch, man kann ihn jetzt nicht sehen. Ich hätte geschworen, daß der Mond ihn bescheint, so wie die Sonne es getan hat."

„Der Mond steht an einer anderen Stelle über der See", sagte Simon. „Komm, sieh dir den Schatten an, daran müssen wir uns halten."

„Wie blöd", sagte Jane, als sich wieder eine Wolke vor den Mond schob und sie wieder im Dunkeln standen. „Die Wolken werden dichter. Wenn sie nur endlich wegziehen würden. Der Wind hier oben ist auch viel stärker geworden." Sie zog ihren Dufflecoat dicht um sich zusammen und wickelte den Schal fester um den Hals.

„Haltet euch nicht auf", sagte Onkel Merry plötzlich aus der Dunkelheit heraus. Er stand so im Schatten gegen einen der anderen Steine gelehnt, daß sie nicht einmal seinen Umriß erkennen konnten. Jane fühlte schaudernd, wie ihre Angst zurückkehrte.

„Warum? Ist etwas?"

„Nein . . . seht, da ist der Mond wieder."

Die Nacht wurde wieder silbern, und als sie nach oben schauten, war es, als segelte der Mond durch die Wolken und nicht umgekehrt. Es schien, als bewegte er sich in glatter Fahrt über den Himmel und ließe zu beiden Seiten Wolkenknäuel und Wolkenfetzen hinter sich und rührte sich doch nicht von der Stelle.

Simon sagte in dumpfer Enttäuschung: „Er weist überhaupt nirgendwo hin." Er starrte neben dem hohen Stein auf den Boden. Auf dem silbrig glänzenden Gras lag der Schatten, den der hochstehende, helle Mond warf, und er wies wie ein stumpfer Finger von Kenmare Head weg auf den langgestreckten dunklen Horizont über dem Inland, dort, wo die Moore Cornwalls lagen.

„Vielleicht zeigt er auf ein Wahrzeichen, das wir nicht bemerkt haben", sagte Jane unsicher und suchte mit dem Blick vergeblich die schattenbedeckten Hügel ab.

„Es ist viel wahrscheinlicher, daß der Mann aus Cornwall eine Landmarke benutzt hat, die zerstört worden, umgefallen oder verwittert ist. Die Gefahr hatte immer bestanden. Und das würde bedeuten, daß wir nie weiterkommen als bis hierher."

„Aber das hätte er nie getan, das weiß ich bestimmt." Jane blickte wild um sich, in die Nacht hinaus, in den Wind, der in Stößen über das kahle Vorgebirge fuhr. Dann stand sie plötzlich still und starrte. Von ihrem Platz neben dem großen Stein, der den einzigen sicheren Hinweis bildete, hatte sie das Gesicht dem Mond zugewandt, der hoch über dem Kamm von Kenmare Head bewegungslos stand und doch zu rasen schien, und sie sah zum erstenmal den silbernen Pfad, den sein Licht über die See zog.

Wie ein Pfad aus der Vergangenheit und ein Pfad in die Zukunft führte die lange weiße Straße des Mondlichts pfeilgerade über die Wasseroberfläche auf sie zu. Ihre Ränder tanzten und glitzerten, wenn die Wellen sich im Wind hoben und senkten. Und dort, wo die Straße endete, an der Spitze von Kenmare Head, stand eine klare schwarze Silhouette vor dem durch das Meer reflektierenden Mondschein.

Jane sagte mit heiserer Stimme zu Simon: „Schau!"

Er wandte sich um und schaute, und gleich darauf wußte sie, daß er ebenso sicher war wie sie selbst, daß es das war, was sie finden sollten.

„Es sind die Klippen am Ende der Landzunge", sagte sie. „Sie müssen es sein. Er ging davon aus, daß wir hier an diesem Stein stehen würden, und diesmal sollte uns nicht der Schatten, sondern das Mondlicht den Weg weisen."

„Und das tut es jetzt." In Simons Stimme klang wieder die alte Jagdleidenschaft. „Und wenn er das mit den Zeichen gemeint hat, die zu- und abnehmen, aber nicht vergehen, dann muß der Gral irgendwo in diesem Haufen von Felsbrocken verborgen sein. Vergraben an der Spitze von Kenmare Head. O Gott – Gummery, wir haben es gefunden!" Er wandte sich dem mächtigen schweigenden Kreis der stehenden Steine zu – dann zögerte er. „Gummery?" sagte er unsicher.

Jane trat schnell an seine Seite. Als sie aus dem Schutz des Steins heraustrat, blies ihr der Wind ihren Pferdeschwanz ins Gesicht. Sie rief jetzt lauter: „Gummery, wo bist du?"

Es kam keine Antwort als das Seufzen des Windes, das jetzt so laut war, daß es das ferne Murmeln der See übertönte. Wieder hörten sie den heiseren Klageruf der Eule, er klang jetzt näher, als käme er von der anderen Seite der Landzunge: ein einsamer, unmenschlicher, trostloser Laut. Jane hatte alles vergessen, sie wußte nur, daß sie hier einsam in der Finsternis stand. Die Angst ließ sie verstummen, es war, als erhöbe sich eine riesige Welle drohend über ihr, und sie könnte ihr nicht ausweichen. Wäre die Schwester nicht neben ihm gewesen, hätte Simon sich ebenso wie sie von der Angst lähmen lassen. Aber er atmete tief ein und ballte die Fäuste.

„Er war eben noch da drüben", sagte er und schluckte. „Komm." Er bewegte sich jetzt auf die anderen stehenden Steine zu, die in der Finsternis kaum zu sehen waren.

„O nein." Janes Stimme wurde schrill vor Angst, sie klammerte sich an seinen Arm. „Geh nicht dorthin."

„Sei nicht blöd, Jane", sagte Simon kühl, es klang viel mutiger, als er sich fühlte.

Überraschend schrie jetzt eine andere Eule, sie kam von der anderen Seite, vom Ende der Halbinsel her. „Oh", sagte Jane unglücklich. „Ich möchte nach Haus."

„Los, komm", sagte Simon noch einmal. „Er muß da drüben sein. Ich vermute, daß er uns nicht hören kann, der Wind wird immer heftiger." Er nahm Jane bei der Hand, und widerwillig ging sie mit ihm auf die drohenden dunklen Gestalten der stehenden Steine zu. Der Mond erlosch und verschwand in den

Tiefen einer großen Wolke, und nur der matte Schein der Sterne ließ undeutliche Umrisse erkennen. Vorsichtig tappten sie durch das Dunkel, in Angst, jeden Augenblick mit etwas Unsichtbarem zusammenzustoßen; nur die verzweifelte Hoffnung, ihren Großonkel plötzlich an ihrer Seite zu finden, bewahrte sie davor, in kopflose Angst zu geraten. Nun, da er nicht mehr da war, kam er ihnen vor wie eine sehr starke und notwendige Zuflucht.

Sie befanden sich jetzt mitten zwischen den stehenden Steinen und konnten die schwarzen Felssäulen, die rund um sie emporragten, eher fühlen als sehen. Der Wind kam in Stößen und raschelte im Gras, und wieder hörten sie unter sich aus dem Dunkel den Schrei der Eule. Langsam bewegten sie sich nebeneinander voran und spähten ins Dunkel. Dann wurde die zerfetzte Wolke wieder silbern, der Mond kam durch die fliegenden Schleier an ihrem Rand gesegelt, und in diesem Augenblick wurden sie eine hohe Gestalt gewahr, die da aufragte, wo vorher kein Stein gewesen war.

Sie schien sich im wehenden Wind zu verbreitern, so daß sie plötzlich merkten, daß dies kein Stein war, sondern die hohe Gestalt eines ganz in Schwarz gekleideten Mannes, dessen Umhang im Wind flatterte. Als er sich ihnen jetzt zuwandte, sahen sie die Augen unter den vorspringenden dunklen Brauen und ein Aufblitzen weißer Zähne. Aber das war kein Lächeln, was sie da sahen. Jane schrie erschreckt auf und verbarg ihr Gesicht an Simons Schulter.

Dann hatte sich wieder eine Wolke vor den Mond geschoben, und die drohende Dunkelheit schien von allen Seiten auf sie einzustürzen. Ohne ein Wort wandten sie sich um und rannten, stolperten in Panik bergab, weg von den schweigenden stehenden Steinen, bis sie endlich den Ruf der vertrauten dunklen Stimme hörten. Atemlos, aber wie befreit, blickten sie auf und erkannten Großonkel Merry, dessen Gestalt sich vom helleren Hintergrund der See abhob und der vor ihnen auf dem Pfad stand.

Sie stürzten auf ihn zu, und Jane schlang die Arme um ihn und schluchzte vor Erleichterung. Simon hatte eben noch genug Selbstbeherrschung, um es ihr nicht nachzutun. „O Gummery", sagte er außer Atem, „wir konnten dich nirgendwo finden."

„Wir müssen schnell von hier fort", sagte sein Großonkel leise, aber in drängendem Ton. Er hielt Jane an sich gedrückt und streichelte ihren zuckenden Hinterkopf. „Ich habe nach euch ausgeschaut. Ich wußte, daß mit diesen Eulenrufen etwas nicht stimmte. Kommt schnell."

Mit einer schnellen Bewegung bückte er sich und hob Jane auf, als wäre sie ein kleines Kind, und dicht gefolgt von Simon schritt er den Hügel hinunter. Dabei folgte er dem Pfad, den sie im Mondlicht, das immer wieder durch die treibenden Wolken brach, eben noch erkennen konnten.

Simon keuchte, während er weiterlief: „Da oben war ein Mann. Wir haben ihn ganz plötzlich aus dem Dunkel auftauchen sehen. Er war ganz in Schwarz und in einen großen Mantel eingehüllt, eine Art Umhang. Es war schrecklich."

„Ich bin sie suchen gegangen", sagte Großonkel Merry, „er muß an mir vorbeigegangen sein. Es waren auch noch andere da. Ich hätte euch nicht allein lassen dürfen."

Jane, die in seinen Armen geschaukelt wurde, während er mit großen Schritten bergab eilte, öffnete die Augen und schaute über seine Schulter zum Kamm des Vorgebirges zurück, wo die dunklen Finger der stehenden Steine immer noch in den Himmel wiesen. Aber bevor sie hinter dem Horizont verschwanden, sah sie, daß dort oben sich die Gestalten verdoppelt hatten: andere schwarze Körper standen zwischen den Steinen.

„Gummery, sie kommen hinter uns her!"

„Sie wagen es nicht, solange ich hier bin", sagte Großonkel Merry ruhig und ging mit seinen leichten, langen Schritten weiter.

Jane schluckte. „Ich glaube, es geht jetzt wieder", sagte sie zaghaft, „bitte laß mich wieder runter."

Ohne eine Pause zu machen, setzte Großonkel Merry sie wieder auf die Füße, und wie Simon mußte sie beinahe laufen, um mit ihm Schritt zu halten. Sie erreichten den Fuß des Hügels, überquerten die Wiese und kamen auf die Straße, die ihnen nach der öden Leere der Landzunge wie ein sicherer Ort vorkam. Hier unten pfiff ihnen der Wind nicht mehr um die Ohren, und sie hörten wieder das freundliche leise Murmeln der See.

„Dieser Mann", sagte Simon, „der Mann, den wir gesehen haben, der war es, dieser Mann, den wir noch nie gesehen hatten. Das war der Mann, vor dem du mich gerettet hast. Der Mann, der mit dem Jungen hinter mir her war."

Jane hielt den Blick auf die zwinkernden Lichter des Dorfes gerichtet, während sie mit leiser, ängstlicher Stimme sagte: „Aber ich habe ihn sofort erkannt, als der Mond ihm ins Gesicht schien. Darum hatte ich solche Angst. Es ist der Pfarrer von Trewissick. Und er ist auch der Mann, der meine Bleistiftlinien auf der Landkarte in dem Reiseführer gesehen hat."

Kapitel 9

Barney, der zurückgeblieben war, drückte seine Nase am Fenster in Janes Schlafzimmer platt. Er sah, wie Simon und Jane zurückblickten und ihm winkten, aber Großonkel Merry schritt dahin, ohne nach rechts oder links zu schauen: eine hohe, magere Gestalt, die ins Dunkel hinein verschwand. Barney lächelte vor sich hin. Er kannte diesen entschlossenen Schritt.

Er schaute hinter ihnen her, bis er in der Dunkelheit nichts mehr erkennen konnte als den Widerschein der Dorflichter, der auf dem schwarzen, gekräuselten Wasser zwischen den gespenstischen Booten tanzte. Auf der Yacht der Withers' war kein Licht zu sehen. Er wandte sich vom Fenster ab und seufzte ein wenig, weil man ihn zurückgelassen hatte. Um sich zu trösten, drückte er das Teleskopfutteral fester an sich. Als Simon nach oben gekommen war, um ihm gute Nacht zu sagen, hatte er es ihm feierlich übergeben. Schon fühlte er sich besser. Er war ein Ritter, dem man eine heilige Aufgabe anvertraut hatte; er war im Kampf verwundet worden, aber er mußte das Geheimnis trotzdem wahren ... Er bog vorsichtig ein Bein nach dem andern, zuckte aber, denn die Haut über dem Knie war gespannt und brannte. Er war von Feinden umgeben, die auf das Geheimnis Jagd machten, das in seiner Obhut war. Keinem von ihnen würde es gelingen, ihm nahe zu kommen ...

„Also, jetzt aber ins Bett mit dir", sagte Mrs. Palk plötzlich hinter ihm. Barney fuhr herum. Sie stand schwer und breit in der Türöffnung, der Lichtschein aus dem Treppenhaus umfloß sie. Sie beobachtete ihn. Barneys Finger schlossen sich unwillkürlich fester um das kühle Metallfutteral, und er trat auf seinen bloßen Füßen leise auf sie zu. Mrs. Palk wich in den Flur zurück, um ihn durch die Tür zu lassen. Als er an ihr vorbeikam, streckte sie neugierig die Hand aus.

„Was hast du denn da?"

Barney riß den Behälter weg und zwang sich dann zu einem Lachen: „Oh", sagte er so unverfänglich, wie er nur konnte, „es ist ein Fernrohr, das dem Kapitän gehört. Ich habe es mir ausgeliehen. Es ist prima. Man kann alle Schiffe sehen, die draußen in der Bucht vorbeifahren. Ich dachte, ich könnte die andern beobachten, wie sie zum Hafen hinuntergehen, aber bei der Dunkelheit sieht man doch nichts."

„Ach so." Mrs. Palk schien das Interesse zu verlieren. „Komisch, ich habe den Kapitän nie ein Fernrohr benutzen sehen. Aber in diesem Haus ist ja manches seltsam, vieles, von dem ich wohl nie etwas wissen werde."

„Also, gute Nacht, Mrs. Palk", sagte Barney und ging auf sein eigenes Zimmer zu.

„Gute Nacht, Herzchen", sagte Mrs. Palk. „Ruf mich, wenn du was brauchst. Ich denke, ich werde jetzt auch zu Bett gehen. Die Tage, wo ich auf die Fischer gewartet hab, sind vorbei."

Barney knipste die Lampe neben seinem Bett an und schloß leise die Tür. Ohne Großonkel Merry im Haus fühlte er sich ungeschützt und war immer noch aufgeregt. Er dachte daran, von innen einen Stuhl gegen die Tür zu stellen, aber dann fiel ihm ein, daß Simon darüber stolpern würde, wenn er nach Hause kam, und so ließ er es bleiben. Er wollte um keinen Preis, daß jemand denken sollte, er habe sich allein geängstigt.

Er holte das Manuskript heraus, um einen letzten Blick darauf zu werfen. Was würde der Schatten des stehenden Steins Simon und Jane wohl verraten? Aber an der flüchtigen Zeichnung des Mondes und der stehenden Steine konnte er nichts Besonderes entdecken. Plötzlich fühlte er sich müde, schob die Rolle wieder in ihren Behälter und knipste das Licht aus. Er rollte sich unter den Decken zusammen, drückte die Röhre fest an die Brust und schlief ein.

Er fand nie heraus, was es gewesen war, das ihn weckte. Als er den wirren Halbschlaf, der voller eingebildeter Geräusche war, abgeschüttelt hatte und merkte, daß er wach war, war es im

Zimmer ganz dunkel. Es war nichts zu hören als das ständige Murmeln der See, das auf dieser Seite des Hauses nur schwach war, das dennoch immer in der Luft lag. Aber an der Art, wie all seine Sinne gespannt waren, merkte er, daß ein Teil seiner selbst, der noch nicht ganz eingeschlafen gewesen war, ihn vor einer nahen Gefahr warnte. Er blieb ganz still liegen, konnte aber nichts hören. Dann kam aus der Richtung, wo die Tür lag, ein ganz leises Knarren.

Barney spürte, wie sein Herz schneller zu schlagen begann. Er war es gewöhnt, des Nachts Geräusche zu hören; ihre Wohnung in London lag in einem sehr alten Haus, in dem es die ganze Nacht knarrte und flüsterte, als atmeten Böden und Wände. Hier war er noch nie lange genug wach gewesen, um das festzustellen, aber er vermutete, daß es im *Grauen Haus* ebenso war. Aber dieses Geräusch war irgendwie nicht so freundlich wie die gewohnten.

Barney tat, was er auch zu Hause immer tat, wenn er wach wurde und etwas hörte, das sich eher nach einem Einbrecher anhörte als nach dem üblichen Knarren. Er gab das leise Murmeln und Gähnen von sich, wie es manchmal Leute im Schlaf tun, dann drehte er sich wie jemand, der sich zurechtlegt, ohne aufzuwachen. Während er sich drehte, öffnete er das eine Auge einen Spaltbreit und sah sich schnell um.

Wenn er dies zu Hause tat, sah er nie etwas, und wenn er dann wieder einschlief, kam er sich ziemlich dumm vor. Aber diesmal war es anders. Im schwachen Lichtschein sah er, daß die Tür offenstand und daß sich in ihrer Nähe das Licht einer kleinen Taschenlampe durch den Raum bewegte. Der Lichtpunkt blieb sofort stehen, als Barney sich rührte. Er schmiegte sich in seiner neuen Lage zurecht und atmete ein paar Minuten lang tief mit geschlossenen Augen. Doch dann fingen die leisen Geräusche wieder an. Er lag da und horchte. Er war jetzt eher neugierig als erschrocken. Wer war das? Was wollte er? – Es kann niemand sein, der mir eins über den Kopf geben will, dachte er, sonst hätte er es schon früher getan. Sie wollen mich nicht wecken, und sie wollen keinen Krach machen. Sie suchen etwas . . .

Er tastete unter den Decken, darauf bedacht, keine Bewegung zu zeigen und kein Geräusch zu machen. Das Teleskopfutteral war noch da, und er drückte es fest an sich.

Dann hörte er wieder ein Geräusch. Der Mensch, der sich im Raum herumbewegte, schnüffelte ganz leise. Das Geräusch war kaum zu hören, aber Barney erkannte es, er hatte es schon früher gehört. Er grinste erleichtert und fühlte, wie seine Muskeln sich entspannten. Ganz langsam schob er die Hand unter der Bettdecke hervor, tastete nach der Bettlampe und knipste das Licht an.

Mrs. Palk fuhr zusammen, ließ die Taschenlampe scheppernd zu Boden fallen und drückte ihre Hand aufs Herz. Barney war ein paar Sekunden lang ganz von dem Licht geblendet, das den Raum erfüllte, aber seine blinzelnden Augen hatten doch Zeit gefunden, die Enttäuschung und Überraschung in ihrem Gesicht zu erkennen. Aber sie riß sich schnell zusammen und lächelte ihn breit und beruhigend an.

„Nein, so was – ich wollte dich doch nicht wecken. Wie schade, es tut mir wirklich leid, Herzchen. Hab ich dich erschreckt?"

Barney sagte barsch: „Was machen Sie eigentlich da, Mrs. Palk?"

„Ich wollte nur nachsehen, ob alles in Ordnung ist und du auch richtig schläfst. Und ich dachte, wenn ich einmal hier oben bin, kann ich die schmutzige Tasse mit runternehmen und mit den anderen Sachen unten abwaschen. Du weißt doch, du hast deinen Kakao hier oben getrunken. Der gute Junge", fügte sie zärtlich hinzu, „er ist immer noch halb am Schlafen."

Barney starrte sie an. Er fühlte sich schläfrig, aber nicht so schläfrig, daß er sich nicht erinnert hätte: Als er nach oben gegangen war, war Jane zu ihm ins Zimmer gekommen und hatte gesagt: „Mrs. Palk sagt, ich soll deine Tasse mit runterbringen, wenn du ausgetrunken hast. Oder willst du noch mehr?"

„Jane hat meine Tasse runtergebracht."

Mrs. Palk ließ ihren Blick im Raum umherschweifen und starrte dann mit weit aufgerissenen Augen den leeren Nachttisch an. „Ach ja, das hatte ich ganz vergessen. Wie dumm von mir – ja, man wird alt. Nun, dann laß ich dich jetzt wieder schlafen, mein Herzchen. Es tut mir leid, daß ich dich geweckt habe." Sie schob sich mit einer fast komischen Eile aus dem Zimmer.

Barney war beinahe wieder eingeschlafen, als er vor der Tür leise Stimmen hörte. Dann kam Simon herein. Barney fuhr im Bett hoch. „Was ist passiert? Habt ihr was gefunden? Wo seid ihr gewesen?"

„Es ist nicht viel passiert", sagte Simon müde. Er zog die Windjacke und den Pullover aus und ließ sie zu Boden fallen. „Wir haben herausgefunden, wohin wir als nächstes gehen müssen – wohin der nächste Hinweis führt. Es sind die Felsen ganz am Ende von Kenmare Head, direkt über dem Wasser."

„Seid ihr hingegangen, um nachzusehen? Ist da irgend etwas?"

„Nein." Simon war kurz angebunden. Er versuchte, sich nicht an die schrecklichen Augenblicke zu erinnern, als er und Jane im Dunkeln allein gewesen waren.

„Und warum nicht?"

„Der Feind war dort oben – darum. Sie waren überall um uns herum in der Dunkelheit, und einer davon war der Mann, der damals mit dem Jungen hinter mir hergelaufen ist. Aber Jane sagt, das wäre der Pfarrer. Ich weiß nicht, es ist alles schrecklich verworren. Jedenfalls sind wir weggelaufen, und niemand ist uns gefolgt. Komisch, sie schienen alle Angst vor Gummery zu haben."

„Wer sind sie?"

„Weiß nicht." Simon gähnte ausgiebig. „Hör mal, ich geh jetzt nach unten und hole mir Kakao. Wir können morgen weiterreden."

Barney legte sich wieder hin und seufzte. „Schon gut. Ooh –" Er fuhr wieder hoch. „Wart mal. Mach die Tür zu."

Simon sah ihn mit einem fragenden Blick an und drückte die Tür ins Schloß. „Was ist denn?"

„Ihr dürft nichts sagen, wenn Mrs. Palk dabei ist. Nicht ein Wort. Sag das Jane."

„Warum nicht? Sie würde es sowieso nicht verstehen."

„Oh", sagte Barney mit wichtiger Miene, „das meint ihr. Ich bin eben wach geworden, und da schnüffelte sie im Dunkeln mit einer Taschenlampe im Zimmer herum. Nur gut, daß ich die Karte bei mir hatte. Sie ist hinter ihr her. Ich wette, daß sie hinter ihr her ist. Ich glaube, sie ist böse."

„Hmm", machte Simon und betrachtete ihn skeptisch. Barneys Haar war zerwühlt, seine Augen von Schlaf überschattet. Es war leicht, anzunehmen, daß er das alles nur geträumt hatte.

Als sie am Morgen nach unten kamen, hantierte Mrs. Palk geschäftig in der Küche, schlug Eier in eine Schüssel, wobei ihr Ellbogen wie eine Maschine auf und ab flog. „Frühstück", sagte sie munter. Barney beobachtete sie genau, konnte aber nichts außer guter Laune und strahlender Ehrbarkeit entdekken. Und doch – davon ließ er sich nicht abbringen –, als er das Licht angeknipst hatte, hatte sie sehr schuldbewußt ausgesehen.

„Es ist wieder ein herrlicher Tag", sagte Jane fröhlich, während sie sich zu Tisch setzten. „Der Wind ist immer noch ziemlich stark, aber nirgends ist eine Wolke zu sehen. Er muß sie alle weggeblasen haben."

„Wir wollen nur hoffen, daß er nicht auch das große Zelt wegbläst", sagte Mrs. Palk und stellte einen riesigen Krug sahniger Milch auf den Tisch.

„Was für ein Zelt?"

„Was?" Mrs. Palk riß die Augen auf. „Habt ihr nicht die Plakate gesehen? Heute findet doch das Volksfest statt. Die Leute kommen aus der ganzen Umgebung, sogar aus St. Austell. Es gibt alle möglichen Sachen; im Hafen gibt es ein Schwimmfest, und dann zieht die Kapelle rund, und auf der ganzen Straße von der See zum Dorf hinauf wird getanzt. Sie spielen den *Floral Dance*. Ihr kennt doch sicher die Melodie." Sie begann lustvoll zu singen.

„Ich kenne den Tanz", sagte Simon, „aber ich dachte, sie tanzten ihn irgendwo anders."

„Helston", sagte Jane, „der *Helston Furry Dance*."

„Ja, das stimmt“, sagte Mrs. Palk. „Aber ich glaube, sie haben es uns nur nachgemacht. Jeder kennt den *Floral Dance* von Trewissick, er wurde schon zur Zeit meiner Großmutter getanzt. Alle Leute verkleiden sich lustig und bunt, und auf der Straße wird überall getanzt und gelacht. Zum Fischen fährt heute niemand aus. Und auf der Wiese hinter dem Dorf bauen sie ein großes Zelt auf und allerhand Buden und Stände, und es gibt Wettkämpfe und Ringen ... Und wenn dann die Sonne untergeht, krönen sie die Festkönigin, und nach dem Dunkelwerden bleibt noch alles am Hafen und tanzt im Mondlicht ... Beim Volksfest dauert's lange, bis in Trewissick jemand schlafen geht.“

„Wie lustig“, sagte Jane.

„Hmm“, machte Simon.

„Oh, ihr dürft es nicht versäumen“, sagte Mrs. Palk ernst. „Ich werde jede Minute dabeisein, es ist dann alles wieder wie in alten Tagen. Aber ich stehe hier und rede, und eure Rühreier werden auf dem Ofen hart.“ Sie wandte sich um und segelte aus dem Zimmer hinaus.

„Es hört sich wirklich lustig an“, sagte Jane vorwurfsvoll zu Simon.

„Das tut es. Aber wir haben anderes zu tun. Wenn du natürlich lieber zum Fest gehen willst, statt den Gral zu suchen ...“

„Ssst!“ Barney warf einen unruhigen Blick zur Tür.

„Oh, mach dir ihretwegen keine Sorgen. Sie ist in Ordnung. Großonkel Merry braucht aber lang, findet ihr nicht?“

„So meinte ich es doch nicht“, lenkte Jane ein. „Ich will doch nichts lieber, als wieder auf die Landzunge gehen und diesen Felsen suchen.“

„Wir können nicht ohne Gummery gehen. Ob er wohl schon wach ist?“

„Ich geh mal nachsehen.“

Barney glitt von seinem Stuhl.

„He, wo willst du hin?“ Fast wäre er mit Mrs. Palk zusammengestoßen, die mit dem Tablett durch die Tür kam. „Setz dich jetzt und iß, sonst wird alles kalt.“

„Ich wollte Großonkel Merry rufen.“

„Laß ihn doch, den armen, alten Herrn", sagte Mrs. Palk streng. „Sich mitten in der Nacht herumzutreiben, das ist nicht natürlich in seinem Alter. Kein Wunder, daß er jetzt fest schläft. Nachtfischen – so was! Und keinen einzigen Fisch hatte er vorzuweisen nach all dem Herumlaufen. Ich denke, ihr habt ihn letzte Nacht überanstrengt. Denkt daran, daß wir nicht alle so jung sind wie ihr drei." Sie drohte ihnen mit dem Finger. „Macht jetzt, daß ihr nach dem Frühstück in die Sonne hinauskommt und laßt ihn ausschlafen." Wieder ging sie davon und schloß hinter sich die Tür.

„O Gott", sagte Jane niedergeschlagen. „Wißt ihr, sie hat recht. Großonkel Merry ist wirklich ziemlich alt."

„Aber er ist kein Tattergreis", widersprach Simon. „Manchmal wirkt er überhaupt nicht alt. Gestern nacht sauste er ab wie eine Rakete – und dabei trug er dich noch. Ich konnte kaum mit ihm Schritt halten."

„Nun, vielleicht sind das jetzt die Folgen." Jane hatte ein schlechtes Gewissen. „Die letzte Nacht muß für ihn schrecklich anstrengend gewesen sein. Ich glaube, wir sollten ihn wirklich nicht wecken. Es ist ja auch erst neun Uhr."

„Aber wir haben noch keine Pläne gemacht", sagte Barney.

„Vielleicht sollten wir einfach hier warten, bis er aufwacht", sagte Simon niedergeschlagen.

„O nein, warum denn? Er hat bestimmt nichts dagegen, wenn wir schon auf die Landzunge gehen. Wenn er ausgeschlafen hat, kann er uns ja nachkommen."

„Hat er nicht gesagt, daß wir von jetzt an nirgendwo ohne ihn hingehen sollen?" fragte Barney unsicher. „Jedenfalls nicht, ohne ihm Bescheid zu sagen."

„Nun, wir können ja bei Mrs. Palk eine Nachricht hinterlassen."

„Nein, das geht nicht."

„Barney glaubt, daß Mrs. Palk zu den Feinden gehört", sagte Simon skeptisch.

„Oh, gewiß nicht", sagte Jane leichthin. „Aber wir brauchen ja keine Nachricht zu hinterlassen. Er weiß bestimmt, wohin wir gegangen sind. Es gibt doch nur eine Stelle, wohin wir alle wollen, und das sind die Felsen auf Kenmare Head."

„Wir können Mrs. Palk ja sagen, daß er schon wissen wird, wohin wir gegangen sind. Einfach so. Sie wird es ihm sagen, und er wird verstehen."

„Wir können sagen, daß wir mit Rufus spazierengegangen sind", schlug Barney vor.

„Das ist keine schlechte Idee. Wo ist der Hund?"

„In der Küche. Ich gehe ihn holen."

„Dann sag auch Mrs. Palk Bescheid. Und sag ihr, daß wir sie auf ihrem geliebten Volksfest treffen werden. Wahrscheinlich werden wir das ja auch."

Barney aß hastig seinen letzten Rest Rührei auf und ging dann an einem Stück Toast kauend in die Küche.

Simon hatte plötzlich einen Einfall. Er stand auf, trat ans Fenster und blickte nach unten. Schnell wandte er sich zu Jane. „Wir hätten es wissen müssen. Sie beobachten uns schon. Der Junge sitzt am Ende der Straße auf der Mauer. Er tut überhaupt nichts – er sitzt einfach da und schaut hier herauf. Sie müssen darauf warten, daß wir herauskommen, denn sie wissen nicht, ob wir gestern abend den Schlüssel gefunden haben, der uns weiterführt."

„So ein Mist." Jane biß sich auf die Lippen. Seit der Nacht auf der Landzunge war sie tiefer beunruhigt als je zuvor. Es war, als kämpften sie nicht gegen Menschen, sondern gegen eine dunkle Gewalt, die sich der Menschen als Werkzeug bediente und mit ihnen tun konnte, was sie wollte. „Hat das Haus nicht einen Hinterausgang, durch den wir auf die Landzunge gelangen könnten?"

„Ich weiß nicht. Wie komisch. Wir haben uns nie darum gekümmert."

„Nun, wir haben anderes zu tun gehabt. Aber ich glaube, wenn es einen Hinterausgang gibt, werden sie ihn im Auge behalten."

„Also, der einzige Mensch, der wahrscheinlich etwas über einen Weg hinten herum weiß, ist dieser Bill, und der sitzt vorn. Es kann nicht schaden, wenn wir einmal nachsehen."

Barney war zurückgekommen, der Hund sprang voller Freude neben ihm her. „Es gibt einen Weg", sagte er. „Man kann am Ende des hinteren Gartens durch die Hecke. Ich habe es eines Morgens entdeckt, bevor ihr auf wart. Eigentlich hat Rufus ihn mir gezeigt – er lief herum, und plötzlich war er verschwunden, und ich hörte ihn weit draußen bellen, er war schon halbwegs auf der Landzunge. Man stößt hinter der Hecke auf einen Feldweg, und ehe man sich's versieht, ist man schon auf Kenmare Head. Wir haben eine gute Chance, denn die werden nicht erwarten, daß wir dort hinausgehen – es ist kein Tor dort."

„Gummery wird diesen Weg nicht kennen", sagte Jane plötzlich. „Er wird zur Vordertür hinausgehen, und sie werden ihm folgen, und das wäre genauso schlimm, als wenn sie hinter uns herkommen würden."

„Keine Angst", sagte Barney zuversichtlich. „Er wird sie schon irgendwie abschütteln. Ich wette, diesmal haben sie nicht die geringste Ahnung, wo wir sind."

Als die Kinder gegangen und das Haus still geworden war, verbrachte Mrs. Palk die nächsten zwei Stunden damit, im Erdgeschoß sauberzumachen. Sie vermied es dabei sorgfältig, ein Geräusch zu machen. Dann setzte sie sich zu einer gemütlichen Tasse Tee in die Küche.

Sie machte den Tee sehr stark und benutzte eine von den besten Tassen des Kapitäns: eine sehr große Tasse aus dünnem, fast durchscheinendem weißem Porzellan. Mit einem Ausdruck großer innerer Genugtuung auf dem Gesicht saß sie da und nippte an ihrem Tee. Nach einer Weile trat sie an einen Schrank unterhalb des Ausgusses, holte ihre große Einkaufstasche heraus und entnahm ihr einen Knäuel glänzender bunter Bänder und ein kunstvolles Gebilde aus Federn, das einem Indianerkopfschmuck nicht unähnlich war. Sie setzte es sich auf den Kopf, betrachtete sich im Spiegel und kicherte. Dann legte sie es sorgsam beiseite und goß Tee in eine frische Tasse. Diese stellte sie auf ein Tablett und segelte durch die Diele und die Treppe hinauf: eine stattliche, lächelnde, geheimnisvolle Galionsfigur von einer Frau.

Ohne anzuklopfen, öffnete sie die Tür zu Großonkel Merrys Zimmer, ging hinein und stellte das Tablett neben das Bett. Großonkel Merry hatte sich in seine Decken vergraben und atmete schwer. Mrs. Palk zog die Vorhänge beiseite und ließ das Licht in den dämmrigen Raum strömen, beugte sich dann herab und schüttelte den Schlafenden derb an der Schulter. Als er sich rührte, trat sie schnell zurück und wartete. Dabei strahlte sie mit ihrem gewohnten gütigen, mütterlichen Lächeln auf ihn hinunter.

Er gähnte, stöhnte, griff sich verschlafen an den Kopf und fuhr sich mit den Fingern durch das zerzauste weiße Haar.

„Zeit zum Aufstehen, Herr Professor", sagte Mrs. Palk strahlend. „Schön lang geschlafen haben Sie nach all dem Rumlaufen letzte Nacht. Hat Ihnen aber sicher gutgetan. Wir sind ja alle nicht mehr so jung, wie wir mal waren, nicht wahr?"

Großonkel Merry sah sie an und grunzte, dann rieb er sich die Augen.

„Trinken Sie Ihren Tee, dann geh ich inzwischen und mach Ihnen Frühstück." Mrs. Palks volle Stimme dröhnte weiter, während sie sich zum Fenster wandte und die Vorhänge zurechtzupfte. „Zur Abwechslung können Sie's diesmal in aller Ruhe zu sich nehmen. Die Kinder sind schon seit Stunden draußen."

Großonkel Merry war plötzlich hellwach. Er richtete sich hoch auf und bot einen eindrucksvollen Anblick in seiner leuchtendroten Schlafanzugjacke. „Wie spät ist es?"

„Nun, schon elf vorbei." Mrs. Palk strahlte ihn an.

„Wo sind die Kinder hingegangen?"

„Na, machen Sie sich bloß keine Sorgen. Die können schon mal einen Tag lang auf sich selbst aufpassen."

„Die kleinen Dummköpfe – wo sind sie hin?"

„Aber, aber, Herr Professor", sagte Mrs. Palk spöttisch. „Tatsächlich haben sie sich schon auf den Weg gemacht, um Ihnen eine Autofahrt zu sparen; es sind rücksichtsvolle, gut erzogene Kinder, obwohl ihre Mutter ein bißchen verrückt ist – oh, Verzeihung. Sie sind nach Truro."

„Truro!"

Mrs. Palk lächelte unschuldig. „Ja. Simon war heute morgen am Telefon. Ein scheußliches Instrument", fügte sie vertraulich hinzu und schüttelte sich ein wenig. „Ich hab mich zu Tode erschreckt, so laut hat es geklingelt. Der Junge hat lange mit dem Mann, der anrief, geredet. Und dann kam er mit ganz ernstem Gesicht zu mir, das arme Kind – ‚Mrs. Palk', sagte er, ‚da war ein Freund von Großonkel Merry am Telefon vom Museum in Truro, und er hat gesagt, er muß uns alle ganz dringend sprechen.'"

„Wer war es?"

„Warten Sie einen Moment, Herr Professor, ich bin noch nicht fertig ... Simon sagte: ‚Wenn Großonkel Merry noch schläft, sollten wir uns sofort auf den Weg machen und den Bus nehmen. Wenn er wach wird, kann er uns ja nachkommen.'"

„Sie hätten das nie zulassen dürfen, daß sie allein fortgegangen sind", sagte Großonkel Merry scharf. „Entschuldigen Sie mich jetzt, Mrs. Palk. Ich möchte aufstehen."

„Aber natürlich", sagte Mrs. Palk nachsichtig. Immer noch lächelnd und ungerührt segelte sie aus dem Raum.

Nach wenigen Minuten war Großonkel Merry vollständig angezogen unten. Mit gerunzelter Stirn murmelte er nervös vor sich hin. Er lehnte das Frühstück ab und verließ mit großen Schritten das *Graue Haus.* Mrs. Palk, die von der Haustür aus alles beobachtete, sah sein großes ramponiertes Auto auf der Straße auftauchen und davonbrausen. Eine schwarze Rauchfahne hing in der Luft, während es aus dem Dorf verschwand.

Sie lächelte vor sich hin und ging ins *Graue Haus* zurück. Wenige Minuten später kam sie wieder zum Vorschein; ein leises, heimliches Lächeln zuckte immer noch um ihren Mund. Sie verschloß die Tür und ging mit ihrer Einkaufstasche hügelab auf den Hafen zu. Ein paar leuchtend rote und blaue Federn ragten nickend über den Rand ihrer Tasche, die an ihrer Seite auf und ab schwang.

Kapitel 10

„Es ist gar nicht so einfach, wie ich gedacht hatte", sagte Simon und runzelte die Stirn. Er schaute sich zwischen den zerklüfteten Felsen um. „Gestern abend, von den stehenden Steinen aus, sah es aus, als wäre hier nur ein Felsbrocken, der die andern überragt. Aber es sind viele, und sie sind alle so groß."

Der Wind, der von der offenen See her blies, ließ Janes Pferdeschwanz im Nacken hin und her tanzen. Sie hatte sich landeinwärts gewandt. „Es ist genauso, als ob man draußen auf See wäre. Als ob wir vom Land abgeschnitten wären und es von draußen betrachteten."

Das Ende von Kenmare Head war der unwirtlichste Ort, den sie je gesehen hatten, selbst jetzt, wo das Sonnenlicht weit unten auf dem Wasser glitzerte und der Geruch der See in der Luft lag. Sie standen in einem rauhen Gewirr von Felsbrocken, die sich fast an der Spitze der Landzunge kahl aus dem Gras erhoben. Vor ihnen fiel die grasbewachsene Böschung steil ab bis zu dem Punkt, wo die Klippe senkrecht abbrach. An ihrem Fuß, der sechzig Meter tiefer lag und wo die weißen Wellen unaufhörlich seufzten und grollten, lag wieder ein Kranz von Felsbrocken. Kein Zeichen von Leben oder Bewegung war zu sehen.

„Es ist einsam", sagte Barney. „Ich meine, der Ort hier fühlt sich selbst einsam. Anders, als wenn wir uns einsam fühlen. Was mag wohl der nächste Hinweis sein, falls es überhaupt einen gibt?"

„Ich glaube nicht, daß es noch einen Schlüssel gibt", sagte Jane zögernd. „Diese Stelle ist so endgültig. Von hier aus geht es nicht mehr weiter, alles weist hierher . . . Komisch, daß wir auf dem Weg niemandem begegnet sind. Meistens gehen doch Leute spazieren. Sogar auf den Landzungen."

„Gestern nacht waren Leute da", sagte Simon.

„Oh, sei still. Ich versuche, mich nicht daran zu erinnern. Aber hier ist nicht das geringste von irgendeinem Lebewesen zu sehen. Ich finde das seltsam."

„Mr. Penhallow sagt, daß die Einheimischen die Spitze der Landzunge meiden", sagte Barney. Er kletterte auf einen der Felsen, der hinter ihnen aufragte, und hockte sich oben hin. Rufus versuchte, hinter ihm her zu klettern, rutschte aber ab und leckte sich winselnd die Pfote. „Auch die stehenden Steine sind ihnen nicht geheuer, und hier herauf kommen sie schon gar nicht. Mr. Penhallow wollte nicht gern darüber reden. Er sagte, die Leute hielten die Felsen hier für verwunschen - man glaubt, daß sie Unglück bringen –, und es klang so, als glaube er es selber. Er sagte, daß man sie die Grabsteine nennt."

„Sie nennen die stehenden Steine so?"

„Nein, diese Felsen hier."

„Komisch, ich hätte gedacht, daß es andersherum wäre. Die stehenden Steine sehen doch eher wie Grabsteine aus. Aber dies hier sind doch einfach Felsen, nicht anders als andere Felsen auch."

„Nun, jedenfalls hat er das gesagt." Barney zuckte die Schultern und wäre beinahe abgerutscht. „Jedenfalls", sagte er, „daß sie den Leuten nicht geheuer sind."

„Ich möchte wissen, warum." Jane betrachtete den nächsten Felsbrocken, der sie nur um einiges überragte. Simon, der neben ihr stand, klopfte spielerisch mit der alten Teleskophülle aus Messing, in der das Manuskript sicher verwahrt war, dagegen. Barney hatte es am Morgen feierlich zurückgegeben. Plötzlich hörte er auf zu klopfen und blieb ganz still stehen.

„Was ist los? Hast du etwas gefunden?" Jane betrachtete den Felsen.

„Nein . . . ja . . . nein, ich habe hier nichts Besonderes gesehen. Aber erinnert euch an das Manuskript. Ich höre Großonkel Merry es sagen – da, wo der Mann aus Cornwall sagt, wo er den Gral verstecken würde: über der See und unter dem Stein."

„Das stimmt, und das sagte er auch, als er den fremden Ritter begrub. Wie hieß er noch . . ."

„Bedwin", sagte Barney. „O Gott, ich verstehe, was du meinst. Über der See und unter dem Stein. *Hier*!"

„Aber –" sagte Jane.

„Es muß so sein!" Simon hüpfte geistesabwesend auf einem Bein. „Über der See – nun, es gibt keinen Ort, wo wir eindeutiger über der See stehen könnten. Und unter dem Stein. Nun, hier sind die Steine."

„Und hier müssen sie auch Bedwin begraben haben." Barney rutschte schnell von seinem Felsen herunter. „Und darum nennen sie die Leute die Grabsteine und glauben, daß es hier spukt. Sie haben die wirkliche Geschichte vergessen, weil sie vor vielen Hunderten von Jahren geschehen ist. Aber an dies bißchen erinnern sie sich noch; wenigstens erinnern sie sich noch daran, daß die Leute nicht gern hierher kamen, und deshalb kommen sie selber auch nicht."

„Vielleicht haben sie auch recht", sagte Jane unruhig.

„Oh, komm schon. Und selbst wenn Bedwins Geist hier irgendwo herumschwebt, so würde er uns bestimmt nicht erschrecken wollen, denn wir sind auf derselben Seite wie er."

„So etwas Ähnliches hat Großonkel Merry letzte Nacht auch gesagt." Jane zog die Stirn kraus und versuchte, sich zu erinnern.

„Oh, laß nur – verstehst du nicht, was das bedeutet? Wir sind *da*, wir haben es gefunden!" Barney stammelte vor Aufregung. Rufus, der seine Stimmung spürte, sprang fröhlich um sie herum und bellte in den Wind hinein.

Simon sah ihn an. „Also gut. Wo ist es?"

„Nun", sagte Barney und blieb stehen. „Hier. Unter einem dieser Steine."

„Na gut. Dann hör mal auf, wie ein Verrückter hier herumzuspringen und denk einen Augenblick nach. Was sollen wir tun? Sie alle ausgraben? Sie sind ein Teil der Landzunge. Es ist alles Fels. Sieh doch." Simon zog sein Taschenmesser heraus, ein kräftiges Stahlwerkzeug mit zwei großen Klingen und einem Splißeisen. Er ging in die Knie und fing an, am Fuß eines der Felsen die Erde aufzugraben. Er riß Grassoden weg, grub ein Loch und stieß sechs oder sieben Zentimeter unter der Oberfläche auf schieren Fels. „Da, diehst du?" Er kratzte nit der Klinge an dem Felsen; es knirschte entmutigend. „Wie kann hier etwas vergraben sein?"

„Es muß ja nicht überall sein", sagte Barney widerspenstig.

„Vielleicht ist es an irgendeiner Stelle anders", sagte Jane, die die Hoffnung nicht aufgeben wollte. „Wenn wir drei uns teilen und jedes Fleckchen hier absuchen, finden wir vielleicht etwas. Wir hätten Spaten mitbringen sollen. Los, kommt!"

Barney ging also zur einen Seite an den Rand der Felsgruppe, Jane zur anderen; dazwischen lagen etwa zwanzig Meter. Simon spähte ängstlich über den Rand der Klippe nach unten und begann dann, sich von der seewärtigen Seite der Felsen nach innen vorzuarbeiten.

Sie stiegen auf und ab über den scharfkantigen Granit, durchsuchten die Placken harter Gräser zwischen den Steinen, zerrten an den Brocken, um zu sehen, ob sie sich bewegen ließen und darunter etwas vergraben sein könnte. Aber kein Stein rührte sich auch nur um einen Zentimeter; sie fanden nichts außer Granit und Gras, keine Spur eines Verstecks.

Als sie wieder zusammenkamen, hielt Jane etwas vorsichtig in der Hand.

„Schaut mal", sagte sie und hielt es ihnen hin. „Findet ihr es nicht seltsam, daß hier oben eine Muschel liegt? Ich meine, wie in aller Welt kann sie hier heraufgekommen sein, besonders da kein Mensch je hierherkommt?"

„Es sieht eher wie ein Stein aus", sagte Simon überrascht, indem er ihr das Ding aus der Hand nahm. Es war eine Herzmuschelschale, aber die Höhlung war mit einer ganz festen, harten Masse gefüllt, die wie Stein aussah, und die Oberfläche der Muschel war nicht weiß und rauh wie die, die man am Strand fand, sondern glatt und dunkelgrau.

„Sicher hat ein Spaziergänger sie fallen lassen", sagte Barney unbekümmert. „Feriengäste werden keine Angst haben, hierherzukommen, sie wissen ja nicht, was die Leute aus Trewissick sich erzählen."

„Wahrscheinlich nicht." Sie dachten alle drei mit Verachtung an die Feriengäste.

Jane steckte die Muschel in die Tasche und blickte sich hilflos um. „Es ist schrecklich. Wir kommen nicht weiter. Was sollen wir jetzt bloß tun?"

„Es muß etwas hier oben sein, bestimmt."

„Das wissen wir gar nicht so sicher . . . vielleicht ist dies auch nur wieder ein Schritt auf der Leiter."

„Aber es gibt keinen neuen Hinweis, dem wir folgen könnten. Laßt uns noch einmal auf die Karte schauen."

Simon hockte sich ins Gras, schraubte den Teleskopbehälter auf, und sie betrachteten das Manuskript: die Worte und Linien, die in der Sonne hellbraun schienen.

„Ich bin sicher, daß er das hier als das Ende der Suche bezeichnet hat", sagte Barney eigensinnig. „Seht doch, wie die Spitze der Landzunge so ganz für sich daliegt. Von hier aus führt nichts zu einer anderen Stelle."

Simon betrachtete nachdenklich die Karte. „Vielleicht führt sie uns auch nur zu unserem Ausgangspunkt zurück. Vielleicht hat er uns die ganze Zeit an der Nase herumgeführt. Es war so eine Art Versicherung, um es für jeden schwer zu machen, den Gral zu finden."

„Vielleicht hat er ihn an einem Ort versteckt, den wir niemals finden werden."

„Vielleicht hat er ihn am Ende mitgenommen."

„Vielleicht gibt es ihn gar nicht."

Niedergeschlagen saßen sie da, sahen weder den Sonnenschein noch den herrlichen Bogen der Küste, noch die schimmernde See. Sie ließen den Kopf hängen, lange Zeit sagte keiner ein Wort. Dann blickte Barney zufällig auf. „Wo ist denn Rufus geblieben?"

„Weiß nicht", sagte Simon. „Wahrscheinlich über die Klippe gestürzt. So was könnte diesem blöden Hund einfallen."

„O nein", Barney sprang beunruhigt auf. „Hoffentlich ist ihm nichts passiert. Rufus! Rufus!" Er steckte zwei Finger in den Mund und stieß einen ohrenbetäubenden Pfiff aus.

Sie sahen nichts und hörten nichts als den Wind, aber dann vernahmen sie ein seltsames Geräusch direkt über ihren Köpfen: ein Schnüffeln, Kratzen und Winseln.

„Er ist da oben!“ Barney kletterte seitlich um die Felsen herum, und als er sich aufrichtete, sahen sie seinen blonden Schopf hinter einem vorspringenden grauen Felsbrocken auftauchen. Dann war er plötzlich verschwunden. Seine Stimme kam jetzt mit dem Wind über die Felsen hinweg auf sie zu, gedämpft, aber voller Erregung: „He, kommt schnell her, schnell!“

Die Felsen bildeten eine Art Festung. Wie Zinnen erhob sich eine Reihe hinter der andern. Sie fanden Barney mitten darin. Er hockte neben einer der Felsspitzen und beobachtete Rufus. Der Hund stand zitternd vor Spannung da, die Nase dicht am Fuß des Felsens, die eine Pfote kratzte schwach, während er winselte und schnüffelte.

„Schnell“, sagte Barney, ohne sich umzudrehen. „Ich weiß nicht, was er will, aber ich glaube, er hat etwas gefunden. So habe ich ihn noch nie gesehen. Wenn es Ratten oder Kaninchen wären, würde er wie wild bellen und herumtoben, aber das ist was andres. Seht ihn euch an.“

Rufus schien wie gebannt, unfähig, sich von dem Felsen loszureißen.

„Laß mich mal sehen“, sagte Simon. Er trat vorsichtig an Barney vorbei, legte Rufus einen Arm um den Hals und streichelte ihn unter dem Kinn, während er ihn von dem Felsen wegzog. „Hier ist ein winziger Spalt“, sagte er, ohne sich umzudrehen. „Ich kann meine Finger hineinstecken – oh! Der Fels läßt sich bewegen! Ich habe gespürt, wie er sich rührt, ganz bestimmt. Ich hätte mir beinah die Hand gequetscht. Der Stein ist schrecklich groß, aber ich glaube ... Jane, kannst du hier auf meine Seite kommen?“ Jane drängte sich zwischen den Brocken hindurch neben ihn.

„Jetzt faß mal da an“, wies Simon sie an, „an dem vorstehenden Stück, und wenn ich es sage, drückst du ihn so fest du kannst von mir weg, auf die See zu. Warte einen Augenblick ... ich muß ihn richtig zu packen kriegen ... ich weiß nicht, ob es gehen wird ... jetzt: *drücken*!“

Gehorsam, aber ohne jede Vorstellung, was von ihr erwartet wurde, stemmte sich Jane mit aller Kraft gegen den Felsen. Neben ihr versuchte Simon keuchend, den Stein anzuheben. Eine ganze Weile geschah nichts. Dann, als sie schon dachten, die Lungen würden ihnen bersten, spürten sie, wie sich der Felsen unter ihren Händen rührte. Er zitterte ganz leicht, dann neigte er sich mit einem mahlenden, kratzenden Geräusch. Sie taumelten zurück, und der schwere, runde, rauhe Felsbrocken rollte von ihnen weg und fiel in die nächste Bodenvertiefung. Sie konnten fühlen, wie der knirschende Aufprall den Felsboden, auf dem sie standen, erschütterte.

Dort, wo der Brocken gelegen hatte, war ein dunkles, formloses Loch mit einem Durchmesser von etwa sechzig Zentimetern. Wie erstarrt und mit offenem Mund standen sie da. Rufus kam herbeigetappt, neigte den Kopf, schnüffelte vorsichtig an dem Loch und wandte sich ihnen dann zu; sein Schwanz fuhr hin und her, die Zunge hing ihm seitwärts aus dem Maul, er sah aus, als grinse er.

Schließlich trat Simon vor und entfernte ein paar kleinere Brocken vom Rand des Loches. Er kniete nieder und spähte hinein, dann streckte er den Arm in das Loch, um zu sehen, wie tief es war.

Sein Arm verschwand bis zur Schulter, er legte sich flach auf den Boden, konnte aber nichts fühlen als den rauhen Fels an den Seiten.

Er blinzelte zu Barney und Jane hinauf. „Ich kann keinen Boden fühlen", sagte er leise.

Seine Stimme brach auch ihr Schweigen. Sie stellten fest, daß sie den Atem angehalten hatten.

„Steh auf. Laß uns auch mal sehen."

„Das muß es sein, nicht wahr? Hier muß er den Gral versteckt haben."

„Wie tief glaubst du, daß es nach unten geht?"

„Mein Gott, das ist unglaublich! Der kluge Rufus!"

Rufus wedelte noch schneller mit dem Schwanz.

„Dieser Felsbrocken", sagte Jane, und betrachtete ihn ehrfürchtig, wie er da auf der Seite lag. „Er muß seit neunhundert Jahren da gelegen haben. Stellt euch vor . . . neunhundert Jahre . . ."

„Nun, er war auch nicht gerade lose." Simon streckte und bog vorsichtig seine verkrampften Armmuskeln. „Er muß allerdings ganz vorsichtig ausbalanciert gewesen sein, sonst hätten wir ihn gar nicht von der Stelle bekommen. Aber jetzt müssen wir herausfinden, wie tief dieses Loch ist, dann erst können wir nachsehen, ob etwas darin ist."

Er betrachtete nachdenklich die dunkle, gähnende Höhlung im Felsen. Jane seufzte und hörte auf, über die Jahrhunderte nachzudenken.

„Wirf einen Stein hinunter, dann kannst du hören, wie tief es ist. Das ist wie beim Donner. Man zählt die Sekunden zwischen dem Blitz und dem Donner, und dann weiß man, wie weit entfernt das Gewitter ist."

Simon nahm einen losen Stein vom Rand des Loches und hielt ihn über die finstere Öffnung. Er ließ ihn fallen, und er verschwand vor ihren Blicken. Sie horchten.

Nach einer ganzen Weile rappelte Jane sich auf. „Ich habe nichts gehört."

„Ich auch nicht."

„Versuch's noch mal."

Simon ließ wieder einen Stein in das Loch fallen, und wieder strengten sie die Ohren an, um den Aufprall zu hören. Nichts geschah.

„Es war wieder nichts."

„Nein."

„Das Loch hat keinen Boden."

„Sei kein Idiot. Das ist unmöglich."

„Vielleicht stößt er in Australien auf", sagte Barney. Er betrachtete das Loch mit ängstlichem Blick.

„Das bedeutet nur, daß der Stein so tief aufgeprallt ist, daß wir es nicht mehr hören konnten", sagte Simon. „Es muß schrecklich tief sein. Ich wünschte, wir hätten ein Seil mitgebracht.

„Sieh mal in deinen Taschen nach", sagte Jane. „Da hast du doch immer allerlei Mist drin. Auch Barney. Jedenfalls sagt Mutter das jedesmal, wenn sie sie saubermachen muß. Vielleicht hast du eine Kordel drin oder so was."

„Von wegen Mist", sagte Simon empört. Aber er leerte seine Taschen auf den Stein.

Das Ergebnis war interessant, aber nicht sehr hilfreich. Simon breitete seine Besitztümer aus: ein Taschenmesser, ein sehr schmutziges Taschentuch, einen kleinen Kompaß mit einem verkratzten Glasdeckel, zwei Shilling, sieben und einen halben Penny, ein Kerzenstümpfchen, zwei zusammengerollte Busfahrscheine, vier Bonbons, in zerschlissenem Zellophan verpackt, und einen Füllfederhalter.

„Na", sagte er, „zumindest ist für jeden ein Bonbon da." Er teilte die Bonbons feierlich aus. Die Bonbons waren an den Ekken, wo das Zellophan sich gelöst hatte, ein wenig aufgeweicht, aber sie schmeckten deshalb nicht schlechter. Simon gab das vierte Rufus, der ein paar ungeschickte Versuche machte, es zu zerbeißen, und es dann ganz verschluckte.

„Was für eine Verschwendung", sagte Barney. Er leerte seine eigenen Taschen, wobei der Sand nur so rieselte: eine grüne Glasmurmel mit einem orangefarbenen Stückchen in der Mitte, einen kleinen weißen Kiesel, ein Sechs-Pence-Stück und vier halbe Pennys, einen Seemann aus Zinn ohne Kopf, ein Taschentuch, das wunderbarerweise viel sauberer war als das von Simon, und ein dickes Stück Draht, das an beiden Ecken umgebogen war.

„Warum trägst du denn das mit dir herum?" fragte Jane.

„Nun, man kann nie wissen", sagte Barney undeutlich. „Es könnte doch nützlich sein. Los, laß uns jetzt deine Sachen sehen."

„Ich hab nichts drin", sagte Jane ein wenig selbstgefällig. Sie drehte ihre beiden Taschen um.

„Aber du hast doch deinen Dufflecoat mitgebracht", sagte Simon. Er kletterte von dem Felsen hinunter auf die Grasböschung, auf der sie zuvor gestanden hatten, und kam mit dem Mantel zurück. „Da haben wir's: ein Taschentuch, zwei Haarklammern - echt Mädchen -, zwei Bleistifte, eine Schachtel Streichhölzer. Wozu brauchst du die denn?"

„Genau wie bei Barney - es könnte nützlich sein. Jedenfalls viel nützlicher als ein altes Stück Draht."

Simon griff in die andere Tasche. „Geld, ein Knopf ... was ist das?“ Er brachte eine Rolle Garn zum Vorschein. „Das ist die Idee. Ziemlich verrückt, so was mit sich rumzuschleppen, aber vielleicht hilft es uns, herauszufinden, wie tief das Loch ist.“

„Das hatte ich ganz vergessen“, sagte Jane. „Nun gut, du hast recht: Ich trage auch Mist mit mir rum. Aber du mußt zugeben, es ist vernünftiger Mist.“ Sie nahm ihm die Rolle Garn aus der Hand. „Es sollen hundert Meter Garn drauf sein. So tief ist das Loch doch bestimmt nicht?“

„Bei diesem würde ich nicht überrascht sein“, sagte Simon. „Binde etwas an den Faden und laß es hinunter.“

„Es muß etwas ziemlich Leichtes sein“, sagte Barney. „Sonst reißt der Faden.“

Jane wickelte ein Stück Garn ab und zog daran. „Oh, ich glaub nicht, es ist ziemlich stark. Ich weiß was – gib mir das Stück Draht.“

Barney warf ihr einen zweifelnden Blick zu, reichte ihr aber den Draht. Jane band das Fadenende an das umgebogene Drahtende. „So. Jetzt lassen wir es hinunter und warten, bis es auf den Boden aufstößt.“

„Ich weiß etwas Besseres.“ Simon nahm die Rolle und steckte einen von Janes Bleistiften durch das Loch in der Mitte. Der Bleistift war lang genug, um an beiden Seiten ein wenig überzustehen. „Seht ihr, ich halte jetzt die beiden Enden des Bleistifts, und das Garn kann von selbst abrollen, weil unten das Gewicht dran hängt. So wie man eine Angelschnur abrollen läßt.“

„Laß mich es tun.“ Jane kniete neben dem Loch nieder und warf den Draht in die dunkle Öffnung. Die Garnrolle drehte sich, während der Faden nach unten verschwand. Sie hielten den Atem an. Dann wurde die Drehung plötzlich langsamer, die Rolle schwankte und blieb dann ruhig. Sie dachten schon, der Draht müsse auf festen Grund gestoßen sein, als sie merkten, daß der Faden lose hin und her wehte.

„Mist“, sagte Jane enttäuscht. „Der Faden ist abgerissen.“ Sie schaute in die Dunkelheit hinunter und versuchte vergeblich festzustellen, wohin der Faden verschwunden war. Simon nahm ihr die Rolle aus der Hand und betrachtete sie.

„Das Garn ist zur Hälfte weg, und der Draht ist immer noch nicht aufgestoßen. Das bedeutet, daß das Loch mindestens fünfzig Meter tief ist. Du lieber Himmel!" Er tippte Jane auf die Schulter. „Komm, du Dussel, da unten wirst du nichts entdekken."

Jane schlug mit der Hand nach ihm, während sie sich immer noch über das Loch beugte. „Sei still!"

Simon und Barney warteten geduldig, bis sie sich aufrichtete. Sie war ganz rot im Gesicht. „Ich kann die See hören", sagte sie und blinzelte in die Sonne.

„Natürlich kannst du die See hören. Ich höre sie auch. Sie ist ja gleich hinter den Klippen."

„Nein, nein, ich meine, ich kann sie da unten hören."

Simon sah sie an, tippte sich an die Stirn und seufzte.

Aber Barney hatte sich schon neben das Loch gelegt und den Kopf hineingesteckt. „Weißt du, sie hat recht", sagte er eifrig und schaute zu ihm auf. „Komm und halt dein Ohr mal hier unten hin."

„Hmm." Simon war immer noch skeptisch, legte sich aber neben ihn. Aus den Tiefen des Loches stieg ganz leise ein hohles Dröhnen. Es nahm ab und wieder zu, langsam und regelmäßig. „Ist das die See?"

„Natürlich", sagte Jane. „Dieses dunkle, dröhnende Geräusch, erkennst du das nicht? Das Geräusch, das Wellen machen, wenn sie in eine Höhle spülen. Und weißt du, was das bedeutet? Das Loch hier muß durch die ganze Klippe hindurch bis zur See hinunterreichen. Und da unten muß es einen Eingang geben. *Und dort hat der Mann aus Cornwall den Gral versteckt.*"

„Aber so tief hinunter kann das Loch doch nicht gehen." Simon richtete sich auf und rieb sich das Ohr. „Könnte es nicht ein Widerhall der Brandung sein, die unten gegen die Klippen schlägt?"

„Ich frage dich: Hört es sich so an?"

„Nein", mußte Simon zugeben, „so klingt es nicht. Aber ... wie könnte jemand ein so enges Loch so tief hinunter gegraben haben?"

„Das weiß der Himmel. Aber es ist so. Vielleicht ist die kleine Muschel, die ich gefunden habe, irgendwie von unten her heraufgeschleudert worden."

„Wenn der Gral tatsächlich da unten ist, so können wir ihn nur durch die Öffnung erreichen, durch die auch die See hineinkommt. Da unten muß eine Höhle sein. Ob wir wohl vom Hafen her am Fuß der Klippen entlang dorthin kommen können?"

„Horcht mal!" Barney war plötzlich aufgesprungen und lauschte mit geneigtem Kopf. „Ich hab etwas gehört. Etwas wie einen Motor."

Auch Simon und Jane standen auf und horchten. Sie hörten weit unten die Wellen und den Wind. Sie konnten Möwenschreie hören, die schrillen, klagenden Rufe wurden von den Windböen zu ihnen heraufgetragen. Dann hörten sie, was Barney gehört hatte: das leise Brummen eines Motors, das aus der Richtung des Hafens kam.

Es war Simon, der zuerst den langgestreckten weißen Bug der Yacht entdeckte, die um die Spitze von Kenmare Head herumbog. Er kauerte sich hin.

„Bückt euch, schnell!" sagte er heiser. „Sie sind's! Es ist die *Lady Mary*!"

Barney und Jane ließen sich neben ihm zu Boden fallen. „Wenn wir uns hinter den Felsen halten, können sie uns nicht sehen", sagte Simon ruhig. „Bewegt euch nicht, bis sie außer Sicht sind."

„Hier ist ein Spalt", flüsterte Barney. „Ich kann zwischen den Felsen hindurchsehen ... Mr. Withers ist an Deck, seine Schwester ist bei ihm. Ihr Kapitän ist nicht bei ihnen, er muß im Cockpit sein ... sie schauen in diese Richtung, aber nicht hier hinauf, sie scheinen die Klippen abzusuchen ... Mr. Withers hat ein Fernrohr ... Jetzt hat er es abgesetzt und sagt etwas zu seiner Schwester. Ich kann nicht sehen, was er für ein Gesicht macht, dafür sind sie nicht nah genug. Wenn sie nur näher kommen würden!"

„Oh!" Jane schluckte. Sie war heiser vor Aufregung. „Wenn es nun da unten eine Höhle gibt, in der der Gral versteckt ist, und sie sehen sie!"

Der Gedanke war lähmend, und während sie ganz still liegen blieben, wünschten alle drei das Boot weit weg. Das Motorengeräusch der *Lady Mary* wurde lauter, sie fuhr jetzt dicht unter ihnen um die Spitze der Landzunge.

„Was machen sie?" zischte Simon.

„Ich kann es nicht sehen, sie sind jetzt von einem Felsen verdeckt." Barney wand sich vor Ungeduld.

Der Motorenlärm erfüllte die Luft. Aber er wurde nicht unterbrochen. Während sie atemlos lauschten, nahm er allmählich ab, entfernte sich auf die See hinaus.

„Ich kann sie jetzt wieder sehen, durch eine andere Spalte ... Er schaut immer noch durch das Fernglas zur Küste. Ich glaube, er hat nichts entdeckt, es sieht aus, als suchte er immer noch ... jetzt sind sie um die Ecke herum."

Barney wälzte sich auf den Rücken und setzte sich dann auf. „Wenn sie wirklich nach einer Höhle gesucht haben – wie sind sie darauf gekommen?"

„Sie können es nicht wissen, sie haben die Karte nicht gesehen", sagte Jane verzweifelt. „Sie können es unmöglich wissen – selbst wenn der Pfarrer ihr Bundesgenosse ist und sie von dem Umriß wissen, den ich in den Reiseführer gezeichnet habe. Dieser enthielt keinen Hinweis. Ich habe das Mond- und Sonnenzeichen nicht eingezeichnet."

„Aber wenn sie nicht wissen, wo sie suchen sollen, warum suchen sie dann an der richtigen Stelle?"

„Ich glaube", sagte Simon, um sie zu beruhigen, „es ist einfach Routine. Sie wissen einfach nicht, wo sie suchen sollen, darum suchen sie überall. Großonkel Merry sagte so etwas Ähnliches an dem Tag, als wir zum erstenmal mit ihm gesprochen haben. Sie machen es so, wie sie auch das Haus durchsucht haben – ganz planlos, nur auf Verdacht. Vielleicht ist ihnen die Idee gekommen, daß es eine Höhle sein könnte, und sie suchen die ganze Küste danach ab. Sie suchen nicht nur hier, sondern in der ganzen Gegend. Sie *wissen* nicht, daß es die Höhle gibt."

„Aber wir wissen es. Und wenn die Höhle da ist, warum haben sie sie nicht gesehen?"

„Vielleicht haben sie sie gesehen“, sagte Barney düster.

„O nein, das ist unmöglich. Sie hätten sonst angehalten. Jedenfalls hätten sie nicht weiter gesucht. Und das hast du doch gesehen. Du hast es doch gesagt, nicht wahr?“ Jane betrachtete ihn ängstlich.

„O ja – der alte Withers hat immer noch angestrengt durch sein Fernrohr gespäht, als sie außer Sicht kamen.“

„Dann ist es doch gut.“

„Es könnte noch einen anderen Grund haben“, sagte Simon zögernd. Er machte eine Pause.

„Was für einen?“

„Wir haben die See gehört, der Eingang der Höhle könnte also unter Wasser liegen. Das könnte der Grund sein, warum sie sie nicht entdeckt haben. In Cornwall gibt es viele Höhlen, deren Eingang unter Wasser liegt. Ich habe irgendwo darüber gelesen. Vielleicht war das noch nicht der Fall, als der Mann den Gral versteckte, vielleicht ist das Land in den neunhundert Jahren ein wenig abgesunken.“

„Das wäre aber gut“, sagte Barney. „Dann würden sie ihn nie finden.“

Simon hob die Augenbrauen und sah ihn an: „Wir aber auch nicht.“

Barney starrte ihn an. „Oh. O doch. Du kannst doch ziemlich gut tauchen.“

„Wir hätten keine Chance. Ich kann zwar tauchen, aber ich bin kein Fisch.“

„Wahrscheinlich wäre die ganze Höhle voll Wasser“, sagte Jane zögernd. „Dann wäre auch der Gral unter Wasser und wie ein Schiffswrack ganz zerfressen.“

„Und ganz mit Muscheln bedeckt“, sagte Simon.

„Das kann nicht sein. Das darf nicht sein. Es heißt: ‚über der See‘ und muß auch über der See sein.“

„Wir müssen es einfach herausfinden. Großonkel Merry wird es wissen.“

Wieder starrten sie einander fassungslos an.

„Gummery – ich hatte ihn ganz vergessen.“

„Wo ist er?“

„Wir sind jetzt schon unheimlich lange hier oben. Er muß schon vor Stunden wach geworden sein."

„Barney, was genau hast du Mrs. Palk gesagt, daß sie ihm sagen sollte?"

„Ich sagte, sie solle sagen, daß wir mit Rufus spazierengegangen sind; er wüßte schon wohin. Sie sah mich ein bißchen merkwürdig an, aber sie sagte, sie würde es bestellen. Ich habe versucht, es so zu sagen, daß es wie ein Spiel aussah", sagte Barney sehr ernst.

„Ich hoffe, daß ihm nichts passiert ist", sagte Jane besorgt.

„Macht euch keine Sorgen, wahrscheinlich schnarcht er immer noch", sagte Simon. „Es ist jetzt halb zwölf. Laßt uns schnell hinuntergehen, bevor die Yacht zurückkommt. Vielleicht haben wir das nächstemal nicht soviel Glück. Wenn sie zurückgesegelt kommt, werden wir sie nicht hören. Warum sind sie wohl eben nicht gesegelt? Es geht doch Wind genug." Er runzelte die Stirn.

„Oh, laß nur", sagte Barney. „Laßt uns Gummery suchen gehen. Wieder durch den Hintereingang – vielleicht sitzt der Junge immer noch vorn und paßt auf."

„Nein, wir müssen vorn herum gehen. Vielleicht kommt Gummery uns entgegen. Ich habe das Gefühl, daß uns nicht mehr viel Zeit bleibt. Wir müssen es riskieren, geschnappt zu werden. Kommt."

Kapitel 11

Aber als sie in Sichtweite des Hafens waren, merkten sie, daß sie weder ungesehen vorbeikommen noch geschnappt werden konnten.

Die Straßen, die auf den Hafen zuführten, waren voller Menschen: Fischer und Ladeninhaber in ihren Sonntagsanzügen, die Frauen in ihren besten Sommerkleidern, und ein dichteres Gedränge von Touristen, als die Kinder je zuvor in Trewissick gesehen hatten. Die Flut hatte ihren höchsten Stand erreicht, und die Boote, die auf einer Ebene mit dem Kai lagen, waren alle an einer Hafenseite festgemacht, so daß ein Wasserviereck frei blieb, das mit Reihen tanzender weißer Bojen abgegrenzt war. Als sie die Straße hinunterkamen, hörten sie den schwachen Knall einer Startpistole, und sechs braune Körper stürzten sich ins Wasser und begannen, sich in einem weißen Schaumwirbel durch die abgesteckten Bahnen zu kämpfen. Die Menge feuerte sie mit Geschrei an.

„Das ist sicher das Ende des Schwimmwettbewerbs", sagte Jane eifrig. Die Stimmung unten steckte sie an. „Laßt uns einen Augenblick runtergehen und zusehen."

„Um Himmels willen", sagte Simon aufgebracht. „Wir haben einen Auftrag. Wir müssen Großonkel Merry finden, bevor wir etwas unternehmen."

Aber auf ihr Klingeln antwortete im *Grauen Haus* niemand. Sie standen vor der Haustür, während Gruppen von hemdsärmeligen Touristen plaudernd die Straße hinauf- und hinabgingen.

Und als Simon um das Haus herumgegangen war und dort aus dem Schuppen den Hausschlüssel aus seinem Versteck geholt und die Haustür geöffnet hatte, fanden sie das Haus völlig verlassen.

Großonkel Merrys Bett war ordentlich gemacht, aber weder in seinem Zimmer noch sonstwo fanden sie ein Zeichen, daß ihnen verraten hätte, wohin er gegangen war. Auch Mrs. Palk war nirgends zu finden. Auf dem Küchentisch standen zugedeckt drei Teller mit kalter Makrele und Salat. Das sollte wohl ihr Mittagessen sein. Aber das war auch alles. Das Haus war tadellos sauber, still und ordentlich – und leer.

„Wo kann er hin sein? Und wo ist Mrs. Palk?"

„Das ist leicht zu beantworten. Sie ist draußen und schaut wie alle andern dem Schwimmen zu. Ihr wißt doch, wie sie von dem Volksfest geschwärmt hat."

„Kommt, wir suchen sie. Sie muß wissen, wohin er gegangen ist."

„Ich will euch was sagen", sagte Barney. „Ihr zwei geht zum Hafen hinunter, und ich laufe den Berg hinauf und schaue, ob Gummery uns doch noch nachgekommen ist. Wenn er auf die Landzunge hinaufsteigt, werde ich ihn sehen. Es dauert ziemlich lange, bis man oben ist."

Simon dachte einen Moment nach. „Gut, das klingt ganz vernünftig. Aber paß um Himmels willen auf, daß du von der Yacht aus nicht gesehen wirst. Und komm uns so schnell wie möglich nach, wir sollten zusammenbleiben. Wir warten unten auf dem Kai, wo die Schwimmer starten."

„Gut." Barney machte sich davon, drehte sich dann aber noch einmal um. „Hört mal, was wollt ihr mit dem Manuskript machen? Wenn wir Gummery nicht finden und ganz allein sind, haltet ihr es für sicher, wenn wir es mit uns herumtragen?"

„Viel sicherer, als wenn wir es irgendwo lassen", sagte Simon entschlossen und betrachtete das Futteral in seiner Hand. „Ich werde es festhalten, was auch immer geschieht."

„Nun gut", sagte Barney munter. „Laß es am Hafen nicht ins Wasser fallen, das ist alles. Auf Wiedersehn! Ich bleibe nicht lang."

„Ich bin froh, daß er so zuversichtlich ist", sagte Jane, als die Haustür ins Schloß fiel. „Wenn ich das nur auch sein könnte! Ich habe das Gefühl, daß hinter jeder Ecke jemand lauert, um sich auf uns zu stürzen. Ich fühle mich nur sicher, wenn ich im Bett liege."

„Nur Mut! Du hast die letzte Nacht noch in den Knochen. Ich hatte auch Angst, aber jetzt habe ich keine mehr. Versuch es zu vergessen."

„Du hast gut reden", sagte die arme Jane bedrückt, „dabei scheint es immer offenkundiger zu werden, daß alle Menschen um uns herum schlecht sind. Und wir wissen nicht einmal, inwiefern sie schlecht sind. Warum wollen sie alle mit Gewalt das Manuskript haben?"

„Also", Simon runzelte die Stirn und versuchte, sich daran zu erinnern, was Großonkel Merry am ersten Tag gesagt hatte. „Sie wollen den Gral haben, nicht wahr? Weil er irgendwie für eine andere Sache steht. Und deshalb will auch Gummery ihn finden. Es ist, wie wenn in der Geschichte zwei Heere miteinander kämpfen. Man weiß nie genau, worum sie kämpfen, man weiß nur, daß die einen die anderen schlagen wollen."

„Großonkel Merry ist wirklich manchmal wie ein Heer in einer Person. Dann, wenn er so seltsam aussieht und so einen weiten Blick hat, daß man das Gefühl bekommt, daß er gar nicht richtig da ist."

„Siehst du. So ist es auch mit den andern. Sie sind wie ein böses Heer. In der vergangenen Nacht oben bei den stehenden Steinen, da konnte ich schon das Böse fühlen, bevor ich wußte, daß sie da waren."

„Ich weiß", sagte Jane heftig. „O Gott, mir wäre viel wohler, wenn ich wüßte, wo Großonkel Merry ist."

„Wir werden es wissen, sobald wir Mrs. Palk finden. Nur Mut, Jane." Simon klopfte ihr ungeschickt auf die Schulter. „Komm. Wir wollen zum Hafen hinunter. Wenn wir so weitermachen, ist Barney vor uns da."

Jane nickte. Ihr war ein wenig wohler zumute. „Oh – Mutter und Vater kommen ja auch heute nachmittag zurück. Glaubst du, wir sollten ihnen eine Nachricht hinterlassen?"

„Nein, wir werden lange vor ihnen zurück sein."

Sie überließen das *Graue Haus* seiner Stille und gingen den Hügel hinab auf den Hafen zu. Überall rannten unbekannte Kinder herum, ohne auf ihre ängstlich rufenden Eltern zu achten, und der schläfrige kleine Laden, der unten am Kai Eis verkaufte, war mit Flaggen und Plakaten geschmückt und machte ein Bombengeschäft.

Simon und Jane drängten sich durch die Menschenmenge am Hafen, und als sie die verabredete Stelle erreicht hatten, stellten sie fest, daß alles vorüber war. Nur ein paar Jungen und Mädchen liefen noch in Badeanzügen zwischen der Menge herum, und nur an den tanzenden Bojenreihen auf dem leeren Wasser konnte man noch sehen, daß hier ein Schwimmfest stattgefunden hatte.

Einer der Schwimmer streifte Simon, und als dieser einen Blick auf den nassen braunen Körper warf, erkannte er das Gesicht unter dem dunklen Haar, das naß am Kopf klebte. Es war Bill.

Der Junge öffnete den Mund und blieb kampflustig stehen; aber dann hatte er sich besonnen, runzelte die Stirn und rannte barfuß durch die Menge auf den vorderen Kai zu.

„He! Jane, Jane!" rief Simon ängstlich. Sie war ein paar Schritte vor ihm und hatte Bill nicht bemerkt.

Eine tiefe Stimme tönte in Simons Ohr: „Dein junger Freund hat das Rennen verloren. Er ist nicht gerade bester Laune. Die Hoovers sind alle gleich."

Simon drehte sich um und sah das strahlende, runzlige braune Gesicht des alten Fischers, den sie damals bei ihrem ersten Zusammenstoß mit dem Jungen Bill kennengelernt hatten.

„Hallo, Mr. Penhallow", sagte er, und dabei fiel ihm auf, wie komisch dieser Gruß klang. „Hat er an dem Schwimmfest teilgenommen?"

„Ja, er hat den Wettbewerb mitgemacht. Und wie immer hat er sich schlecht benommen. Er hat um einige Meter verloren und hat dann dem Gewinner den Rücken gekehrt, als dieser auf ihn zukam und ihm die Hand geben wollte." Er kicherte. „Der Sieger war mein Jüngster."

„Ihr Sohn?" fragte Jane, die auf Simons Ruf hin zurückgekommen war. Sie blickte in Mr. Penhallows wettergegerbtes

Gesicht; er schien ihr viel zu alt für einen Sohn, der jung genug war, um an einem Schwimmwettkampf teilzunehmen.

„So ist's", sagte der Fischer zufrieden, „ein zäher kleiner Bursche. Er ist jetzt sechzehn und auf Urlaub von der Handelsmarine."

„Ach so." Simon war beeindruckt. „Glauben Sie, ich könnte auch zur Handelsmarine gehen, wenn ich sechzehn bin?"

„Ich würde noch abwarten", sagte Mr. Penhallow und zwinkerte ihm zu. „Es ist ein hartes Leben auf See."

„Barney hat gesagt, daß er Fischer werden will wie Sie", sagte sie, „mit einem Boot wie die *White Heather*."

Mr. Penhallow lachte. „Auch der wird nicht lange bei dem Plan bleiben. Wenn er ein bißchen größer wäre, würde ich ihn mal eine Nacht mit hinausnehmen, dann würde er seine Meinung schnell ändern."

„Fahren Sie heute abend aus?"

„Nein. Ich ruh mich mal aus."

Jane spürte plötzlich, daß sie nasse Füße hatte; sie schaute nach unten und stellte fest, daß sie in einer Pfütze stand. Sie rückte schnell zur Seite. „Die Schwimmer haben hier ganz schön herumgeplantscht. Überall auf dem Kai sind Pfützen."

„Das waren nicht nur die Schwimmer, mein Schatz", sagte Mr. Penhallow. „Es war die Flut. Heute morgen ist sie hier über den Rand geschwappt – die Springfluten sind höher als sonst in diesem Monat."

„O ja", sagte Simon. „Schau – am hinteren Rand des Gehsteigs liegen Tangfetzen. Das Wasser muß bis an die Mauer gespült sein. Steigt es oft so hoch?"

„Nicht oft. Meist ein- oder zweimal im Jahr – im März und September. Daß die Flut im August so hoch steigt, ist seltsam. Ich denke, es hängt mit dem starken Wind zusammen, den wir gehabt haben."

„Und bis wohin fällt das Wasser?" Jane war fasziniert.

„Oh, sehr weit nach unten. Schon bei normaler Ebbe sieht der Hafen nicht sehr schön aus, aber nach einer Springflut sieht er noch schlimmer aus. Dann sind hier Massen von stinkendem Schlamm und Tang, die man sonst nicht sieht. Wartet bis fünf Uhr heute nachmittag. Aber ich denke, dann werdet ihr wie alle anderen beim Umzug zusehen."

„Wahrscheinlich", sagte Simon unsicher. Er dachte angestrengt nach. Es war, als hätten die Worte des Fischers eine Feder in seinem Gehirn berührt. „Mr. Penhallow", sagte er, wobei er sich bemühte, unverfänglich zu klingen. „Ich denke mir, daß bei sehr niedriger Ebbe draußen außerhalb des Hafens sehr viel mehr Klippen herauskommen als sonst."

„Oh, sehr viel mehr", sagte der Fischer. „Man sagt, daß es möglich ist, vom Hafen von Trewissick aus über die Klippen bis nach Dodman zu gehen, das ist zwei Buchten weit hinter Kenmare Head. Aber das sagt man nur so – ich möchte meinen, daß die Steine aus dem Wasser herausragen, aber bevor man den halben Weg zurückgelegt hätte, wäre die Flut schon wieder da."

Jane hörte nur mit halbem Ohr zu. „Mr. Penhallow, wir suchen Mrs. Palk, sie ist die Frau, die uns den Haushalt führt. Kennen Sie sie?"

„Ob ich Molly Palk kenne?" Mr. Penhallow kicherte. „Das will ich wohl meinen. Ein nettes Mädchen war das – ist sie immer noch, aber seit der alte Jim Palk tot ist, ist sie ein bißchen geizig geworden. Ich vermute, sie kostet eure Mama und euren Papa ein schönes Stück Geld. Die täte alles für ein paar Pfund extra, die Molly. Jetzt fällt mir auch ein: Sie ist die Tante eures Freundes Bill."

„Mrs. Palk?" sagte Jane erstaunt. „Die Tante dieses schrecklichen Jungen?"

„Ach", sagte Mr. Penhallow friedfertig, „die beiden Seiten der Familie haben nicht viel miteinander zu tun. Die meisten Leute in Trewissick haben vergessen, daß sie überhaupt verwandt sind. Ich glaube, Molly hätte gar nicht gern, daß die Leute das wissen."

„Ich glaube, Großonkel Merry hat es mir einmal gesagt", sagte Simon. „Ich hatte es ganz vergessen. Er sagte, Bill wäre der Sohn von Mrs. Palks mißratenem Bruder."

Jane sagte nachdenklich: „Ob wohl . . . nun, es ist auch gleich. Haben Sie sie irgendwo gesehen?"

„Laß mich nachdenken – ich hab doch mit ihr gesprochen. O ja, am vorderen Kai. Sie war schon verkleidet, hatte so ein komisches Ding auf dem Kopf. Wahrscheinlich hilft sie beim Umzug. Ich denke, ihr werdet sie noch da oben finden, falls sie nicht schnell zum Mittagessen gegangen ist."

Die Menschenmenge hatte sich jetzt gelichtet, die meisten hatten sich zum vorderen Kai verzogen, wo die Mitglieder der Musikkorps in leuchtendblauen Uniformen mit ihren großen, gewundenen, silbernen Instrumenten und schlecht passenden blauen Schirmmützen herumstanden. Simon und Jane spähten über den Hafen hinweg, aber sie waren zu weit entfernt, um Gesichter erkennen zu können.

„Ich muß jetzt unseren Walter suchen, dem wird der Kamm ganz schön geschwollen sein. Grüßt unseren kleinen Fischer, Kinder." Mr. Penhallow grinste vor sich hin, während er den Kai entlang davontrottete. Jane hatte darüber gegrübelt, warum er ihr anders als sonst vorgekommen war und merkte jetzt erst, daß er statt des blauen Sweaters und der hohen Schaftstiefel einen steifen blauen Anzug trug und Halbschuhe, die knarrten.

„Ich finde, er sollte nicht so über Mrs. Palk sprechen", sagte sie beunruhigt.

„Man kann nie wissen, es könnte wichtig sein", sagte Simon. „Aber was sollen wir jetzt machen? Wir müssen Mrs. Palk finden, um herauszubekommen, wohin Großonkel Merry gegangen ist. Mr. Penhallow hat gesagt, daß er sie auf der anderen Seite des Hafens gesehen hat, und wir wollten uns doch hier mit Barney treffen."

„Wo Barney nur sein mag? Er hat Zeit genug gehabt, bis zum Ende der Straße und wieder zurückzukommen. Geh du nach drüben und sieh nach, ob Mrs. Palk dort ist, und ich warte hier auf Barney."

Simon rieb sich am Ohr. „Ich weiß nicht, es gefällt mir gar nicht, daß wir uns alle trennen. Wir haben Großonkel Merry nicht bei uns, und im Augenblick auch Barney nicht. Und wenn wir beide uns jetzt noch trennen, dann ist keiner mehr beim andern. Jeder von uns könnte geschnappt werden, ohne daß die andern es wissen. Ich meine, wir sollten zusammenbleiben."

„Na gut", sagte Jane, „dann warten wir noch ein bißchen. Laß uns zur Ecke des Frontkais zurückgehen, da können wir ihn abfangen. Es ist die einzige Stelle, an der er herunterkommen kann, er muß da vorbeikommen."

Als sie zurückgingen, sahen sie, daß das Musikkorps von Trewissick sich auf der anderen Hafenseite formierte. Die Menschenmenge wogte um die Musikanten herum, Kinder flitzten am Rand der Hafenmauer hin und her. Zwischen den weißen Hemden und den Sommerkleidern fielen ein paar seltsame Gestalten auf, hohe, fantastisch bunte Gestalten, die ganz mit bunten Bändern und Blättern bedeckt waren und die auf den Schultern monströse Pappköpfe trugen.

„Die müssen zum Maskenzug gehören."

„Ich glaube, er geht jetzt los. Horch mal, was für ein gräßlicher Lärm."

Das Musikkorps schickte Wellen schwankender Blechtöne herüber, die sich allmählich zu einer erkennbaren Marschmelodie klärten.

„Ach, komm schon, so schlecht ist es gar nicht", sagte Jane. „Sie sind wohl mehr ans Fischen gewöhnt als ans Trompetenblasen. Jedenfalls klingt es sehr munter. Mir gefällt's."

„Hmm. Am besten, wir setzen uns hier in der Ecke auf die Mauer, dann können wir Barney abfangen, wenn er vorbeikommt." Simon trat auf die Straße und schaute den Hügel hinauf. „Ich kann ihn nicht entdecken. Aber es sind so viele Leute überall, daß man gar nicht richtig sehen kann."

„Wenn schon." Jane zog sich auf die niedrige Mauer hinauf und zuckte, als ihr das scharfkantige Schiefergestein in die Kniekehlen schnitt. „Wir warten einfach. Hör mal, die Musik wird lauter!"

„Musik!" sagte Simon.

„Sieh mal . . . der Zug geht los. Sie kommen hierher!"

„Ach was, Mrs. Palk hat gesagt, daß sie gleich den Berg hinaufgehen."

„Vielleicht gehen sie von dieser Ecke des Hafens aus ins Dorf hinauf, nicht von der anderen. Vielleicht machen sie auch zuerst die Runde durchs Dorf . . . Sieh mal, sie sind alle verkleidet. Und sie spielen das Lied, das Mrs. Palk heute morgen gesungen hat, den *Floral Dance.*"

„Jedenfalls haben wir von hier einen guten Blick." Simon stemmte sich hoch und setzte sich neben sie auf die Mauer.

Langsam bewegte sich die Menschenmenge über den Frontkai auf sie zu, Kinder rannten und sprangen vor dem Musikkorps her, das mit roten Gesichtern und aufgeblasenen Backen in die Trompeten stieß. Hinter den Musikanten kam, begleitet vom Gedränge entzückter Touristen, die Reihe der tanzenden fantastischen Gestalten, die sie von der anderen Hafenseite her gesehen hatten. Die grotesken Köpfe schwankten und hüpften, als parodierten sie einen langsamen Tanz, und andere maskierte und verkleidete Gestalten liefen in der Menschenmenge hin und her. Immer wieder stürzten sie sich auf die Zuschauer, nahmen hier hübsche Mädchen bei der Hand, taten so, als schlügen sie dort auf kreischende alte Damen mit einer bändergeschmückten Rute ein. Sie brachten Dorfleute und Touristen dazu, sich an den Händen zu fassen und mit ihnen einen Reigen quer über die Straße zu tanzen.

„Pong . . . Pong . . . di pong-pong-pong", dröhnte die Musik den Kindern in den Ohren. Sie saßen an der Ecke auf der Mauer, und bergauf und bergab wogte die Menge um sie herum.

Jane, die mit entzücktem Lächeln auf die grinsenden Riesenköpfe hinunterschaute, starrte plötzlich in die Menge hinein. Sie streckte die Hand aus und schrie Simon etwas ins Ohr.

Simon konnte nichts hören als die Musik, die von allen Seiten auf ihn eindröhnte, so daß die Mauer zu wackeln schien. „Was?" schrie er zurück.

Jane neigte den Kopf dicht an sein Ohr. „Da ist Mrs. Palk! Schau doch! Da hinten, mit den Federn auf dem Kopf, direkt hinter dem Mann mit dem Blätterkleid. Schnell, wir müssen zu ihr!" Und bevor Simon sie zurückhalten konnte, war sie von der Mauer geglitten und befand sich schon am Rand der Menge.

Simon sprang hinter ihr her und faßte sie am Arm, als sie sich gerade zwischen zwei Reihen lachender Tänzer durch die

Menge drücken wollte. „Nicht jetzt, Jane!" Aber auch er wurde eine Strecke von der tanzenden Menge mitgezogen, bevor er Jane an den Rand zurückziehen konnte. Sie standen dicht gegen die Mauer gedrängt auf der Straßenseite, die vom Hafen abgekehrt war, eingekeilt zwischen anderen Zuschauern, die den Tanz der Maskierten an sich vorbeiziehen ließen.

Und darum sahen sie Barney nicht, der sich auf der nach oben führenden Straße am *Grauen Haus* vorbei nach unten durchgearbeitet hatte. Er war zwischen den Beinen der Leute hindurch um die Ecke der Mauer herumgeschlüpft, ohne den Festzug zu beachten, und er lief jetzt so schnell er konnte am inneren Kai entlang auf die Stelle zu, wo sie sich verabredet hatten.

Kapitel 12

Barney hatte lange gebraucht, um am Haus vorbei den Hügel hinunterzukommen. Auf der Landzunge war kein Zeichen von Großonkel Merry zu sehen gewesen. Immer wieder hatte er Scharen von Spaziergängern ausweichen müssen, was recht ärgerlich war, und dreimal hatte er am Straßenrand stehenbleiben müssen, um einem Auto auszuweichen, das die steile, enge Steigung hinaufgekeucht kam. Barney rannte ungeduldig von einer Seite zur andern, in Menschenknäuel hinein und wieder hinaus, immer dicht gefolgt von Rufus.

Als er hügelabwärts die Hälfte des Wegs hinter sich hatte, hörte er Musik von der anderen Hafenseite, und zwischen den Köpfen schimmerte der tanzende Maskenzug hindurch, der sich am Kai entlang vorwärts bewegte. Er schob einen Finger unter das Halsband des Hundes und schlüpfte so schnell er konnte durch die immer dichter werdende Menge und schoß durch jede Lücke, die sich öffnete, wie eine Krabbe durch eine Pfütze.

Aber als er im Hafengebiet angekommen war, traf er auf den Festzug, wo er außer einer undurchdringlichen Mauer von Beinen und Rücken überhaupt nichts mehr sehen konnte. Während ihm Musik in die Ohren dröhnte, quetschte er sich hinter dieser Mauer durch, bis er endlich am Rande der Menge auf dem Kai stand. Mit einem Seufzer der Erleichterung ließ er Rufus' Halsband los und rannte mit dem Hund auf die menschenleere Ecke zu, wo er mit Simon und Jane verabredet war.

Niemand war da.

Barney blickte aufgeregt um sich. Nichts war zu sehen, was ihm einen Hinweis gegeben hätte, wohin die andern gegangen waren. Er überlegte, daß sie Mrs. Palk entdeckt haben mußten. Sie war versessen auf den Umzug und das Tanzen. Sie war bestimmt im Zug. Und Simon und Jane hatten die Aufgabe übernommen, sie zu suchen, so wie es seine Aufgabe gewesen war, nachzusehen, ob er Großonkel Merry auf der Halbinsel entdekken konnte. Sie waren sicher hinter Mrs. Palk hergelaufen und dachten, daß er erraten würde, wohin sie gegangen waren.

Barney war überzeugt, daß er den Festzug erreichen mußte. Er folgte der Menge, die immer noch die Straße hinaufströmte. Sogar unten im Schutz des Hafens spürte er den Wind, der von der See landeinwärts blies: –wenn er sich für einen Augenblick legte, hörte Barney Fetzen von Musik, die von irgendwoher über die Dächer des Dorfes getrieben kamen und ihn hinter sich her lockten: „Pong . . . Pong . . . dipong-pong-pong". Er befand sich in einer Menschenmenge, die ziellos umhertrieb. Er hörte Wortfetzen . . . „Wo sind sie hingegangen?" . . . „Wir treffen sie auf dem Platz . . ." „Aber sie tanzen jetzt schon eine Ewigkeit durch die Straßen . . ." „Komm doch weiter!"

Ohne sich um sie zu kümmern, bog Barney in eine kleine Seitenstraße ein. Rufus trottete ihm immer noch geduldig dicht an seinen Fersen hinterher. Es ging aus einer gewundenen Gasse in die andere, durch enge Passagen, wo sich über Barneys Kopf die Schieferdächer beinahe berührten, vorbei an schmucken Haustüren, an denen die Messingklopfer golden in der Sonne glänzten, über das Kopfsteinpflaster von Gäßchen, wo sich die Türen nicht auf einen Bürgersteig, sondern gleich auf den Fahrweg öffneten. Obwohl Trewissick nur ein kleiner Ort war, schien es doch aus einem endlosen Labyrinth gewundener Gassen zu bestehen. Barney suchte sich seinen Weg durch dieses Labyrinth, indem er immer dem Klang der Musik nachging.

Ein- oder zweimal bog er falsch ein, so daß er die Musik nicht mehr hörte, aber dann wurde sie allmählich lauter, und auch das Stimmengewirr und das Füßescharren wurden wieder hörbar. Er schnippte mit den Fingern, um Rufus anzutreiben, und fing an zu laufen – so bog er aus einem stillen verlassenen Gäßchen ins nächste.

Plötzlich brauste der Lärm wie ein Sturm auf ihn ein, er war aus der dämpfenden Enge der Gasse herausgetreten und stand mitten in der Menge auf einer breiten, von Sonnenschein erfüllten Straße, auf der der Festzug sich entlangschob und -tanzte. „Komm her, du Blondschopf", rief ihm jemand zu, und die Leute in der Nähe wandten sich ihm zu und lachten.

Barney konnte Simon und Jane nicht unter den Tänzern entdecken. Und selbst wenn er sie entdeckt hätte, hätte kaum eine Möglichkeit bestanden, zu ihnen vorzudringen. Er sah sich um und betrachtete entzückt die wippenden Riesenhäupter und die Körper darunter in fantastisch bunten Wämsern und roten, gelben, blauen Strumpfhosen. Überall sah er kostümierte Gestalten: Ein Mann dicht bedeckt von einer flatternden Masse grüner Blätter hielt sich ganz steif wie ein Baum. Da gab es Piraten, Matrosen, einen Husar in Hellrot mit einer hohen Mütze, Sklavinnen, Narren. Ein Mann in einem langen blauen Seidengewand stellte eine Dame dar; ein Mädchen, ganz in Schwarz, drehte sich geschmeidig wie eine Katze und trug eine schnurrbartbewehrte Katzenmaske. Kleine Jungen in Grün stellten Robin Hood dar; kleine Mädchen mit langem Blondhaar waren Alice im Wunderland; es gab Räuber, Mohren, Blumenmädchen, Zwerge.

So etwas hatte er nie zuvor gesehen. Er stand am Straßenrand, wo die Tänzer immer wieder in die Menge hinein- und wieder hinauswirbelten, und plötzlich, bevor Barney wußte, was mit ihm geschah, war er von Tänzern umgeben.

Er fühlte, wie ihn jemand an der Hand nahm und ihn mitten in die tanzende Menge hineinzog, zwischen die Bänder und die Federn und die grotesken schwankenden Köpfe, so daß er mit den andern Schritt halten mußte.

Atemlos und lächelnd schaute er auf. Die Hand in dem schwarzen Handschuh, die die seine hielt, gehörte der Katze, die in einem hautengen Trikot umherwirbelte. Hinten schwang ein langer schwarzer Schwanz hin und her. Von dem Maskenkopf, der auch die Wangen bedeckte, standen die Schnurrhaare gerade und lang ab. Er sah die Augen hinter den Schlitzen glitzern und die weißen Zähne blitzen. Einen Augenblick lang bemerkte er unter den tanzenden Gestalten, die ihn umgaben, ganz nah einen indianischen Federschmuck, und das Gesicht darunter ähnelte erschreckend dem von Mrs. Palk. Aber als er den Mund öffnen und sie rufen wollte, hatte die Katze seine beiden Hände ergriffen, wirbelte ihn um und um und zog ihn in einer schwindelerregenden Spirale durch die Reihen. Leute schauten lächelnd auf ihn herunter, und Barney, benommen von der Musik und der Geschwindigkeit und den wirbelnden schwarzen Gliedern der Katze vor seinen Augen, ließ sich lachend um und um schleudern und davonziehen ...

Bis er plötzlich mit einem Ruck gegen die langen weißen Gewänder einer Gestalt prallte, die wie ein arabischer Scheich gekleidet war und sich mit den andern im Takt bewegte, so daß ihre Gewänder hin und her schwangen und sich im Wind blähten.

Barney, dem ganz schwindlig war, blickte auf und konnte in der um ihn herumwogenden Welt eben noch eine schmale Gestalt und ein dunkles hageres Gesicht erkennen, dann hatte ihn die Katze, die ihn immer noch an beiden Händen hielt, mit einem Schwung in die weit schwingenden Falten der weißen Gewänder geschleudert.

Während er, immer noch lachend, in ein plötzliches Dämmerlicht stolperte, wickelten sich die weißen Gewänder um ihn. Und dann, so schnell, daß er nicht einmal Zeit hatte zu erschrecken, schloß sich der Arm des Mannes wie ein eiserner Reifen um ihn und hob ihn hoch, während die andere Hand ihm die Falten des Gewandes vor den Mund drückte, und Barney fühlte, daß er davongetragen wurde.

Bevor er sich wehren konnte, wurde er durch die schiebende und stoßende Menge, durch die ohrenbetäubende Musik gedrängt. Vergeblich stieß er gegen die Brust des Mannes; er spürte, wie dieser jetzt ein paar Schritte lief, und hörte, wie der Lärm der Stimmen und der Instrumente plötzlich schwächer wurde. Er trat blindlings um sich und spürte, wie seine Zehen die Schienbeine des Mannes trafen. Aber er hatte nur Sandalen an und konnte damit nicht viel anrichten. Der Mann stieß einen unterdrückten Fluch aus, blieb aber nicht stehen. Nach ein paar schwankenden Schritten fühlte Barney, wie er hochgehoben wurde und dann auf einen gepolsterten Sitz niederfiel, der mit quietschenden Federn protestierte.

Das Gewand vor seinem Mund fiel herunter. Er schrie und schrie, bis eine Hand sich fest auf sein Gesicht drückte.

Die Stimme des Mädchens sagte aufgeregt: „Schnell! Bring ihn weg!"

Eine Stimme, die fast so hell wie die des Mädchens war, aber einem Mann gehörte, sagte barsch: „Steig ein. Du wirst fahren müssen."

Barney lag plötzlich ganz still, alle seine Sinne waren gespannt. Die zweite Stimme kam ihm bekannt vor. Er spürte, wie es ihm kalt über den Rücken lief. Dann ließ der Druck der Hand auf seinem Mund ein wenig nach, und eine Stimme sagte leise, nahe an seinem Ohr und gedämpft durch den Baumwollstoff: „Mach keinen Lärm, Barnabas, und rühr dich nicht, dann wird keiner dir was tun."

Und plötzlich wußte Barney, wer die Gestalten unter der Katzenmaske und der dunkle Mann in den Scheichgewändern waren.

Er spürte, wie der Sitz leise bebte, als der kraftvolle Motor stotterte und dann in ein klopfendes Heulen überging. Dann wurde der Ton tiefer, er fühlte einen Ruck und wußte, daß man ihn wegfuhr.

Rufus wich ängstlich vor den schlurfenden tanzenden Füßen zurück, von denen Barney in der Menge umgeben war. Ein oder zweimal schob er die Schnauze vor, um ihm zu folgen, aber immer wieder wurde er, wenn auch unabsichtlich, von einem Absatz getroffen und mußte zurückweichen.

Aus sichererer Entfernung bellte er laut. Aber sein Bellen verlor sich sofort in der dröhnenden Musik und dem Geschrei der Menge. Verängstigt von dem betäubenden Lärm und Gedränge, das plötzlich seine kleine Welt erfüllte, legte er die Ohren an, zog den Schwanz zwischen die Beine und zeigte das Weiße der Augen.

Er zog sich weiter von dem Lärm zurück und wartete an der Straßenecke darauf, daß Barney wieder auftauchte. Aber von Barney war weit und breit keine Spur. Rufus wurde unruhig.

Dann kam das Musikkorps direkt auf ihn zu, blies und trommelte jetzt nur einige Meter entfernt von ihm: Jede Ecke bebte unter dem An- und Abschwellen der Musik, die für die Ohren eines Hundes ein bedrohliches Getöse war. Rufus konnte es plötzlich nicht mehr ertragen. Er gab alle Hoffnung auf, Barney wiederzufinden, kehrte dem Lärm des Volksfestes den Rücken und trottete davon; mit hängendem Schwanz, die Nase auf den Boden gesenkt, erschnüffelte er sich den Heimweg.

Simon und Jane trafen in dem Winkel des Hafens zusammen, der jetzt wieder ruhig in der Nachmittagssonne lag.

„Ich bin dahin zurückgegangen, wo wir verabredet waren. Er ist nicht da."

„Ich hab im Haus nachgesehen. Da ist er auch nicht gewesen."

„Meinst du, daß er hinter Mrs. Palk hergegangen ist?"

„Ich sag dir noch mal: Das kann nicht Mrs. Palk gewesen sein, die du da gesehen hast."

„Und warum nicht? Wenn du mich nur nicht gehindert hättest. Ich hätte sie mir schnappen können."

„Wie hätten wir dann Barney hier treffen sollen, wenn du –" fing Simon an.

„Oh, schon gut, schon gut! Aber wir haben ihn nicht getroffen."

„Dann ist er eben noch nicht von der Landzunge zurück."

Janes Miene veränderte sich. „Oh, mein Gott! Vielleicht ist er da in Schwierigkeiten geraten."

„Nein, nein, mach dir keine unnötigen Sorgen. Wahrscheinlich hat er doch noch Großonkel Merry gefunden, und die beiden sind noch da oben."

„Nun, dann laß uns doch nachsehen."

Das Auto schwankte und brummte, als wäre es lebendig. Barney lag wie ein Bündel in das Gewand gewickelt, das Mr. Withers von den Schultern hatte fallen lassen, als er Barney in den

Wagen warf. Barney stellte fest, daß es ein Bettuch sein mußte; es roch genau wie die saubere Wäsche auf den Betten zu Hause. Aber er war nicht zu Hause. Er murmelte wütend vor sich hin und trat mit den Füßen gegen die Wagenwand.

„Aber, aber", sagte Mr. Withers. Er packte Barneys Beine und schwang ihn nicht gerade sanft in eine sitzende Haltung. Gleichzeitig zog er ihm das Bettuch vom Gesicht. „Ich denke, wir können dich jetzt auftauchen lassen, Barnabas."

Barney blinzelte in das plötzlich einfallende Sonnenlicht. Bevor er die Augen richtig öffnen konnte, um auf die Straße zu sehen, war der Wagen schon quietschend durch die Lücke in einer hohen Mauer gebogen und fuhr langsam über knirschenden Kies eine von Bäumen eingefaßte Auffahrt entlang.

„Gleich sind wir da", sagte Mr. Withers behaglich.

Barney drehte den Kopf und starrte zu ihm auf. Unter der braunen Schminke, die ihn zu einem Araber machen sollte, konnte er Mr. Withers' Gesicht kaum erkennen. Die Augen und Zähne blinkten in einem unnatürlichen Weiß, und unter der Schminke wirkte er in sich gekehrt und selbstzufrieden, beinahe arrogant.

„Wo sind wir? Wohin bringen Sie mich?"

„Weißt du das nicht? Ach nein" – der dunkle Kopf nickte weise –, „natürlich nicht. Nun, du wirst es bald wissen, Barnabas."

„Was wollen Sie?" fragte Barney.

„Wollen? Nichts, mein lieber Junge. Wir haben dich nur zu einem kleinen Ausflug mitgenommen, damit du einen unserer Freunde kennenlernst. Ich denke, ihr werdet gut miteinander auskommen."

Barney sah hinter den Bäumen ein Haus auftauchen. Er merkte, daß er immer noch in das Laken eingewickelt war, und zappelte, um die Arme frei zu bekommen.

„Nehmen Sie dieses blöde Ding weg, ich komme mir so dumm vor."

„Das war nur ein kleiner Scherz", sagte Mr. Withers. „Verstehst du denn keinen Spaß mehr, Barnabas? Ich dachte, das würde dir Spaß machen."

Er beugte sich vor und begann, ihn von dem Bettuch zu befreien, während der Wagen vor dem verwitterten Eingang eines großen Hauses vorfuhr, das verlassen wirkte. „Versuch, nach draußen zu hüpfen. Ich kann dich hier im Wagen schlecht auswickeln." Er sprach in einem gelassenen, ganz alltäglichen Ton, der nichts Drohendes an sich hatte, und als Barney mißtrauisch zu ihm aufblickte, blitzten die weißen Zähne wieder in einem Lächeln auf.

Das Mädchen schlüpfte von dem Fahrersitz, sie bewegte sich wie eine Schlange in ihrem schwarzen Trikot. Sie kam um den Wagen herum und öffnete die Tür an Barneys Seite. Sie half ihm hinaus, drehte ihn um und um und wickelte ihn dabei aus dem Laken. Barney taumelte, seine Arme und Beine waren so steif und verkrampft, daß er sich kaum bewegen konnte.

Polly Withers lachte. Sie sah fantastisch aus mit der stramm sitzenden Katzenmaske, die ihr ganzes Gesicht, einschließlich Augen und Mund, bedeckte. „Tut mir leid, Barney", sagte sie in vertraulichem Ton, „wir haben es wohl ein bißchen übertrieben. Du hast so schön getanzt, es tat mir beinahe leid, als wir aufhören mußten. Aber sei nicht böse, wir gehen jetzt erst einmal Tee trinken, wenn es dir dafür nicht noch zu früh ist."

„Ich hab noch nicht zu Mittag gegessen", sagte Barney, der plötzlich merkte, daß er Hunger hatte.

„Nun, in dem Fall müssen wir unbedingt dafür sorgen, daß du etwas zu essen kriegst. Du meine Güte – noch nicht zu Mittag gegessen? Und vermutlich sind wir daran schuld. Norman, läute, wir müssen dem armen Jungen etwas zu essen besorgen."

Mr. Withers schnalzte mitfühlend mit der Zunge, ging an die große Tür und drückte den Klingelknopf. Er war ganz in Weiß, aber nur in Hemdsärmeln und einer weißen Flanellhose. Das Arabergewand hatte er abgelegt. Seine bloßen Arme waren ebenso dunkelbraun geschminkt wie sein Gesicht.

Barney, der hinter ihm herging, während die Hand des Mädchens immer noch leicht auf seiner Schulter lag, war von ihrer Freundlichkeit ganz verwirrt. Hatte er nicht doch alles in einem falschen Licht gesehen? Vielleicht war das Ganze doch nur ein

Scherz, etwas, das mit diesem Volksfest zu tun hatte? Vielleicht waren die Withers doch nur ganz gewöhnliche Leute ... sie hatten doch nie etwas getan, das wirklich zweifelsfrei bewiesen hätte, daß sie auf der Seite des Feindes standen ... vielleicht hatten er und Simon und Jane alles durcheinandergebracht ...

Dann hörte man in der Tiefe des Hauses Schritte, schwere Schritte, die allmählich näher kamen, dann öffnete sich die Tür. Zuerst erkannte Barney die Gestalt in engen schwarzen Jeans und grünem Hemd nicht. Dann sah er, daß es der Junge Bill Hoover war, der Simon verfolgt hatte, um ihm die Karte abzunehmen. Und sofort fiel ihm die Szene auf Kenmare Head an jenem Tag wieder ein, die Gier in Miss Withers' Gesicht, als sie das Manuskript erblickte, und da wußte er, daß sie doch recht gehabt hatten.

Bills dumpfe Miene erhellte sich, als er Barney sah, und er grinste Miss Withers an.

„Sie haben ihn also", sagte er.

Mr. Withers fuhr schnell dazwischen, er trat vor und schob den Jungen beinahe aus dem Weg. „Hallo Bill", sagte er mit aalglatter Miene, „wir haben einen kleinen Freund von dir zu Besuch mitgebracht. Ich denke doch, daß niemand was dagegen hat. Wir könnten alle was zu essen gebrauchen, lauf und sieh mal nach, was du auftreiben kannst, bitte."

„Was dagegen haben?" sagte der Junge. „Das glaube ich bestimmt nicht." Er sah Barney wieder mit dem gleichen erwartungsvollen und unangenehmen Grinsen an. Dann drehte er sich um und verschwand den langen Korridor hinunter; im Vorübergehen rief er etwas in eine offenstehende Tür hinein.

„Komm herein, Barney", sagte das Mädchen. Sie schob ihn sanft durch die Tür und schloß diese hinter sich. Barney sah sich in dem langen leeren Flur um, sah die feuchten Stellen auf der verblaßten Tapete und kam sich sehr klein und einsam vor. Aus dem Inneren des Hauses rief eine tiefe Stimme: „Withers, sind Sie das?"

Mr. Withers, der dagestanden und Barney mit einem leichten Lächeln betrachtet hatte, fuhr zusammen und fuhr sich halb unbewußt mit der Hand an den Kragen. „Komm", sagte er schroff. Er nahm Barney bei der Hand und führte ihn den Korridor entlang. Ihre Schritte hallten auf dem nackten Bretterboden. Am Ende des Flurs kamen sie an eine Tür.

Es war ein großes Zimmer, das nach dem blendenden Sonnenlicht draußen dunkel wirkte. Die Fenstertüren an der einen Wand reichten vom Fußboden bis zur Decke. Die langen, schäbigen Samtvorhänge waren halb zugezogen, und die Lichtstrahlen, die hindurchdrangen, fielen auf einen großen, breiten Schreibtisch in der Mitte des Raumes, der mit Papieren und Büchern überhäuft war. Sonst schien der Raum leer zu sein. Barney fuhr zusammen, als er eine hohe männliche Gestalt sah, die sich im Schatten bewegte, dort, wo das Sonnenlicht nicht hinfiel.

„Ah“, sagte die tiefe Stimme, „ich sehe, Sie haben den Jüngsten mitgebracht. Das weißhaarige Kind. Ich freue mich sehr, seine Bekanntschaft zu machen. Wie geht es dir, Barnabas?“

Er streckte seine Hand aus, und Barney, der halb benommen war, ergriff sie. Die Stimme war nicht unangenehm und klang ganz freundlich. – „Guten Tag“, sagte er leise.

Er blickte zu dem großen Mann auf, hatte aber in dem Zwielicht nur einen undeutlichen Eindruck von tiefliegenden Augen unter dunklen, schweren Brauen und einem glattrasierten Gesicht. Der weiche Rand einer seidenen Jacke streifte seine Hand.

„Ich wollte gerade etwas Kühles trinken, Barnabas“, sagte der Mann so höflich, als spräche er zu einem, der älter war als er selbst. „Willst du mir Gesellschaft leisten?“ Er wies mit der Hand in die Schatten hinein, und Barney sah auf einem niedrigen Tischchen neben dem Schreibtisch einen Schimmer von Silber und weißem Leinen.

„Der Junge hat noch nicht gegessen, Sir“, sagte Miss Withers, die hinter Barney stand. Ihre Stimme war seltsam gedämpft und ehrerbietig. „Wir dachten, Bill könnte vielleicht etwas holen ...“ Ihre Stimme erstarb. Der Mann sah sie an und brummte.

„Gut, gut. Polly, ziehen Sie sich um Himmels willen normale Sachen an. Sie sehen lächerlich aus. Die Notwendigkeit, sich zu maskieren, ist vorbei, Sie sind nicht mehr auf einem Maskenfest." Er sprach in scharfem Ton, und Barney wunderte sich, wie zahm Miss Withers ihm antwortete.

„Ja, Sir, natürlich . . ." Sie schlüpfte in den Flur zurück, glatt und unmenschlich in dem schwarzen Katzenfell.

„Komm her, mein Junge, und setz dich." Die Stimme war wieder freundlich, und Barney trat langsam in den Raum hinein und setzte sich in einen Sessel. Der knarrte mit dem besonderen Knistern, das Rohrgeflecht macht, und Barney hatte einen Augenblick lang das Gefühl, daß er früher schon einmal in diesem Raum gewesen war. Seine Augen hatten sich an das dämmrige Licht gewöhnt, und er ließ seinen Blick über die dunklen Wände und die Büchergestelle schweifen, die bis zur Decke reichten. Da war etwas . . . aber er konnte sich nicht erinnern. Vielleicht erinnerte ihn der Raum auch nur ein wenig an das *Graue Haus*.

Als habe er seine Gedanken gelesen, sagte der Mann: „Wie ich höre, seid ihr im *Grauen Haus* in Ferien, oberhalb des Hafens."

Barney, der von seiner eigenen Kühnheit überrascht war, antwortete: „Es muß ein sehr interessantes Haus sein. Es ist das einzige, worauf uns alle Leute ansprechen."

Der Mann beugte sich vor und stützte dabei die Hand auf den Rand des Schreibtischs. „So?" Die tiefe Stimme hob sich ein wenig vor Spannung: „Wer sonst hat denn noch danach gefragt?"

„Oh, niemand wichtiges", sagte Barney hastig. „Es ist ja auch wirklich ein schönes Haus. Wohnen Sie hier, Mr. –?"

„Mein Name ist Hastings", sagte der große Mann, und beim Klang dieses Namens flammte wieder ein Gefühl von Vertrautheit in Barney auf, aber es war ebenso schnell wieder erloschen. „Ja, ich wohne hier. Das ist mein Haus. Gefällt es dir, Barnabas?"

„Es ist tatsächlich ähnlich wie das *Graue Haus*", sagte Barney.

Der Mann wandte sich ihm wieder zu: „Wirklich? Und was bringt dich auf diesen Gedanken?"

„Nun" – fing Barney an; aber da öffnete sich die Tür und Bill kam mit einem riesigen Tablett herein, darauf standen ein großer Krug Milch, ein paar Flaschen Bier, Gläser und ein großer Teller mit belegten Broten. Bill durchquerte den Raum und stellte das Tablett auf dem Schreibtisch ab. Er tat dies auf eine nervöse Art, stellte das Tablett in Reichweite des Mannes, so als fürchte er, diesem zu nahe zu kommen. „Miss Withers hat nach etwas zu essen gefragt, Sir", sagte er schroff, schon auf halbem Weg zur Tür. Der Mann winkte ihn ohne ein Wort hinaus.

Beim Anblick der Brote wurde sich Barney bewußt, wieviel Zeit seit dem Frühstück verstrichen war, und er faßte neuen Mut. Er lehnte sich in dem knarrenden Sessel zurück und blickte sich um. Es hätte schlimmer kommen können, dachte er. Der geheimnisvolle Mr. Hastings schien keine bösen Absichten zu hegen, und Barney begann es zu genießen, wie seine Feinde vor jemand anderem zu zittern schienen. Er nahm ein Brot von dem Teller, der ihm gereicht wurde, und biß herzhaft hinein. Das Brot war weich und frisch, dick mit Butter bestrichen und mit einem köstlichen eingemachten Fleisch belegt. Er fühlte sich immer wohler.

Mr. Withers trat schweigend an den Schreibtisch und goß Barney ein Glas Milch ein. Dann begann er, die Bierflaschen zu öffnen. Der große Mann mit Namen Hastings setzte sich in den Sessel hinter dem Schreibtisch, und während er Barney unter seinen schweren Brauen hervor nachdenklich betrachtete, wiegte er sich leise hin und her. Dann sagte er mit sanfter Stimme, so als wäre das gar nichts Besonderes: „Ist es unter dem *Grauen Haus* vergraben oder unter einem der stehenden Steine?"

Barney, der gerade einen Schluck Milch genommen hatte, verschluckte sich. Er tastete nach dem Schreibtisch und stellte sein Glas mit einem Knall hin, beugte sich vor, hustete und spuckte.

Mr. Withers kam auf leisen Sohlen heran und klopfte ihm auf den Rücken. „Du meine Güte, Barnabas", murmelte er, „hast du etwas in die falsche Kehle gekriegt?"

Barney, der fieberhaft überlegte, hustete noch ein wenig länger, als eigentlich nötig gewesen wäre. Als er aufblickte, nahm er instinktiv seine Zuflucht zu gespielter Unschuld. „Tut mir leid, ich hab mich verschluckt", sagte er. „Hatten Sie etwas gesagt?"

„Ich glaube, du hast ganz genau gehört, was ich gesagt habe", sagte Mr. Hastings. Er stand auf und überragte jetzt Barney auf seinem niedrigen Sessel gewaltig, dann ging er mit seinem Glas Bier in der Hand zum Fenster. Zum erstenmal fiel das Licht ihm ins Gesicht, und Barney, der ihn betrachtete, fühlte einen leichten Schauder: Die Brauen schienen ständig zusammengezogen zu sein, und von der Nase zu den Mundwinkeln hatten sich strenge Falten eingegraben. Es war ein strenges, entrücktes Gesicht, es hatte etwas von dem seines Großonkels, aber dahinter spürte man eine erschreckende Kälte, und das war so ganz anders als bei Großonkel Merry. Barney spürte den heißen Wunsch, es möchte doch jemand Großonkel Merry sagen, wo er sich befand.

Mr. Hastings hielt das Glas gegen das Fenster. Das Sonnenlicht fiel klar und golden hindurch. „Ein gewöhnliches Glas Bier", sagte er abwesend, „bis man es gegen das Licht hält. Dann wird es ganz durchsichtig, man kann hindurchsehen ..." – er wandte sich jetzt Barney zu, so daß er wieder als dunkle und drohende Silhouette vor dem Fenster stand – „... so durchsichtig wie alles, was ihr Kinder in diesen vergangenen Tagen getan habt. Glaubt ihr nicht, daß wir alles durchschaut haben? Glaubt ihr, wir hätten euch nicht beobachtet?"

„Ich weiß nicht, was Sie meinen", sagte Barney.

„Du magst ein dummer kleiner Junge sein", sagte Mr. Hastings, „aber so dumm bist du auch wieder nicht ... komm schon. Wir wissen, daß ihr eine Karte gefunden habt und daß ihr mit der Hilfe eures geschätzten Großonkels, Professor Lyon" – sein Mund verzog sich bei den Worten, als schmecke er etwas Unangenehmes –, „versucht habt, die Stelle zu finden, zu der die Karte führt. Wir wissen, daß ihr dem Ende dieser Spur sehr nahe gekommen seid, und da wir es, mein lieber Barnabas, uns nicht leisten können, daß ihr das Ziel erreicht, haben wir uns entschlossen, endlich das Netz zuzuziehen und eurem kleinen Kreuzzug ein Ende zu setzen. Und darum bist du hier."

Barney schauderte, als er die Drohung in der dunklen tiefen Stimme hörte. Sein Mund war ganz trocken. Er streckte die Hand aus, nahm das Glas mit Milch und tat noch einmal einen tiefen Zug. „Es tut mir leid", sagte er und blickte Mr. Hastings mit aufgerissenen Augen über den Rand des Glases hinweg an. Dann leckte er sich den Milchrand von der Oberlippe. „Ich weiß nicht, was Sie meinen. Könnte ich bitte noch ein Butterbrot haben?"

Er hörte, wie hinter ihm Mr. Withers scharf einatmete, und eine Sekunde lang hörte er tief im Innern seines Gehirns eine leise Stimme, die triumphierend frohlockte. Aber er beobachtete die hohe Gestalt am Fenster mit düsteren Ahnungen. Einen Augenblick lang schien es, als wachse sie noch und neige sich noch drohender über ihn. Dann trat sie plötzlich wieder vom Fenster weg in den Schatten des Raumes.

„Geben Sie ihm noch ein Butterbrot", sagte Mr. Hastings. „Und dann können Sie gehen, Withers. Sie wissen, was Sie zu tun haben. Wir haben nicht viel Zeit. Kommen Sie zurück, wenn ich läute."

Mr. Withers, dessen dunkel geschminktes Gesicht im Zwielicht kaum zu sehen war, schob den Teller mit Broten über den Tisch neben Barneys Ellbogen. Er sagte in unterwürfigem Ton: „Ja, Sir", und ging mit einer Verbeugung aus dem Zimmer.

Barney nahm noch ein Butterbrot. Was auch immer geschehen mochte, es änderte sich nichts daran, wenn er sich satt aß. „Warum nennen alle Sie Sir?" fragte er neugierig.

Der große Mann kam und setzte sich wieder an den Schreibtisch. Seine Finger spielten mit einem Bleistift. „Wen würdest du denn Sir nennen?"

„Nun, eigentlich niemanden. Nur die Lehrer in der Schule."

„Vielleicht bin ich einer ihrer Lehrer", sagte Mr. Hastings.

„Aber Sie sind doch nicht in der Schule."

„Ich glaube, das kannst du nicht verstehen, Barnabas. Es gibt tatsächlich viele Dinge, die du nicht verstehst. Ich wüßte gern, welche Geschichten dieser Großonkel euch in den Kopf gesetzt hat. Er hat euch bestimmt gesagt, daß wir schlecht und böse sind und daß er ein guter Mensch ist?"

Barney blinzelte ihn an und biß noch einmal in sein Butterbrot.

Mr. Hastings lächelte grimmig. „Ach, du weißt natürlich nicht, wovon ich rede. Du hast nicht die geringste Ahnung." Die bittere Ironie in der Stimme bewirkte, daß Barney die Nase kräuselte. „Nun, dann wollen wir das für einen Augenblick vergessen und so tun, einfach so tun, als wüßtest du, was ich meine. Man hat euch dazu gebracht, zu glauben, daß meine Freunde und ich das Böse schlechthin verkörpern. Daß wir den Hinweisen auf der Karte nachgehen wollen, weil wir mit dem, was wir finden, Böses tun können. Es gibt nichts, was dafür spricht, als das Wort deines Großonkels und vielleicht ein paar seltsame Dinge, die Polly und Norman Withers scheinbar getan haben."

Die Stimme wurde leiser, bis sie seidenweich und ganz sanft klang. „Aber denk doch einmal nach, Barnabas, was tut denn dein Großonkel für seltsame Dinge? Er taucht aus dem Nichts auf und verschwindet wieder . . . heute ist er auch wieder verschwunden, nicht wahr? Nein, du kannst mir natürlich nicht antworten, denn wir tun ja nur so, als wüßtest du, wovon ich rede. Aber dies ist nicht das erstemal, daß er unerwartet verschwunden ist, und ich glaube, es wird auch nicht das letztemal sein."

Er starrte Barney mit seinen dunklen Augen an, die durchdringend und klug unter den überstehenden Brauen hervorschauten. Barney aß sein Butterbrot ein wenig langsamer, er konnte seinen Blick nicht abwenden. „Und daß wir böse sein sollen . . . ja, Barnabas, komme ich dir wie ein schlechter Mensch vor? Habe ich dir irgend etwas zuleide getan? Da sitzt du und ißt und trinkst ganz zufrieden und siehst mir gar nicht verängstigt aus. Hast du Angst vor mir?"

„Sie haben mich entführen lassen", sagte Barney patzig.

„Na hör mal, das war doch nur ein kleiner Scherz von Polly. Ich wollte mit dir reden, das ist alles."

Mr. Hastings lehnte sich in seinem Sessel zurück und breitete seine Arme weit aus, wobei seine Fingerspitzen den Rand des Schreibtischs eben berührten. „Nun hör mal, mein Junge, ich will einen Handel mit dir machen. Ich werde dir sagen, was in Wirklichkeit hinter all dem steckt, was in den letzten Tagen geschehen ist, und du wirst aufhören, so zu tun, als hättest du die Karte nie gesehen."

Er wartete Barneys Antwort nicht ab. „Wir jagen tatsächlich hinter derselben Sache her wie dein Großonkel, meine Freunde und ich. Aber was immer er für Geschichten über uns erzählt hat, sie sind, offen gesagt, eine reine Erfindung. Dein Großonkel ist ein Gelehrter, ein hervorragender Gelehrter. Niemand bestreitet das, und ich weiß es wahrscheinlich besser als du. Das Schlimme ist, daß er es selber weiß und viel zuviel darüber nachdenkt."

„Was wollen Sie damit sagen?" fragte Barney empört.

„Wenn ein Mann berühmt ist, weil er ein großer Gelehrter ist, so wünscht er nichts so sehr, als weiterhin berühmt zu bleiben. Ihr habt dieses alte Manuskript gefunden, du und dein Bruder und deine Schwester, und als ihr es eurem Großonkel erzählt habt, hat er gemerkt, was ihr nicht bemerkt habt: wie bedeutend es ist. Als er es sah, wurde er darin noch bestärkt. Nun bin ich der Kurator, das heißt der Direktor eines der wichtigsten Museen der Welt. Ich bin schon lange auf der Suche nach dem Manuskript, das ihr gefunden habt, und besonders suche ich den Gegenstand, zu dem es den Weg weist. Beides ist für die Leute, die diese Dinge studieren, sehr wichtig und könnte das gesamte Wissen, das es darüber in der Welt gibt, verändern. Und dein Onkel wußte, daß ich auf der Suche danach war.

Aber als ihr das Manuskript fandet, sah er die Möglichkeit, sich selber auf die Suche zu machen. Je mehr er darüber nachdachte, desto verlockender kam es ihm vor. Er ist immer berühmt dafür gewesen, daß er über den Abschnitt der Geschichte, mit dem diese Gegenstände zu tun haben, sehr viel weiß. Wenn er sie findet, weiß er mehr als sonst jemand in der Welt. Die Leute würden sagen, was für ein erstaunlicher Mann

Professor Lyon ist, daß er so viel weiß, daß es auf der ganzen Welt niemanden gibt wie ihn ..."

„Und was würde er wissen?"

„Einzelheiten würdest du nicht verstehen", sagte Mr. Hastings schroff. Dann nahm seine Stimme wieder diesen tiefen überzeugenden Ton an. „Verstehst du denn nicht, Barnabas? Deinem Großonkel geht es nur um seinen eigenen Ruhm. Du brauchst auch nicht einen Moment lang damit zu rechnen, daß nach beendeter Suche euch Kindern etwas von der Ehre zuteil werden wird. Man wird alles ihm zuschreiben ... während ich und mein Museum und die Leute, die ich beschäftige, der Ansicht sind, daß alles Wissen geteilt werden sollte; daß kein Mensch allein das Recht darauf hat. Und wenn ihr uns helfen wollt, so werden wir dafür sorgen, daß euer Anteil an der Sache rechtmäßig gewürdigt wird. Die ganze Welt wird erfahren, was ihr geleistet habt."

Trotz seines Hungers hatte Barney sein Brot und seine Milch vergessen. Er saß da und hörte voller Unruhe zu; er versuchte zu verstehen, wo die Wahrheit lag. Ja, Großonkel Merry war oft seltsam, er war nicht wie andere Leute, aber trotzdem ...

Langsam und verwirrt sagte er: „Also, ich weiß nicht – das alles hört sich gar nicht nach Großonkel Merry an. So etwas könnte er nicht tun."

„Aber ich versichere dir –" Mr. Hastings sprang auf und begann zwischen Schreibtisch und Tür hin und her zu gehen. Er schien nicht länger seine Ruhe bewahren zu können. „Es stellt sich manchmal heraus, daß Leute, die man gut kennt, oft ganz ausgezeichnete Menschen, zu den überraschendsten Handlungen fähig sind. Ich merke wohl, daß du verblüfft und auch gekränkt bist. Aber dies ist die Wahrheit, Barnabas, und sie ist viel einfacher als das, was man dir eingeredet hat."

Barney sagte: „Wir sollten Ihnen also die Karte geben, damit Sie ..." Im letzten Augenblick verschluckte er das Wort Gral. Während des ganzen Gesprächs war der Gegenstand, zu dem die Karte führte, nicht erwähnt worden. Vielleicht wußten sie weniger, als sie zu wissen behaupteten. Vielleicht war dies eine Falle.

Mr. Hastings stutzte. „Ja?" sagte er.

„Nun, damit Sie finden, wohin sie führt." Barney griff wieder nach seinem Glas Milch und trank nachdenklich. „Dann würden Sie das Ding, was immer es ist, in Ihr Museum stellen, damit alle es sehen könnten."

Mr. Hastings nickte ernst. „So ist es, Barnabas. Alles Wissen ist heilig, aber es sollte nicht geheim sein. Ich glaube, du verstehst das. Dies ist etwas, das du – das wir im Namen der Wissenschaft tun sollten."

Barney schaute in seine Milch und ließ sie langsam im Glas kreisen. „Aber tut das Großonkel Merry nicht auch?"

„Nein, nein!" Mr. Hastings drehte sich ungeduldig auf dem Absatz herum und schritt hastig im Zimmer auf und ab. „Was immer er tut, er tut es im Namen von Professor Lyon, das ist alles. Wofür sonst würde er etwas tun?"

Barney konnte später nicht erklären, wie ihm die Worte in den Kopf gekommen waren, er sprach ohne zu überlegen, fast, als spräche jemand anders aus ihm. Er hörte sich selber mit klarer Stimme sagen: „Für König Arthur und die alte Welt, so wie sie war, bevor die Finsternis kam."

Die hohe dunkle Gestalt hielt unvermittelt an und blieb vollkommen still stehen, den Rücken Barney immer noch zugekehrt. Einen Augenblick lang herrschte absolute Stille im Raum. Es war, als hätte Barney einen Knopf gedrückt, der in jedem Augenblick eine donnernde Lawine auslösen würde. Er blieb bewegungslos und mit angehaltenem Atem sitzen. Dann wandte sich die Gestalt ganz langsam um. Barney schluckte, er spürte, wie seine Haare sich sträubten. Mr. Hastings befand sich in einer dunklen Ecke des Zimmers nahe der Tür, und sein Gesicht war im Schatten verborgen, aber er schien sich immer höher und drohender aufzurecken, und als er sprach, klang ein anderer Ton in seiner tiefen Stimme, der Barney vor Angst erstarren ließ.

„Du wirst feststellen, Barnabas Drew", sagte er leise, „daß die Finsternis immer kommt und immer gewinnt."

Barney sagte nichts. Es war, als hätte er die Sprache verloren, als wäre sie mit seinen letzten Worten für immer gestorben.

Mr. Hastings wandte den Blick nicht von ihm. Er streckte den Arm aus und zog zweimal an einer Schnur, die neben der Tür von der Decke hing. Innerhalb von Sekunden öffnete sich die Tür und Mr. Withers schlüpfte lautlos herein. Er hatte die dunkelbraune Schminke von Gesicht und Armen abgewaschen.

„Ist alles bereit?", fragte die tiefe Stimme.

„Ja, Sir", zischte Withers untertänig. „Der Wagen steht am Seiteneingang. Das Mädchen hat sich umgezogen. Sie wird fahren."

„Sie werden mit ihr fahren. Ich werde mit dem Jungen in dem geschlossenen Wagen folgen. Hat Bill ihn bereitstehen?"

„Der Motor läuft schon . . ."

„Wo bringen Sie mich hin?" Barneys Stimme war schrill vor Angst. Er sprang aus seinem Sessel und wollte zur Tür hinauslaufen, aber an der hohen Gestalt, die ihn mit dem Blick festhielt, konnte er nicht vorbei.

„Du kommst mit uns zur See", sagte die Stimme hinter den dunklen, stechenden Augen. „Du wirst dich ruhig verhalten und tun, was ich dir sage. Und wenn wir auf See sind, Barnabas, dann wirst du uns über deine Karte berichten und uns zeigen, wohin sie führt."

Kapitel 13

Das *Graue Haus* war so still und leer, wie sie es verlassen hatten. „Barney", schrie Simon die Treppe hinauf. „Barney?" Seine Stimme wurde unsicher und verstummte.

„Er kann nicht hier drinnen sein", sagte Jane. „Der Schlüssel liegt immer noch in seinem Versteck. O Simon, was kann nur mit ihm passiert sein?" Sie wandte sich beunruhigt wieder der offenen Haustür zu und blickte den Hügel hinunter.

Simon kam durch die dunkle, schattige Diele zurück und stellte sich neben sie in die Sonne, die durch die Tür hereindrang.

„Er muß uns im Hafen verpaßt haben."

„Aber dann wäre er doch hierher zurückgekommen. Dort unten ist jetzt keine Menschenseele mehr, sie sind alle hinter der Musik hergezogen. Dieser schreckliche Bill ist an uns vorbeigekommen – du glaubst doch nicht –"

„Nein", sagte Simon hastig. „Jedenfalls hat Barney Rufus bei sich. Da kann ihm nicht viel passieren. Warte nur, er ist bald zurück. Ich vermute, daß er Gummery getroffen hat, und sie suchen uns jetzt."

Er wandte sich ins Haus zurück, als Jane plötzlich voller Freude ausrief: „Schau mal! Du hast recht!"

Rufus kam den Berg herauf auf sie zugetrabt: ein roter Streifen, der sich schnell über die graue Straße zog. Aber hinter dem Hund konnten sie niemanden entdecken. Jane rief, und er hob die Schnauze und rannte noch schneller die Stufen hinauf und zwischen ihren Beinen ins Haus hinein. Dann blieb er stehen und schaute sie an; seine Zunge hing wie ein langes Band über seinen Unterkiefer. Aber sein Schwanz hing nach unten, und kein Springen und Bellen zeigte die Freude, mit der er sonst nach Hause kam.

„Keine Spur von Barney." Jane trat langsam von der Schwelle ins Haus hinein. Sie blickte auf Rufus hinunter. „Was ist denn? Was ist geschehen?"

Der Hund beachtete sie nicht. Er stand apathisch und mit leerem Blick da; selbst dann noch, als sie ihm zu trinken gegeben hatten und ihn mit in das Zimmer nahmen, von dem aus man den Hafen überblickte, gab er auf keine Weise zu erkennen, daß er sich bewußt war, nach Hause gekommen zu sein. Es war, als würde er an etwas ganz anderes denken.

„Vielleicht ist es die Hitze", sagte Simon. Es klang nicht sehr überzeugt. „Wir können nichts tun als warten. Die Yacht liegt jedenfalls noch im Hafen."

„Das bedeutet überhaupt nichts", sagte Jane niedergeschlagen.

„Nun, es bedeutet –" Aber Simon kam nicht mehr dazu, etwas zu erklären.

Jane hatte ihn aufgeregt am Arm gepackt. Er sah, daß sie auf Rufus starrte.

Sie konnten es später nicht erklären. Es war, als hätte Rufus dagelegen und auf etwas gehorcht und schließlich das gehört, worauf er wartete – und doch, bestimmt wußten sie, daß sie nicht das geringste Geräusch vernommen hatten. Er hob den Kopf und hatte die Augen so weit aufgerissen, daß man das Weiße darin sah; dann erhob er sich langsam, eher wie ein alter Mann und nicht wie ein Hund. Die Ohren waren gespitzt und die Schnauze hoch erhoben – sie wies auf etwas, das sie nicht sehen konnten. Dann begann er langsam und entschlossen auf die Tür zuzugehen.

Simon und Jane folgten ihm wie gebannt. Rufus ging in die Diele und auf die Eingangstür zu, dort blieb er wartend stehen. Er wandte den Kopf nicht. Er stand einfach da, ganz starr, und schaute auf die Tür, als sei er ganz sicher, daß sie wußten, was er von ihnen verlangte.

Während er verwirrt auf den langen, geraden roten Rücken starrte, streckte Simon die Hand aus und öffnete die Tür. Sie blieben auf der Schwelle stehen und beobachteten ganz verwirrt, wie Rufus mit dem gleichen uralten Vertrauen die Straße in ganz gerader Linie überquerte. Als er die andere Seite erreicht hatte, sprang er mit einer schnellen leichten Bewegung hoch und blieb aufrecht auf der Mauer stehen, hinter der der Fels zwanzig Meter tief senkrecht zum Hafengelände abfiel. Er schien auf die See hinauszublicken.

„Er wird doch nicht springen?" Jane zuckte vor Angst zusammen, konnte aber nur ein Flüstern herausbringen.

Und dann hörten sie den Laut, den sie nie mehr vergessen sollten.

Barney erlebte wie in einem Traum bewußt, daß er aus dem großen stillen Haus geführt und in einem Wagen weggebracht worden war und daß sie sich nun in einer Gruppe fortbewegten und das Murmeln der See ganz nahe war. Aber er war sich nicht gewiß, wie viele sie waren oder wohin sie ihn brachten. Seit jenem Augenblick in dem schattigen Zimmer, als jene glühenden schwarzen Augen ihn angestarrt hatten, wußte er nur noch eins: daß er tun mußte, was man ihm sagte. Er hatte keine eigenen Gedanken mehr; es war ein seltsames, entspanntes Gefühl, als läge er in einem behaglichen Halbschlaf. Es gab keine Auseinandersetzung mehr, keinen Kampf. Er wußte nur noch, daß die hohe schwarze Gestalt an seiner Seite mit dem breitrandigen schwarzen Hut sein Meister war.

Meister . . . wer sonst hatte an diesem Tag dieses Wort gebraucht?

„Komm, Barnabas", sagte die tiefe Stimme über ihm. „Wir müssen uns beeilen. Die Ebbe setzt ein, wir müssen die Yacht erreichen."

„Die Yacht erreichen", sagte Barney wie im Traum zu sich selbst, „wir gehen auf See." Es war die See, die er riechen konnte, neben ihm klatschte das Wasser an die Mauer des Hafens von Trewissick.

Von weit weg, so als käme sie aus großer Höhe, hörte er Polly Withers' drängende Stimme: „Von der Straße vor dem Haus aus kann uns jeder sehen. Sie werden uns sehen, ich weiß es –"

„Polly“, sagte die tiefe schleppende Stimme: „Polly, ich bin derjenige, der sieht. Wenn unsere alte Dorffreundin ihre Arbeit gut gemacht hat, wird niemand dort sein. Und wenn man die anderen Kinder hat entkommen lassen . . . können sie es etwa mit uns aufnehmen?“

Von irgendwoher kam Mr. Withers' leises, boshaftes Lachen. Barney ging wie eine Maschine weiter. Die Luft war warm und schwer, die Sonne brannte ihm ins Gesicht. Seit sie das Haus verlassen hatten, hatte er sie miteinander sprechen hören, aber nichts, was sie sagten, schien für ihn noch eine Bedeutung zu haben. Er hatte keine Angst; er hatte Simon und Jane vergessen. Es war, als schwebte er außerhalb seiner selbst und beobachtete mit mildem Interesse, wie sein Körper sich fortbewegte, aber er fühlte nichts.

Und dann kam, so plötzlich wie ein Bogen zerspringt, der Laut. In die Luft hinein, über ihren Köpfen, heulte ein Hund: Es war ein langgezogener unheimlicher Ton, so unerwartet und so voller Angst, daß alle für einen Augenblick wie erstarrt stehenblieben. Es klang über den Hafen hinweg, ein gedehntes, unmenschliches Heulen, das alle Warnungen und allen Schrekken der Welt enthielt. Selbst Mr. Hastings stand da wie gebannt und lauschte.

Und der Barney, der außerhalb von Barney nur lose mit ihm verbunden in der Luft schwebte, fühlte, wie dieser Ruf ihn mit einem gewaltsamen Ruck weckte. Er blickte auf und sah Rufus über sich stehen. Der Hund hob sich rot vom Himmel ab, und der Laut kam immer noch bebend aus seiner Kehle. Und plötzlich wußte der Junge, wo er war und daß er sich davonmachen mußte.

Er drehte sich auf dem Absatz, duckte sich unter den Armen, die zu spät nach ihm griffen, weg und rannte den Kai entlang auf die Straße zu. Die Steigung war menschenleer, der Festzug hatte alles hinter sich hergezogen, und er hatte einen Vorsprung von fünfundzwanzig Metern, bevor die verwirrte Gruppe auf dem Kai die Verfolgung richtig aufnehmen konnte. Er hörte hinter sich die Schreie und das Getrampel der Füße und stürzte den Hügel hinauf auf das *Graue Haus* zu.

Simon und Jane standen völlig verwirrt auf den Eingangsstufen. Zuerst dieses grauenhafte Geheul von Rufus, und nun kam plötzlich Barney angelaufen mit vier bedrohlichen Gestalten auf den Fersen. Sie liefen ihm, ohne zu überlegen, die Stufen hinunter entgegen, dann wandten sie sich erschrocken um – sie hatten hinter sich etwas Entsetzliches gehört: Die Tür des *Grauen Hauses* war zugeschlagen, und der Schlüssel steckte innen.

Barney hatte sie taumelnd erreicht, und Rufus war von der Mauer heruntergesprungen und zurückgekommen. Jane sagte, außer sich vor Angst: „Wohin?“

Simon wandte sich verzweifelt dem Holztor in der Gartenmauer zu, das den Seiteneingang zum *Grauen Haus* bildete. Oft war es verschlossen. Er drückte mit klopfendem Herzen die Klinke. Freudige Erleichterung überflutete ihn, als sie nachgab, er stieß die Tür auf.

„Schnell!“ schrie er.

Die vier Gestalten, die wütend und hartnäckig hinter Barney hergerannt kamen, waren nur ein paar Schritte hinter ihm. Jane und Barney schossen durch das Tor, Rufus war wie ein rotes Schneegestöber zwischen ihren Beinen. Die Mauer schien zu beben, als Simon die Tür zuknallte und eilig die drei schweren Eisenriegel vorschob. Sie liefen durch den schattigen, schmalen Durchgang zwischen dem *Grauen Haus* und dem Nachbargebäude und blieben an dessen Ende stehen. Draußen schlitterten Füße gegen die Tür. Sie sahen, wie die Klinke sich wieder hob, nachdem sie von draußen niedergedrückt worden war. Sie wurde ärgerlich gerüttelt, dann bumste jemand gegen die Tür. Dann war Stille.

„Wenn sie nun über die Mauer klettern?“ flüsterte Jane ängstlich.

„Das können sie unmöglich“, gab Simon flüsternd zurück. „Sie ist zu hoch.“

„Vielleicht brechen sie das Tor ein.“

„Die Riegel sind ziemlich stark. Auf jeden Fall würden das die Leute sehen und Verdacht schöpfen ... Horch! Sie sind weg.“

Alle lauschten angestrengt. Vom Tor am Ende des Durchgangs kam kein Laut. Rufus schaute sie fragend an und winselte. Klagend blies er die Luft durch die Nase.

„Was machen sie? Sie müssen etwas vorhaben . . ."

„Schnell", sagte Simon entschlossen. „Wir müssen vom Haus weg sein, bevor sie Zeit haben, hintenherum zu kommen. Das werden sie bald geschafft haben."

Voller Angst liefen sie durch den kleinen Hintergarten und durch das kniehohe Gras zur Hecke am hinteren Ende. Rufus sprang fröhlich um sie herum und versuchte, Barneys Gesicht zu lecken. Den geheimnisvollen Impuls, der ihn dazu getrieben hatte, jenes lange, unheimliche Heulen auszustoßen, schien er vergessen zu haben. Jetzt tat er so, als wäre alles nur ein herrliches Spiel.

„Ich hoffe nur, daß der Hund still ist", sagte Jane ängstlich.

Simon spähte durch die Lücke in der Hecke.

„Er wird still sein", sagte Barney. Er beugte sich nieder, umschloß mit einer Hand sanft die lange rote Schnauze und murmelte etwas ins Ohr des Hundes.

Simon richtete sich auf. „Alles klar. Kommt."

Einer nach dem andern schlüpften sie durch die Hecke und betraten die Straße, die vom Hafen im Bogen hinter den Häusern verlief und dann am Rand von Kenmare Head entlangführte.

„Oh", sagte Jane, von einer plötzlichen Angst befallen, „wenn wir nur wüßten, wohin Gummery gegangen ist."

Barney sagte entsetzt: „Habt ihr ihn nicht gefunden? Und was ist mit Mrs. Palk?"

„Nein, wir haben ihn nicht gefunden. Wir haben Mrs. Palk zwar gesehen, konnten aber wegen der Menschenmenge nicht zu ihr. Hast du ihn denn nicht gesehen? Warum waren sie hinter dir her? Wo bist du hergekommen? Wir dachten, etwas Schreckliches müßte passiert sein, als Rufus allein zurückkam, aber wir wußten nicht, wo wir noch suchen sollten."

„Warte einen Augenblick", sagte Barney. Der Schock, der ihn aus seiner seltsamen Benommenheit geweckt hatte, verwandelte sich jetzt in das bedrängende Gefühl, daß ihnen keine

Zeit mehr blieb. So viele Dinge, die er in der letzten Stunde gehört hatte, schwirrten in seinem Kopf herum; und während er begann, ihre Bedeutung zu verstehen, wuchs seine Unruhe immer mehr.

„Simon", sagte er mit großem Ernst, „wir müssen den Gral holen. Jetzt. Sogar ohne Großonkel Merry. Wir haben keine Zeit mehr, ihn zu suchen oder auf ihn zu warten. Ich glaube, sie sind nahe dran. Nur noch nicht ganz, deshalb brauchten sie mich."

„Zuerst müssen wir weg von hier." Simon sah sich ängstlich um. „Sie könnten von beiden Seiten vom Hafen heraufkommen. Wir müssen von der Straße herunter und uns auf der Weide auf der Hinterseite der Landzunge verstecken. Das Gelände ist dort flach, es müßte uns gelingen, uns versteckt zu halten."

Sie überquerten die Straße und betraten die Wiesen am Fuß von Kenmare Head. Die Sonne stand immer noch hoch am Himmel, und die Hitze lastete auf ihnen wie eine Riesenhand. Aber nicht einmal Jane machte sich darüber Sorgen, einen Sonnenstich zu bekommen.

Als sie die Hecke an der entfernten Seite der ersten Weide erreichten, hörten sie Stimmen. Ohne sich umzusehen, krochen sie schnell durch die Hecke hindurch und legten sich auf der anderen Seite flach ins Gras. Barney legte vorsichtshalber den Arm um Rufus' Schultern, aber der Hund lag ganz still. Seine lange rosa Zunge hing ihm seitlich aus dem Maul.

Niemand hatte gesehen, von welcher Seite sie kamen, aber plötzlich standen die Gestalten auf der Straße. Der dünne Mr. Withers stand etwas gebeugt da und fuhr mit dem Kopf hin und her wie ein Wiesel. Der Junge Bill in seinem bunten Hemd ging nach allen Seiten ausspähend kampflustig hin und her, und die hohe, drohende Gestalt in Schwarz überragte die beiden. Sie war wie ein dunkler Pinselstrich quer über den hitzeflirrenden Sommertag. Während Simon die Verfolger beobachtete, fiel ihm plötzlich seine Verzweiflung ein, als die drohenden Schritte die einsame Straße entlang hinter ihm hergedonnert waren, und er wandte den Blick von dem Mann ab.

„Das Mädchen ist nicht dabei", zischte Barney, „sie paßt bestimmt vor dem Haus auf, für den Fall, daß wir dort herauskommen sollten."

Die kleine Gruppe blieb einen Augenblick unentschlossen stehen. Bill drehte sich um und spähte über die Weide hinweg genau auf ihre Hecke. Die drei Kinder schmiegten sich dichter an den Boden; sie wagten kaum zu atmen. Aber Bill wandte den Blick wieder ab, offenbar hatte er keinen Verdacht geschöpft. Auch Withers ließ den Blick über die Weide schweifen und sagte etwas zu dem Jungen. Der Junge schüttelte den Kopf.

Die hohe Gestalt in Schwarz hatte regungslos ein wenig abseits gestanden. Es war schwer zu erkennen, in welche Richtung sie blickte. Plötzlich hob sie den Arm und deutete seewärts und auf den hohen Rücken von Kenmare Head. Sie schien ernst auf die andern einzureden.

„Was werden sie tun?" flüsterte Jane. Das rechte Bein war ihr eingeschlafen, sie sehnte sich nach Bewegung.

„Wenn sie zur Spitze der Landzunge gehen, dann haben wir verloren", sagte Simon leise mit gequälter Stimme.

„Um Gottes willen, zu wie vielen sind sie denn? Dieser große Mann ..." Jane betrachtete ihn wie gebannt durch das wirre Laub der Hecke hindurch. Sie konnte sein Gesicht nicht sehen, aber etwas an ihm kam ihr vertraut vor, und ihr wurde ganz kalt dabei. Während sie noch hinschaute, nahm er für einen Augenblick den breitkrempigen schwarzen Hut ab und fuhr sich mit der Hand über die Stirn, und plötzlich erkannte sie die Form des Kopfes mit dem dichten dunklen Haar. Das Muster, das Zweige und Blätter vor ihren Augen bildeten, begann sich zu drehen, und sie packte Simon am Arm.

„Simon! Er ist es wieder! Es ist –"

„Das weiß ich", sagte Simon. „In dem Augenblick, als er um die Ecke bog, wußte ich es. Ich dachte, du wüßtest es auch."

„Er ist der Chef von allen", flüsterte Barney im gleichen dringenden Ton. „Er heißt Hastings."

„Das stimmt", sagte Jane leise. „Hastings. Der Pfarrer."

Barney drehte sich ein wenig im Gras, um sie ansehen zu können. „Er ist kein Pfarrer."

„Doch. Ich hab ihn im Pfarrhaus gesehen. Ihr wißt doch . . ."

„War es ein großes, geräumiges Haus, und ganz vernachlässigt?" fragte Barney langsam. „Mit einer langen Auffahrt und einem Zimmer ganz voller Bücher?"

Jetzt war Jane an der Reihe, verblüfft zu sein: „Ich weiß noch, daß ich das von den Büchern erzählt habe, aber nicht von der Auffahrt. Wie hast du –"

Barney sagte im Ton fester Überzeugung: „Du kannst sagen, was du willst, er ist nicht der Pfarrer. Ich weiß nicht, was er ist, aber das nicht. Das kann er unmöglich sein. Er hat etwas wirklich Scheußliches an sich. Er ist ganz so, wie Großonkel Merry uns die Gegner beschrieben hat, man fühlt es, wenn man ihn ansieht. Und er sagt Dinge . . ."

„Bleibt unten!" sagte Simon plötzlich. Sie drückten alle die Köpfe ins Gras und blieben eine ganze Weile schweigend liegen. Die Sonne brannte ihnen auf den Rücken und versengte die Haut in ihren Kniekehlen, und das kühle hohe Gras am Rand der Hecke kitzelte ihnen die Wangen. Rufus regte sich und grunzte und war dann wieder still. Er war eingeschlafen.

Nach einiger Zeit hob Simon ängstlich den Kopf ein paar Zentimeter über den Boden, hörte aber nichts als den weit entfernten Schrei einer einzelnen Möwe hoch oben in der Luft. Er hatte gesehen, wie die drei Gestalten sich umwandten und über die Wiese kamen, und einen Augenblick lang hatte er geglaubt, sie säßen in einer Falle. Aber jetzt war niemand mehr zu sehen, weder auf der Straße noch auf der schweigend daliegenden Weide.

„Sie sind weg!" flüsterte er triumphierend. Auch Jane und Barney hoben langsam und vorsichtig die Köpfe.

„Schaut mal!" Jane hatte sich auf einen Ellbogen aufgestützt und wies zur Küste hin. Dort waren sie, die hohe schwarze Gestalt und zu ihren beiden Seiten die zwei kleineren. Beim schnellen Gehen ruckten ihre Köpfe auf und ab und waren bald am Abhang von Kenmare Head verschwunden.

„Oh!" Barney rollte sich auf den Rücken und stöhnte verzweifelt. „Wir sind abgeschnitten! Wie sollen wir jetzt auf die Landzunge hinauskommen?"

Jane setzte sich auf und streckte wimmernd die verkrampften Beine. Sie sagte niedergeschlagen: „Ich weiß gar nicht, warum du dich so aufregst? Wir können gar nichts machen. Wir haben herausbekommen, wo der Gral ist, aber wir können nicht hin. Wenn es einen Zugang von unten gibt, so liegt er unter Wasser, und das Loch, das wir oben entdeckt haben, ist zu eng, auch mit einem Seil könnte man nicht hindurchkommen.

Barney schrie beinahe: „Aber sie werden es schaffen. Ich weiß es. Dieser Mann kann alles. Er scheint schon alles geplant zu haben, bevor er überhaupt weiß, was geschehen wird. Und wenn sie das Loch im Felsen finden ..."

„Aber sie können ebensowenig wie wir da hinuntersteigen", sagte Jane beschwichtigend. „Und von unten her können sie auch nicht hinein, oder sie müßten Tauchgerät auf der Yacht haben. Im übrigen", fügte sie ohne viel Überzeugung hinzu, „sind wir doch auch nicht völlig sicher, daß der Gral überhaupt da unten ist."

„Aber wir sind sicher, das weißt du genau!" Barneys Ratlosigkeit und Enttäuschung wurden unerträglich. „Wir müssen sie aufhalten. Auch wenn wir selbst nichts tun können, wir müssen sie aufhalten!"

„Sei nicht kindisch", sagte Jane gereizt. „Wir müssen sie machen lassen und ihnen aus dem Weg gehen, bis wir Großonkel Merry gefunden haben. Wir können überhaupt nichts machen."

„Doch", sagte Simon. Seine Stimme klang gepreßt und etwas schroff, so wie sie immer klang, wenn er versuchte, seine Erregung zu unterdrücken. Sie schauten ihn an, und Jane hob skeptisch die Augenbrauen. Simon sagte nichts. Er saß da, die Arme um die Knie geschlungen, und blickte mit gerunzelter Stirn über die Wiese.

„Los, sag schon."

„Die Ebbe."

„Die Ebbe? Was soll das?"

„Es ist jetzt Ebbe."

„Na und? Was ist denn so aufregend daran? Das weiß ich auch", sagte Barney nachdenklich. „Man konnte unten im Hafen den Schlamm auf dem Boden sehen."

Aber Simon hörte nicht zu. „Jane, du erinnerst dich doch, was Mr. Penhallow unten am Hafen sagte. Über die Ebbe."

„O ja" – Janes Miene hellte sich ein wenig auf. „Ja, das stimmt, er sagte, daß das Wasser heute sehr weit zurückgeht ... Springflut ... man kann ganz um die Klippen herum ..."

„Man kann über die Klippen ganz herum", sagte Simon.

„Und was soll das?" fragte Barney.

„Wir können auf den Klippen ganz herum", sagte Simon deutlich und geduldig, „wir können am Fuß von Kenmare Head ganz um die Halbinsel herum."

Jane fiel ihm ins Wort und fuhr fort: „Und die Höhle, der Eingang, der unter Wasser liegt – als wir heute morgen das Rauschen der See durch das Loch oben hörten, war Flut. Die Wellen schlugen also immer noch über den Eingang. Aber verstehst du nicht, Barney, da das Wasser heute so besonders niedrig ist – wenn die Klippen unten bloßliegen, so kann vielleicht auch der Eingang der Höhle bloßliegen, und wir könnten hinein."

Auf Barneys Gesicht wechselte der Ausdruck so, daß es fast komisch aussah: Die Starre wurde von Aufregung abgelöst und dann von Entsetzen. „O Gott, dann kommt, laßt uns hin!" Er sprang auf die Füße und wimmerte dann: „Aber wir können ja nicht! Einer von ihnen bewacht den Hafen, und die anderen drei sind auf der Landzunge – wie können wir da hinunterkommen, ohne daß sie uns sehen?"

„Das habe ich mir schon überlegt." Simon glühte vor Wichtigkeit. „Gerade vor einer Minute. Da ist doch die andere Seite. Die Bucht auf der anderen Seite der Landzunge, wo wir baden. Die können wir von hier aus über die Wiesen erreichen, ohne daß sie uns sehen. Sie müßten schon an den stehenden Steinen sein und in diese Richtung schauen. Wenn sie das tun, dann ist alles vorbei, aber es ist wirklich die einzige Möglichkeit, die ich sehe."

„Da werden sie nicht sein", sagte Jane zuversichtlich. „Sie erwarten nicht, daß wir zur Bucht hinuntergehen. Sie werden die Hafenseite im Auge behalten."

„Dann kommt, wir müssen schnell machen. Jetzt noch schneller als sonst. Ich glaube, als wir am Hafen standen, ging das Wasser immer noch zurück, aber es kann sich jeden Augenblick wenden. Wenn wir nur genau wüßten, wann der Gezeitenwechsel ist."

Barney war schon ein Stück vorgelaufen, und Rufus sprang wieder um ihn herum. Plötzlich blieb er mit besorgtem Gesicht stehen und wandte sich langsam um: „Und Großonkel Merry? Jetzt wird er uns überhaupt nicht mehr finden. Er wird sich zu Tode ängstigen."

„Als er heute morgen verschwand, hat er sich auch nicht darum gekümmert, ob wir uns zu Tode ängstigen", sagte Simon schroff.

„Aber trotzdem."

„Hör mal", sagte Simon, „ich bin der älteste, und ich habe die Führung. Entweder suchen wir den Gral oder Gummery, für beides haben wir keine Zeit, Barney. Und ich sage, wir suchen den Gral."

„Ich auch", sagte Jane.

„Na gut", sagte Barney. Er ging weiter und war insgeheim erleichtert, daß er einem Befehl folgen konnte. Er fand, daß er für Jahre genug davon hatte, den einsamen Helden zu spielen – seine heimlichen Träume, in denen er in glänzender Ritterrüstung einsame Heldentaten vollbrachte, würden nie mehr die gleichen sein.

Sie waren alle drei heiß und atemlos, als sie den Strand in der Trewissick benachbarten Bucht erreichten. Aber zu ihrer Erleichterung merkten sie, daß die Flut noch nicht wieder eingesetzt hatte.

Die See schien meilenweit draußen zu liegen, hinter einer weiten Fläche silberweißen Sandes, der ohne jede Fußspur in der Sonne glänzte, und als sie eifrig am Rand der Landzunge entlang spähten, sahen sie, daß die Klippen am Fuß des Steilhangs frei lagen. Zuvor hatten sie sie immer nur von Wasser überspült gesehen, selbst wenn die Ebbe ihren tiefsten Stand erreicht hatte.

Ihre Füße sanken im trockenen Sand am oberen Rand des Strandes ein. Barney ließ sich zu Boden fallen und fing an, seine Sandalen zu lösen. „Wartet einen Augenblick. Ich ziehe mir die Schuhe aus."

„Los, komm", sagte Simon ungeduldig, „du mußt sie doch wieder anziehen, wenn wir an die Felsen kommen."

„Es ist mir gleich. Ich ziehe sie jetzt trotzdem aus. Und außerdem bin ich müde."

Simon stöhnte und schlug sich ungeduldig mit dem Teleskopfutteral ans Knie. Mehr denn je war er entschlossen, das Manuskript nicht aus der Hand zu geben, und das Rohr lag jetzt heiß und feucht in seiner Hand.

Jane setzte sich neben Barney in den Sand. „Komm, Simon, laß uns wenigstens fünf Minuten ausruhen. Das wird nicht schaden, mir ist auch schrecklich heiß."

Nicht ungern ging Simon in die Knie und ließ sich dann flach auf den Rücken fallen. Die Sonne schien ihm in die Augen, und er drehte sich schnell um. „Mensch, was für ein Tag. Wie gern würde ich ins Wasser gehen!" Er schaute voller Sehnsucht auf die See hinaus, aber dann ging sein Blick schnell wieder zu den Felsen.

„Das Wasser ist weiter zurückgegangen, als ich dachte. Seht mal, es wird ganz leicht sein, am unteren Rand um das Kliff herumzugehen. An manchen Stellen sieht es ziemlich naß aus, da wo die Flut Wasser zurückgelassen hat, aber da werden wir leicht hindurchwaten können."

„Da wirst du deine Schuhe ja auch ausziehen müssen", sagte Barney triumphierend. Er schnallte die Riemen der Sandalen zusammen und legte sie sich um den Hals, spielte lustvoll mit den Zehen im Sand und schaute zu den Möwen auf, die hoch über dem Strand kreisten und deren Schreie man nur leise hörte. Dann schreckte er auf. „Horcht!"

„Ich hab es auch gehört", sagte Simon und sah beunruhigt auf. „Komisch, es klang wie eine Eule."

„Es war eine Eule", sagte Barney und schaute zum hoch aufragenden Kliff der Landzunge empor. „Es kam von da oben. Ich dachte, man hörte Eulen nur bei Nacht."

„Tut man auch. Und wenn sie bei Tageslicht auftauchen, werden sie von allen anderen Vögeln verfolgt, weil sie deren Junge fressen. Wir haben es in der Schule gehabt."

„Aber die Möwen scheinen sich gar nicht zu kümmern", sagte Barney. Er schaute zu den dunklen Punkten auf, die träge am Himmel hin und her segelten. Dann sah er sich am Strand um. „He, wo ist Rufus?"

„Oh, er ist hier irgendwo. Vor einer Minute war er noch da."

„Nein, er ist nicht da." Barney stand auf. „Rufus, Rufus!" Er stieß den langgezogenen Pfiff aus, auf den hin der Hund immer kam. Hinter sich hörten sie ein Bellen, und als sie vom Strand her auf die sanft ansteigende Wiese blickten, sahen sie Rufus am Rand des Grases stehen. Er stand von der See abgewandt und drehte jetzt den Kopf, um sie anzusehen.

Barney pfiff noch einmal und klopfte sich aufs Knie. Der Hund rührte sich nicht.

„Was ist nur los mit ihm?"

„Er sieht aus, als ob er Angst hätte. Ob er sich verletzt hat?"

„Hoffentlich nicht." Barney lief den Strand hinauf und nahm Rufus am Halsband, dabei streichelte er ihm den Hals. Der Hund leckte ihm die Hand. „Komm, Rufus", sagte Barney sanft. „Nun komm schon. Da ist ja nichts. Nun komm, Rufus." Er zog vorsichtig am Halsband und wandte sich Simon und Jane wieder zu. Aber Rufus rührte sich nicht. Er winselte, strebte vom Strand weg; seine Ohren waren gespitzt und zuckten, und als Barney ungeduldig an seinem Halsband zog, wandte er den Kopf und stieß ein leises warnendes Knurren aus.

Ratlos ließ Barney los, und in dem Augenblick zuckte der Hund, als hätte er etwas gehört. Er knurrte noch einmal, löste sich von Barney und trabte schnell über das Gras hinweg. Barney rief, aber Rufus lief ohne anzuhalten mit geneigtem Kopf weiter. Den Schwanz zwischen den Beinen rannte er in gerader Linie davon, bis er um die Landzunge herum verschwunden war.

Barney ging langsam über den Strand zurück. „Habt ihr das gesehen? Es muß ihn etwas erschreckt haben – ich wette, er läuft nach Hause."

„Vielleicht war es die Eule", sagte Simon.

„Vielleicht – he, hört mal, da ist sie wieder!"

Barney schaute nach oben. „Sie ist oben auf der Landzunge."

Diesmal hörten sie es alle; ein langer heiserer Klagelaut kam von oben herab: „Whuuu-uu . . ."

Während sie horchten, fühlte Jane tief in ihrem Innern eine Warnung. Zuerst konnte sie es nicht verstehen. Beunruhigt schaute sie zu der emporragenden Masse von Kenmare Head empor, wo die Spitzen der stehenden Steine sich gegen den Himmel abzeichneten.

„Der dumme Vogel", sagte Simon gleichgültig und ließ sich wieder auf den Rücken fallen, „der denkt wohl, es ist Nacht. Sag ihm, er soll wieder zu Bett gehen."

Aber als wäre etwas in ihrem Kopf explodiert, erinnerte sich Jane plötzlich. „Schnell, Simon, das ist überhaupt kein Vogel. Es ist keine Eule. *Sie* sind es!"

Die anderen starrten sie an.

Jane sprang auf, die einschläfernde Wärme von Sand und Sonne waren vergessen. Angst hatte sie ergriffen. „Erinnert ihr euch nicht – in der Nacht oben auf der Höhe bei den stehenden Steinen? Da hörten wir auch eine Eule schreien, und darum ging Gummery nachschauen, weil er dachte, es klänge irgendwie falsch. Und es waren nicht die Eulen, es war der Feind. O schnell, vielleicht haben sie uns gesehen. Vielleicht war das das Signal, mit dem einer die andern benachrichtigt hat, daß wir hier sind!"

Simon war schon aufgestanden, bevor sie zu Ende gesprochen hatte. „Komm, Barney, schnell."

Vom überschaubaren leeren Strand stürzten sie zum felsigen Rand der Landzunge. Der Sand knirschte unter ihren Füßen, während sie liefen. Barneys Sandalen hüpften ihm auf der Brust. Jane verlor das Band, das ihren Pferdeschwanz zusammenhielt, und ihr Haar fiel lose herunter und kitzelte sie im Nacken. Simon rannte und hielt dabei die Teleskophülle fest in der Hand wie den Stab beim Staffellauf. Sie rannten geradewegs auf das Kliff zu, blieben erst dicht unter der hohen grauen Steilwand stehen und blickten ängstlich zu dem Grasland zurück, das hinter dem Strand anstieg. Aber da war niemand, der sie verfolgte, und sie hörten keinen Eulenschrei mehr.

„Vielleicht haben sie uns doch nicht gesehen."

„Ich glaube, man kann diesen Strand von keiner Stelle oben auf dem Vorgebirge sehen."

„Trotzdem – wir müssen uns beeilen. Kommt, sonst kommt die Flut und wir sind verloren!"

Sie liefen immer noch über Sand am Kliff entlang auf das Ende der Landzunge und die See zu. Dann kamen sie an die Felsen und fingen an zu klettern.

Es war gefährlich, sich auf den Felsen fortzubewegen. Zuerst waren sie noch trocken und ziemlich glatt, und es war leicht, von einer grauen, zerklüfteten Klippe zur nächsten zu springen. Man konnte die kleinen Wasserlöcher umgehen, in denen Seeanemonen ihre Fühler wie gefiederte Blüten zwischen den Blättern des Tangs ausbreiteten und wo durchsichtige Krabben hin und her flitzten. Aber bald kamen sie an die Felsen, die nur bei ganz niedriger Ebbe nach Springfluten bloßlagen. Hier wuchsen große Mengen von Seetang, der immer noch naß in der Sonne glänzte, schlüpfriger brauner Tang, der unter ihren Füßen quatschte und rutschte. Manchmal gab er ohne Warnung nach und ließ sie in ein Wasserloch platschen. Dann kam eine lange Strecke Wasser, das zwischen den Felsen nicht hatte ablaufen können. Barney, der seine Schuhe immer noch nicht hatte anziehen wollen, hing ein wenig hinter den andern her. Sie warteten am Rand des Wassers, während er vorsichtig mit den Füßen tastend auf sie zukam. „Au!" sagte er, als er auf eine Muschel trat.

„Zieh doch die Sandalen an", flehte Jane ihn an. „Es ist doch nicht schlimm, wenn sie naß werden, unsere triefen auch schon. Du könntest in diesem Wasser auf etwas treten und dir die Füße ganz kaputtmachen."

Barney, der sich schon ein paarmal weh getan hatte, sagte erstaunlich zahm: „Also gut." Er hockte sich auf einen vorstehenden Felsen und nahm die Sandalen vom Hals. „Es kommt mir komisch vor, daß man die Schuhe an- und nicht auszieht, um durchs Wasser zu waten."

„Du kannst es waten nennen", sagte Simon düster. „Es könnten alle möglichen bissigen Tiefseefische hier drin geblieben sein. Mr. Penhallow sagt, daß die See gleich hinter der Landzunge sehr tief abfällt." Er starrte in die Masse blasigen braunen Tangs, der auf der Oberfläche des Wassers trieb. „Also, dann los!"

Sie platschten durch den Tang, hielten sich dabei dicht an der Steilwand und faßten immer wieder ängstlich den Fels, um das Gleichgewicht zu halten. Simon, der als erster ging, streckte vorsichtig den Fuß vor und wirbelte dabei das Wasser auf, so daß der Seetang ihm kalt und glitschig gegen die Haut streifte. Der Grund des Beckens schien ziemlich eben zu sein, und er schritt zuversichtlich weiter. Die anderen folgten hinterher. Dann fand sein tastender Fuß plötzlich keinen Widerstand, und bevor er sein Gewicht nach hinten werfen konnte, stand er bis zum Bauch im Wasser. Jane, die als letzte kam, schrie unwillkürlich auf, als sie ihn sinken sah. Barney streckte Simon, der plötzlich viel kleiner war als er, die Hand hin.

„Es geht schon", sagte Simon, der einen Schrecken bekommen hatte, aber sonst nicht zu Schaden gekommen war. Nach dem ersten Schock empfand er das kalte Wasser an seinen sonnenverbrannten Beinen sogar angenehm. Er watete vorsichtig weiter, und nach ein paar Schritten stieß er mit dem Knie gegen einen Felsen, der unter der Wasseroberfläche lag. Er zog sich hoch und schüttelte sich wie ein gestrandeter Fisch, und bald darauf stand er wieder nur knöcheltief im Wasser.

„Hier ist unter Wasser eine Art Graben. Er geht bis an die Steilwand. Versuch's ein wenig weiter draußen, ob du Halt für die Füße findest. Vielleicht gibt es da so etwas wie Trittsteine, über die man gehen kann. Ich bin reingerutscht, bevor ich danach tasten konnte. Wenn du nichts findest, mußt du einfach so rüberkommen wie ich, nur langsamer."

Barney tastete vorsichtig mit einem Fuß unter dem schaukelnden Teppich von Seetang im Wasser herum, aber auch weiter vom Kliff entfernt konnte er nichts fühlen als den Rand des Unterwassergrabens. „Ich fühle nichts, worauf ich treten könnte."

„Dann mußt du eben runter. Aber mach langsam."

„Wir hätten ebensogut schwimmen gehen können", sagte Barney nervös. Er hockte sich hin, beide Hände auf dem Boden, bis er im Wasser saß und seine Beine über dem unsichtbaren Graben baumelten, dann ließ er sich hinuntergleiten.

Das Wasser ging ihm fast bis über die Schultern, als er festen Boden unter den Füßen spürte. Er hatte vergessen, daß Simon so viel größer war als er. Er watete hinüber, und Simon zog ihn ins seichte Wasser hinauf. Barneys Hose klebte ihm naß und dunkel und schwer an den Beinen, und er mußte sich bücken, um sich von dem Seetang zu befreien, der sich ihm um die Beine gewickelt hatte. Schon spürte er, wie die Hitze der Sonne seine Haut zu trocknen begann, nur das beißende Salz blieb darauf zurück. Jane kam auf die gleiche Weise nach, und zusammen platschten sie durch die letzten Meter seichten Wassers und kamen dann wieder auf trockenen Fels zwischen Haufen braunen Seetangs.

„Wenn wir nur wüßten, wann die Flut einsetzt", sagte Simon beunruhigt zu Jane.

Barney war über die Felsen stolpernd und rutschend vorgelaufen.

Jane blickte auf die See hinaus. Ein paar Meter vom Kliff entfernt leckten die Wellen sanft gegen die niedrigen Felsen, so daß ein natürlicher Pfad ganz um den Fuß des Kliffs herumführte.

„Der Wasserstand hat sich bestimmt nicht verändert, es kann sein, daß das Wasser sogar noch ein wenig zurückgeht. Ich glaube, wir brauchen uns noch keine Gedanken zu machen. Wir müßten auch bald da sein."

„Nun, behalte das Wasser im Auge. Ich mache mir wegen dieses tiefen Grabens Sorgen. Wenn das Wasser steigt, steigt es zuerst in dem Becken, und es braucht gar nicht viel zu steigen, um uns den Weg abzuschneiden. Es würde Barney schon bald über den Kopf gehen."

Jane wurde blaß und schaute nach vorn zu ihrem jüngeren Bruder, der jetzt auf allen vieren kletterte. „O Simon, hätten wir ihn nicht besser daheim gelassen?"

Simon grinste. „Das hättest du mal versuchen sollen. Mach dir keine Sorgen. Es wird schon gehen. Behalt nur die Flut im Auge."

Jane warf einen Blick zurück und merkte plötzlich, wie weit sie schon vorgedrungen waren. Sie standen jetzt auf den Felsen an der äußersten Spitze der Landzunge. Die leisen, fernen Geräusche des Festlandes erreichten sie nicht mehr. Hier war nichts zu hören als das sanfte Seufzen der See. Es war fast, als wären sie jetzt schon abgeschnitten.

Dann schrie Barney erregt auf. „He, seht mal! Schnell! Kommt her! Ich hab's gefunden!"

Er stand halb verborgen hinter einem Felsen dicht an der Steilwand, ein paar Meter vor ihnen. Man konnte sehen, daß er in die Wand des Kliffs hinaufwies. Schon hatten sie die Flut vergessen und sprangen und rutschten über Felsen und Wasserlöcher Barney entgegen. Blasentang platzte unter ihren Füßen mit einem Knallen wie Maschinengewehrfeuer.

„Es ist nicht sehr groß", rief Barney, als sie bei ihm angekommen waren. Simon und Jane sahen den tiefen Einschnitt in der Felswand erst, als sie ganz nah waren. Es war keine Höhle, so wie sie sie sich vorgestellt hatten: Der Spalt war eng und dreieckig und gerade so groß, daß Barney darin aufrecht stehen konnte. Sie selbst würden sich bücken müssen, um hineinzugehen. Rauhe Felsbrocken waren vor diesem Eingang aufgehäuft, und Wasser tröpfelte von dem dichten grünen Bewuchs der Decke. Sie konnten nicht weit hineinschauen.

Jane sagte zweifelnd: „Bist du sicher, daß es hier ist?"

„Natürlich", sagte Barney bestimmt. „Es kann nicht mehr als eine Höhle geben."

„Das kann ich nicht einsehen."

„Ich auch nicht", sagte Simon. „Aber ich glaube doch, daß es hier richtig ist. Schaut mal nach oben. Ihr könnt oben auf dem Kliff so etwas wie ein grünes Dreieck sehen, dort, wo das Gras über den Rand des Felsens wächst. Wir müssen fast genau unterhalb der Stelle sein, wo oben das Loch ist."

Jane schaute nach oben und dann wieder schnell nach unten, sie war erschüttert von der unheimlichen Höhe des Kliffs, das sich über sie zu neigen schien. „Vermutlich."

Barney spähte in das Dunkel. „Es ist eigentlich gar keine Höhle, nur so ein Loch wie oben. Pfff" – er schnüffelte prüfend –, „es riecht ganz nach Salz und Tang. Und die Seiten sind ganz naß und grün und tropfen. Nur gut, daß wir schon naß sind."

„Mir gefällt das nicht", sagte Jane plötzlich und betrachtete aufmerksam den dunklen Eingang, der in der Riesenwand des Kliffs ganz klein wirkte.

„Was soll das heißen, es gefällt dir nicht?"

„Es ist mir unheimlich. Wir können da nicht hineingehen."

„Du meinst, du kannst nicht", sagte Simon. „Ich kann. Du mußt hier Wache halten, für den Fall, daß die Flut kommt."

„Und was ist mit mir?" fragte Barney entrüstet. „Ich habe es gefunden."

„Willst du denn hinein?" fragte Jane entsetzt.

„Wo da doch der Gral drin ist? Da sollte ich nicht hinein wollen? Es wäre besser, wenn ich es versuchte", sagte er bittend zu Simon. „Ich bin der kleinste, und es ist ziemlich eng da drin. Vielleicht bleibst du stecken und kannst nicht wieder zurück."

„Oh, sei doch still", sagte Jane.

„Wenn du hineingehst, komme ich hinter dir her", sagte Simon.

„Gut", sagte Barney fröhlich. Er fühlte sich so unaussprechlich erleichtert, seit er den Klauen des finsteren Mr. Hastings' entronnen war, daß ihn im Vergleich dazu nichts mehr erschrecken konnte. „Wir hätten die Taschenlampe mitbringen sollen." Er spähte nachdenklich in den Felsspalt hinein. Ein paar Meter hinter dem Eingang herrschte ein undurchdringliches Dunkel.

„Wenn wir wenigstens ein Seil hätten", sagte Jane gequält, „dann könnte ich dich herausziehen, falls du steckenbleibst!"

Simon steckte die Hände in die Taschen, blickte zum Himmel auf und fing an, fröhlich zu pfeifen.

„Was soll das?"

„Was ist los mit dir?"

„Nur gut, daß wenigstens einer in der Familie Verstand hat", sagte Simon.

„Wer? Du etwa?"

„Ich wüßte nicht, was ihr ohne mich anfangen wolltet."

„Na, komm schon", sagte Jane ungeduldig, „du hast doch keine Taschenlampe und kein Seil. Tu also nicht so."

„Ich habe fast ein Seil." Simon wühlte in seiner Hosentasche. „Ihr wißt doch: Als wir heute morgen unsere Taschen nach einer Kordel durchsuchten und wir nur deine Garnrolle fanden – nun, da habe ich mir gedacht, wir sollten für alle Fälle besser gerüstet sein –, und als wir wieder nach Hause kamen, habe ich etwas von Vaters Angelschnur geklaut. Er hatte nicht alles mitgenommen." Seine Hand kam mit einem Knäuel dünner brauner Schnur zum Vorschein. „Die ist so stark wie jedes Seil."

„Daran hätte ich nie gedacht", sagte Jane beeindruckt.

„Ich habe auch noch den Kerzenstummel. Aber ich wette, deine Streichhölzer hast du nicht mehr."

Jane stöhnte. „Nein. Die waren in meinem Mantel, und den habe ich zu Hause gelassen. Schade."

„Das hatte ich mir gedacht", sagte Simon, und mit der eleganten Geste eines Zauberkünstlers zog er den Kerzenstummel und eine Schachtel Streichhölzer aus der Hemdtasche. Dann machte er ein langes Gesicht. „O weh, sie sind naß geworden. Das muß passiert sein, als ich in den Graben gefallen bin. Der Kerzendocht ist klatschnaß, da kann man nichts machen. Aber die Streichhölzer sind trocken."

„Die werden genügen", drängte Barney. „Das ist prima. Los, komm!" Simon zog die Teleskophülle unter dem Arm hervor und reichte sie Jane. „Nimm du das Manuskript in Verwahrung, Jane. Wenn es mir drinnen hinfiele, würden wir es niemals wiederfinden." Er blickte noch einmal auf die See hinaus. Die Felsen bildeten da, wo sie standen, fast etwas wie einen gepflasterten Weg. Sie erstreckten sich beinahe flach vom Fuß des Kliffs ins Wasser. Nur vor dem Eingang der Höhle stand ein einzelner grauer Felsbrocken.

Das Wasser leckte immer noch sanft gegen den Rand dieses Felsweges, der hier sechs oder sieben Meter breit war. Seit sie den Strand verlassen hatten, war das Wasser weder vorgedrungen noch weiter zurückgewichen.

Simon überlegte ängstlich, wieviel Zeit ihnen noch blieb, bevor die Flut kommen würde.

„Vermutlich haben wir noch eine halbe Stunde", sagte er zögernd. „Danach müssen wir sehen, daß wir schnell hier wegkommen, sonst sind wir abgeschnitten. Komm, Barney, und halt still."

Er fand das lose Ende der Angelschnur und band sie fest um Barneys Bauch. „Wenn du als erster gehst, halte ich mich an der Schnur fest."

„Meinst du wirklich, er sollte hineingehen?" sagte Jane.

Barney drehte sich um und sah sie wütend an.

„Mir gefällt die Idee auch nicht gerade", sagte Simon, „aber er hat recht, es ist sehr eng, und vielleicht ist er der einzige, der richtig hineinkann. Aber mach dir keine Sorgen, ich werde ihn schon nicht verlieren. Hier –" Er reichte Jane das Knäuel mit der Angelschnur. „Und laß sie nicht locker werden."

„Zieh aber auch nicht zu fest daran", sagte Barney, indem er auf den Spalt zuging, „sonst schneidest du mich in der Mitte durch."

Jane schaute auf ihre Uhr. „Es ist jetzt fast fünf. Wenn ihr zehn Minuten drin gewesen seid, ziehe ich zweimal, damit ihr Bescheid wißt."

„Zehn Minuten", sagte Barney verächtlich. „Vielleicht müssen wir meilenweit hinein."

„Ihr könntet ersticken", sagte Jane, die dem Verzweifeln nah war.

„Ich habe eine gute Idee", sagte Simon und warf einen schnellen Blick in ihr Gesicht. „Du ziehst zweimal, und wenn ich zweimal zurückziehe, dann bedeutet das, daß alles in Ordnung ist, wir aber noch drin bleiben. Wenn ich dreimal ziehe, bedeutet es, daß wir herauskommen."

„Und wenn ich dreimal ziehe, dann bedeutet es, daß ihr zurückkommen müßt, weil die Flut sich gewendet hat."

„Gut. Und viermal ziehen ist ein Notsignal – aber", fügte er hastig hinzu, „das wird bestimmt nicht nötig sein."

„Nun gut", sagte Jane. „O mein Gott. Bleibt nicht zu lange."

„Nun, wir werden langsam vorgehen müssen. Und reg dich nicht auf, es wird schon nichts schiefgehen." Simon klopfte ihr auf den Rücken und folgte dann Barney, der wie ein Hund an der Leine an der Schnur zog, dann winkte er kurz nach hinten und verschwand im Eingang der Höhle.

Kapitel 14

Barney blinzelte in die Dunkelheit. Als seine Augen sich an das Dunkel gewöhnt hatten, wurden unbestimmte Umrisse sichtbar. Er merkte, daß das Licht von draußen weiter hineindrang, als sie angenommen hatten, wenigstens konnte er die ersten paar Meter den schwachen Schimmer des schleimigen grünen Tangs wahrnehmen, der die Wände und die Decke der Höhle bedeckte. Am Boden glitzerte Wasser, das dort unbewegt eine flache Rinne bildete.

Er bewegte sich vorsichtig vorwärts, mit einer Hand berührte er dabei die Decke, mit der anderen tastete er sich an einer Seitenwand entlang. Er spürte um seinen Bauch, wie Simon hinter ihm die Schnur gleichmäßig leicht gestrafft hielt. In der eingeschlossenen Stille der Höhle war das Platschen der Füße im Wasser und das Atmen seines Bruders ganz laut zu hören.

„Vorsichtig", sagte Simon hinter ihm. Er sprach leise, fast flüsternd, aber der Widerhall in der Höhle verwandelte seine Stimme in ein heiseres Gemurmel, das den ganzen Raum füllte.

„Bin ich doch."

„Du könntest dich am Kopf stoßen."

„Du könntest dich auch stoßen. Paß jetzt auf, hier wird es niedriger. Streck deine Hand zur Decke aus, dann fühlst du es."

„Ich fühle es", sagte Simon mit Nachdruck. Es war sehr unbequem, den Kopf dauernd gebeugt zu halten. Da er größer war als Barney, konnte er sich nicht aufrichten, ohne sich den Kopf an der schleimigen Felsendecke zu stoßen. Von Zeit zu Zeit fiel ihm ein großer kalter Wassertropfen in den Hemdkragen.

„Ist es nicht kalt?"

„Eiskalt." Barneys Hose klebte ihm feucht auf den Schenkeln, und er spürte die kalte Luft durch sein Hemd hindurch. Es fiel ihm immer schwerer, um sich herum etwas zu erkennen, und bald blieb er beunruhigt stehen, denn er spürte die Dunkelheit wie eine Last, die auf seine Augen drückte. Seine Hand, die nach oben ausgestreckt war, konnte die Decke nicht mehr erreichen. Er griff in Luft.

„Warte einen Augenblick, Simon." Seine Stimme wurde von allen Seiten auf ihn zurückgeworfen. Es war unheimlich. „Ich glaube, hier wird es höher. Aber ich kann überhaupt nichts sehen. Hast du die Streichhölzer?"

Simon tastete sich an der Schnur entlang zu Barney hin. Er berührte seine Schulter, und diese Berührung tröstete Barney mehr, als er sich eingestanden hätte.

„Beweg dich nicht. Ich lasse die Schnur einen Augenblick los." Simon griff in die Tasche nach den Streichhölzern, öffnete die Schachtel und tastete dabei sorgfältig die Ränder ab, um sicher zu sein, daß er sie richtig herum hielt.

Die ersten zwei Streichhölzer kratzten widerborstig über die Reibfläche, aber nichts geschah, das dritte flammte auf, brach dann aber und verbrannte Simons Finger, so daß er es mit einem Aufschrei fallen ließ, ehe sich die Augen an das plötzliche Licht hatten gewöhnen können. Das Hölzchen fiel mit einem leisen Zischen in das Wasser, in dem sie standen.

„Mach zu!" sagte Barney.

„Ich mach so schnell, wie ich kann ... ah, jetzt klappt's."

Das vierte Streichholz war trocken und fing Feuer. Die kleine Flamme flackerte, Simon mußte die Hand schützend davorhalten. „Komisch, hier muß ein Luftzug sein. Ich kann ihn gar nicht spüren."

„Aber das Streichholz spürt ihn. Das ist gut. Es bedeutet, daß am anderen Ende eine Öffnung sein muß. Es ist also doch die richtige Höhle."

Simons Hand schirmte die blendende kleine Flamme ab, und Barney sah sich in dem wabernden Licht hastig um. Ihre Schatten tanzten riesig und grotesk an den Wänden. Barney schaute nach oben und tat ein paar vorsichtige Schritte vorwärts. „Halt das Licht hoch . . . he, komm her, die Decke ist hier viel höher, du kannst hier aufrecht stehen."

Simon trat vorsichtig, über das Licht gebeugt, auf ihn zu, dann richtete er sich mit einem Seufzer der Erleichterung auf. Dann verbrannte das Streichholz ihm wieder die Finger, und er ließ es wieder fallen. Sofort hüllte die Finsternis sie ein wie eine Decke.

„Warte, ich zünde ein neues an."

„Warte einen Moment, wir wollen sie nicht verschwenden. Als es ausging, konnte ich ein Stück nach vorn sehen, wir können so weit gehen, bevor du das nächste Hölzchen anzündest."

Barney schloß die Augen. Obwohl es genauso dunkel war, wenn sie die Augen offenhielten, fühlte er sich doch mit geschlossenen Augen ein wenig sicherer. Indem er immer noch mit den Fingerspitzen die glitschige Wand berührte, ging er ein paar Schritte weiter. Simon folgte ihm und legte ihm dabei eine Hand auf die Schulter. Er starrte nach vorn in die Dunkelheit, sah aber so wenig, als hinge ein dichter schwarzer Vorhang dicht vor seinem Gesicht.

So bewegten sie sich, wie ihnen schien, eine lange Zeit weiter in die Höhle hinein. Alle paar Augenblicke riß Simon ein Streichholz an, und sie gingen voran, solange das kleine Licht reichte, und danach machten sie noch ein paar Schritte, weil sie sich erinnerten, was vor ihnen lag. Einmal versuchten sie, das Kerzenstümpfchen zu entzünden, aber es spuckte und zischte nur, so daß Simon es wieder in die Tasche steckte.

Die Luft war kalt, aber frisch. Obgleich es nach Salz und Tang roch, so als wären sie unter Wasser, fiel es ihnen nicht schwer, zu atmen. Das Schweigen und die Dunkelheit waren fast wie eine feste Masse, die nur von ihren eigenen Schritten aufgebrochen wurde und manchmal von einem widerhallenden, klingenden „Plop", wenn ein Wassertropfen von der Decke der Höhle fiel.

Als Simon wieder einmal stehengeblieben war und sich mit den Streichhölzern abmühte, spürte Barney, wie die Schnur um seinen Bauch fest angezogen wurde: einmal, zweimal. „Es ist zweimal an der Schnur gezogen worden. Das muß Jane gewesen sein. Zehn Minuten. Du lieber Himmel, ich dachte, wir wären schon stundenlang hier drin."

„Ich werde zurücksignalisieren", sagte Simon. Er zündete ein Streichholz an und sah bei seinem Licht die dünne gespannte Schnur. Er ergriff sie und zog zweimal langsam und fest in der Richtung, aus der sie gekommen waren.

„Komisch, wenn man sich vorstellt, daß Jane am anderen Ende ist", sagte Barney.

„Ich wüßte gern, wie lang die Schnur noch ist . . ."

„Du lieber Himmel – glaubst du, daß sie nicht reicht? Wieviel Schnur war es denn?"

„Ziemlich viel", sagte Simon zuversichtlicher, als er sich fühlte. „Wir sind schrecklich langsam vorangekommen. Au!" Das Streichholz war bis auf seine Finger heruntergebrannt, und er ließ es hastig fallen.

Es zischte nicht, als es zu Boden fiel. Während sie sich weitertasteten, wurde sich Simon plötzlich bewußt, daß er auf das Zischen gewartet hatte.

„Bleib mal stehen, Barney." Er scharrte mit einem Fuß auf dem Boden und spähte nach unten. „Der Boden ist nicht mehr naß."

„Meine Schuhe quatschen immer noch", sagte Barney.

„Das ist das Wasser, das noch drin ist, Idiot, nicht das auf dem Boden." Simons Stimme dröhnte hohl von allen Seiten zurück, und er senkte sie hastig wieder zum Flüsterton. Er hatte beinahe Angst, daß der Lärm die Decke zum Einsturz bringen könnte.

„Die Wände sind hier auch nicht mehr schleimig", sagte Barney plötzlich. „Es ist trockener Fels. Es ist eigentlich schon eine ganze Zeit so, nur ist es mir nicht richtig bewußt geworden." Ein neues Streichholz flammte auf; Simon hatte es an dem erlöschenden in seiner Hand entzündet. Er hielt die Flamme nahe an die Wand. Sie sahen schieren grauen Granit, der hier und dort von einer glitzernden weißen Ader durchzogen war; Tang gab es nicht mehr. Als Barney sich bückte und den Boden berührte, spürte er eine Art staubigen Sand.

„Wir scheinen bergauf zu gehen."

„Bis hierher kann die See nicht eingedrungen sein."

„Aber wir haben sie heute morgen von oben rauschen hören. Bedeutet das, daß wir an der kaminartigen Öffnung schon vorbei sind?“ Barney legte den Kopf in den Nacken und spähte zur Decke hinauf.

„Das glaube ich nicht“, sagte Simon unsicher. „Das Rauschen muß über eine weite Entfernung zu hören sein. He, schau schnell nach vorn, das Streichholz geht gleich aus.“

Barney spähte nach vorn und sah ein Bild, das er nie mehr vergessen würde: die engen, verschatteten Wände, die sich ins Dunkel hinein wölbten und sie fast wie in einem feindseligen Griff zusammenzupressen schienen. Und in der Sekunde, bevor sich die Dunkelheit wieder über sie senkte, schien es ihm so, als wäre der Schattenvorhang am Ende näher gerückt.

Er bewegte sich zögernd nach vorn, und dann ließ ihn sein Instinkt plötzlich anhalten. Er streckte die Hand in die schweigende Finsternis hinein. Ein paar Handbreit vor seinem Gesicht stieß sie auf festen Fels. „Simon. Hier ist die Höhle zu Ende!“

„Was?“ In Simons Stimme schwang Unglauben und Enttäuschung. Er wühlte in der Streichholzschachtel, konnte den Boden der Schachtel fühlen und wurde sich bewußt, daß nicht mehr viele Hölzer übrig waren.

Im flackernden Licht war es schwer, Schatten und feste Körper zu unterscheiden, aber sie sahen, daß die Höhle nicht eigentlich zu Ende war. Sie hatte sich nur verändert: Direkt vor ihnen verengte sie sich zu einem hohen, schmalen Spalt, zwischen dessen Wände etwa einen Meter über dem Boden ein schwerer Felsbrocken geklemmt war. Über ihren Köpfen war der Spalt offen bis zur Decke, aber diese Öffnung lag so hoch, daß sie sie nicht erreichen konnten. Es gab keine Möglichkeit, hinaufzuklettern. Der Felsblock versperrte ihnen den Weg.

„Da kommen wir nie durch“, sagte Simon verzweifelt. „Der Stein muß gestürzt sein, nachdem der Mann aus Cornwall hier durchgegangen war.“

Barney betrachtete die dunkle, schmale Lücke am Boden, deren Ränder im tanzenden Licht gefährlich gezackt schienen, und schluckte. Er wünschte sich sehnlichst wieder ins Sonnenlicht hinaus.

Aber dann dachte er an den Gral und dann an das Gesicht von Mr. Hastings. „Ich könnte unten durchkriechen."

„Nein", sagte Simon sofort, „das ist gefährlich."

„Aber wir können jetzt nicht zurückgehen." Während er sprach, wuchs sein Vertrauen. „Wir sind bis hierher gekommen, vielleicht sind wir nur noch ein paar Schritte vom Ziel entfernt. Wenn es zu eng wird, komme ich wieder zurück. Komm, Simon, laß mich's versuchen."

Das Streichholz erlosch.

„Wir haben nicht mehr viele", sagte Simon aus dem Dunkel heraus. „Wir müssen versuchen, die Kerze zum Brennen zu kriegen, sonst stecken wir im Dunkeln. Wo bist du?"

Er tastete sich an der Schnur entlang zu Barney, nahm dessen Hand und legte die Streichholzschachtel hinein. Dann suchte er aus seiner Tasche den Kerzenstumpf heraus und versuchte, den Docht an seinem Hemd trockenzureiben. „Jetzt zünd ein Streichholz an."

Hinter sich in der Finsternis hörten sie ein Geräusch; es war, als wäre ein Stein gefallen, ein Kratzen und Rappeln, dann wieder Stille.

„Was war das?"

Sie horchten angespannt, hörten aber nichts als das heftige Klopfen ihrer Herzen. Barney riß mit zitternder Hand ein Streichholz an. Um sie herum wurde die Höhle wieder sichtbar, aber aus der Richtung, aus der das Geräusch gekommen war, schien die Finsternis höhnisch gegen das Licht zu drängen.

„Es war nichts", sagte Simon schließlich. „Nur ein Stein, den wir wahrscheinlich gelöst haben. Hier." Er hielt den Kerzenstummel an die Flamme. Das Streichholz brannte herunter, aber der Docht knisterte nur wie zuvor. Sie versuchten es noch einmal mit angehaltenem Atem, und diesmal fing der Docht Feuer und brannte mit einer hohen, qualmenden gelben Flamme.

„Halt das", sagte Barney entschlossen. „Ich krieche hier hinein." Er reichte Simon die letzten losen Streichhölzer und nahm die Kerze. „Schau mal", sagte er und schirmte die qualmende Flamme mit der Hand vor dem Luftzug ab. „Es ist gar nicht so niedrig, auf Händen und Knien komme ich durch."

Simon betrachtete das Loch mit Unbehagen. „Nun . . . aber sei um Gottes willen vorsichtig. Und zieh an der Leine, wenn du steckenbleibst. Ich halte sie fest."

Barney ließ sich auf Hände und Knie nieder und kroch in die dunkle Öffnung unter dem eingeklemmten Felsen. Die gefährlich flackernde Kerze schob er vor sich her. Der Luftzug schien stärker zu werden. Der Fels streifte ihn von allen Seiten, so daß er den Kopf gesenkt und die Ellbogen dicht am Körper halten mußte, und einen Augenblick lang hätte er beinahe die Fassung verloren, so schrecklich war das Gefühl, in einer Falle zu sitzen.

Aber bevor das Entsetzen ihn überwältigen konnte, änderten die Schatten, die um den einen Lichtpunkt wallten, ihre Form, und er hob den Kopf, ohne anzustoßen. Er kroch ein wenig weiter über den rauhen, mit Kies bedeckten Boden. Dann stellte er fest, daß er nicht nur aufrecht stehen konnte, sondern daß die Höhle sich hier verbreiterte. Der Schein seiner sorgsam gehüteten Flamme erreichte nicht einmal die Wände zu beiden Seiten.

„Alles in Ordnung?" Simons ängstliche Stimme drang gedämpft durch die Öffnung hinter seinem Rücken.

Barney bückte sich. „Alles in Ordnung, hier wird es wieder breiter, das muß eine Art Eingang sein. Ich gehe weiter."

Er fühlte, wie die Schnur um seinen Bauch mit einem Ruck angezogen wurde. Das war die Antwort, und er machte sich langsam daran, die Höhle zu durchqueren. Die Dunkelheit vor ihm öffnete sich vor dem kleinen Licht seines Kerzenstümpfchens, das schon fast niedergebrannt war und heißes Wachs auf seine Fingernägel tropfen ließ. Als er nach rückwärts schaute, konnte er den Eingang, durch den er gekommen war, schon nicht mehr sehen.

„Hallo", sagte Barney schüchtern in die Dunkelheit hinein. Seine Stimme schlug in einem unheimlichen Flüstern zurück: nicht dröhnend und vibrierend wie in dem engen Tunnel, durch den sie gekommen waren, sondern wie ein weit entferntes Murmeln hoch in der Luft. Barney drehte sich um sich selbst und spähte vergeblich in das Dunkel. Der Raum, der ihn umgab, mußte so groß wie ein Haus sein – und doch war er in den Tiefen von Kenmare Head.

Unentschlossen blieb er stehen. Die Kerze brannte herunter, sie war schon ganz weich. Der Gedanke an den hoch aufragenden Mann in seinem seltsam leeren Haus tauchte plötzlich wieder auf und damit auch das Gefühl der Bedrohung, die von ihren Verfolgern, vom Feind, ausging, der so verzweifelt bemüht war, sie an der Suche nach dem Gral zu hindern.

Barney zitterte vor Angst und vor plötzlicher Kälte. Es war, als umgäben sie ihn in der stillen Dunkelheit, böse und unsichtbar, und wollten ihn zwingen, zurückzugehen. Es rauschte in seinen Ohren. Obwohl die Höhle so groß und leer war, hatte er das Gefühl, daß etwas ihn niederdrückte, ihn zwingen wollte, sofort zurückzukehren. Wer bist du, daß du hier eindringst, schien die Stimme zu flüstern: ein kleiner Junge, der sich in etwas einmischt, das so groß ist, daß er es unmöglich verstehen kann, das für so viele Jahre ungestört geruht hat. Geh weg, geh zurück, dorthin, wo du sicher bist, laß diese uralten Dinge in Frieden . . .

Aber dann dachte Barney an Großonkel Merry, dessen geheimnisvollen Auftrag sie ausführten. Er dachte daran, was er ihnen zu Beginn gesagt hatte, an die Schlacht, die nie ganz gewonnen wurde, aber auch nie ganz verloren war. Und obwohl er nichts sah als Schatten, hatte er plötzlich ein lebhaftes Bild des Ritters Bedwin vor sich, mit dem das alles begonnen hatte, als der aus dem Osten nach Cornwall geflohen war. In voller Rüstung stand er vor Barneys innerem Auge und bewachte das, was König Arthur ihm anvertraut hatte. Er war von denselben Mächten gejagt worden, die jetzt ihn verfolgten.

Und Barney erinnerte sich an die Sage, daß Bedwin auf Kenmare Head begraben war, direkt oberhalb der Höhle, in der er jetzt stand, und er hatte keine Angst mehr. Im Dunkel um ihn herum war jetzt nicht nur Angst, sondern auch etwas Freundliches.

Barney wandte sich also nicht zurück. Während er das kleine ersterbende Licht mit der Hand schützte, ging er weiter in das Dunkel hinein, in dem seine eigenen Schritte flüsternd widerhallten. Und dann hörte er über seinem Kopf ein Geräusch, das seltsamer war als irgend etwas, das er je gehört hatte.

Es schien aus der Luft von nirgendwoher zu kommen, ein heiseres, unheimliches Summen, sehr schwach und weit entfernt, und doch erfüllte es die ganze Höhle. Es schwankte auf und ab, der Ton war hoch und dann wieder tief, so wie der Wind, der in Bäumen oder in Telegrafendrähten singt. Als dieser Gedanke in Barney aufflackerte, hob er die Kerze hoch und sah, daß sich über seinem Kopf eine Art von Kamin öffnete, der so hoch hinaufreichte, daß man sein Ende nicht sehen konnte. Einen Augenblick lang glaubte er, oben einen Lichtpunkt sehen zu können, aber die Kerze blendete ihn, und er war sich nicht sicher. Dann merkte er, daß das Geräusch, das er hörte, vom Wind verursacht wurde, der weit oben über dem Loch zwischen den Felsen pfiff, die sie am Morgen gesehen hatten. Das Singen hier unten in der Höhle war das Singen des Windes über Kenmare Head.

Fast zufällig blickte er nach oben und entdeckte einen Felssims. Er ragte aus der felsigen Wand des Kamins heraus – ein Vorsprung unterhalb einer Höhlung, wie ein natürlicher Wandschrank und so hoch, daß er gerade hinlangen konnte. Darin war etwas, das den Schein der Kerze zurückwarf, etwas, das nicht Teil des Felsens war.

Er wagte kaum zu atmen, als er die Hand ausstreckte und fühlte, daß sie etwas Glattes und Rundes berührte. Es klang metallisch unter seinem Fingernagel. Er griff danach und nahm es herunter; Staub wirbelte auf, und er mußte blinzeln. Es war ein Gefäß, schwer und seltsam geformt. Aus einem dicken Fuß öffnete es sich zu einer Glockenform wie die Becher, die er in einem Buch über König Arthur abgebildet gesehen hatte. Er fragte sich, wie der Maler das hatte wissen können. Er konnte es kaum glauben, aber dies mußte – endlich – der Gral sein!

Das Metall lag kalt in seiner Hand; es war verstaubt und sehr schmutzig, aber unter dem Schmutz schimmerte es matt golden. Auf dem Vorsprung befand sich sonst nichts.

Plötzlich flackerte die Kerze auf. Das Wachs in Barneys Hand war weich und warm, und er erschrak bei dem Gedanken, daß er bald allein im Dunkeln stehen würde. Er wandte sich zurück in die Richtung, aus der er gekommen war, und es wurde ihm bewußt, daß er ohne die Schnur, die um seinen Bauch geschlungen war, verloren gewesen wäre. Der weite Höhlenraum verlor sich nach allen Seiten im Dunkel. Nur die dünne, straffe Schnur sagte ihm, in welche Richtung er gehen mußte.

Er folgte dieser Schnur; sie fiel zu Boden und wurde dann wieder straff angezogen. Simon schien sie einzuziehen. Barney drückte mit einer Hand den Gral an sich, mit der andern hielt er die fast ausgebrannte Kerze hoch. Seine Angst war freudiger Erregung gewichen. „Simon“, rief er, „ich habe ihn gefunden.“

Als Antwort kam nur der Widerhall seiner eigenen Stimme. „Gefunden . . . gefunden . . .“ wisperte es von allen Seiten.

Dann flammte das Licht auf und erlosch.

Die Schnur blieb straff gespannt, während Barney sich an ihr zurücktastete. „Simon?“ sagte er unsicher. Immer noch kam keine Antwort. Einen Augenblick lang tauchte ein schreckliches Bild vor ihm auf: Simon, der auf der anderen Seite des Felsbrockens überwältigt und hilflos dalag, und das höhnische Gesicht von Mr. Hastings, der die Leine anzog, als hätte er einen Fisch am Haken . . .

Barneys Kehle wurde plötzlich ganz trocken. Er drückte den Gral in der Dunkelheit fest an sich, sein Herz klopfte. Dann hörte er Simons Stimme vor sich unten in der Dunkelheit – sie klang ganz gedämpft: „Barney . . . Barney?“

Barney streckte die Hand aus und fühlte den Stein vor dem Eingang zum engen Teil der Höhle. „Ich bin hier, Simon, ich habe ihn gefunden, ich habe den Gral.“

Aber die dumpfe Stimme sagte nur: „Komm raus, schnell!“

Barney ließ sich auf die Hände und Knie nieder und schrie leise auf, als er wieder den Druck der scharfen Felskanten spürte. Vorsichtig kroch er in den Spalt, der die beiden Teile der Höhle trennte. Immer wieder stieß er sich den Kopf an der niedrigen, unebenen Decke. Er hielt den Gral mit einer Hand vor sich, stieß aber damit gegen die Felswände, und zu seiner Verwunderung erklang das Gefäß mit einem lang anhaltenden Ton, der so rein und klar war wie der einer Glocke.

Am Ende des Spalts sah er einen matten Lichtschein und dann das helle Aufleuchten eines Streichholzes und Simon, der vor dem Spalt hockte und mit der freien Hand die Leine einzog. In den hüpfenden Schatten sahen seine Augen groß und dunkel und erschrocken aus. Aber als Barney ins Freie kam, vergaß er alles beim Anblick des großen Bechers.

Simon war immer nervöser geworden, und nur die Tatsache, daß er spürte, wie Barney am anderen Ende der Schnur immer weiterging, hatte ihn daran gehindert, sich selber durch den engen Spalt zu quetschen. Er hatte allein im Dunkeln dagestanden, auf jeden Laut gelauscht, sich nach Licht gesehnt, sich aber gezwungen, die sechs verbleibenden Streichhölzer in seiner Tasche für den Rückweg aufzubewahren. Die Zeit war nur sehr langsam verstrichen.

Er nahm jetzt den Becher aus Barneys Händen.

„Ich hatte eine andere Form erwartet . . . was ist das hier drin?"

„Wo?"

„Schau mal –" Simon griff in den Becher hinein und holte etwas heraus, was zuerst wie ein kurzer Stock aussah und vor Alter fast so dunkel wie der Becher war. Es war im Becher festgeklemmt gewesen, und Barney hatte es in der Eile gar nicht bemerkt.

„Es ist sehr schwer. Ich glaube, es ist aus Blei."

„Was ist es denn?"

„Eine Art Rohr. Wie die Teleskophülle, nur viel kleiner. Es läßt sich nicht aufschrauben. Vielleicht steckt da nur ein Deckel drauf." Simon versuchte an dem Rohr zu ziehen, und plötzlich löste sich an einem Ende eine Art Kappe, und innendrin sahen sie etwas, das ihnen sehr bekannt vorkam.

„Es ist wieder ein Manuskript!"

„Das hat er also gemeint, als er sagte –" Simon unterbrach sich. Er hatte das gerollte Pergament an einem Ende gefaßt, um es aus dem Rohr zu ziehen, und der Rand war ihm unter den Fingern zerkrümelt. Erschrocken zog er die Hand zurück, und im gleichen Augenblick fiel ihm ein, warum er so ängstlich nach Barney gerufen hatte.

„Wir dürfen es nicht anrühren. Es ist zu alt. Und, Barney, wir müssen so schnell wie möglich zurück. Jane hat, kurz bevor du herauskamst, dreimal an der Leine gezogen. Die Flut kommt. Und wenn wir nicht schnell machen, werden wir abgeschnitten."

Als die Jungen im Eingang der Höhle verschwanden, hatte Jane sich an dem einsam dastehenden Felsblock niedergelassen – zwischen den feuchten Kissen aus Seetang, mitten auf dem graugrünen Pfad flacher Granitbrocken, der rund um das Kliff führte. Sie lehnte mit dem Rücken gegen den Felsen, die Teleskophülle fest unter den Arm geklemmt. Sonst hatte Simon sie immer mitgeschleppt, und wenn sie daran dachte, was sich darin befand, überkam sie ein quälendes Gefühl der Verantwortung. Langsam ließ sie die dünne Angelschnur von dem sorgfältig aufgewickelten Knäuel abrollen. Das Ziehen daran war ungleichmäßig, so als bewegten sich die Jungen in der Höhle fort, blieben aber alle paar Sekunden stehen. Sie mußte aufpassen, damit sich die Schnur nicht zu fest anzog und auch nicht schlaff zu Boden fiel.

Es war sehr heiß. Die Sonne stand hoch über dem steilen grauen Kliff, und die Hitze brannte ihr auf der Haut. Auch der Fels, an dem sie lehnte, briet in der Sonne, und sie spürte, wie seine Wärme in ihrem Rücken durch die Kleider drang. Hinter ihr rauschte das Wasser leise, wenn es über den Rand der freiliegenden Steine spülte. Kein Laut war hier am einsamen Fuß der Landzunge zu hören, an dieser, ihrer äußersten Spitze, die von allen Seiten von der See umspült war. Ohne die Schnur in ihrer Hand, die sich langsam abrollte, hätte Jane sich für den einzigen Mensch auf der Welt halten können. Das Land und das *Graue Haus* schienen sehr weit weg.

Ihre Eltern kamen ihr in den Sinn. Ob sie wohl schon von Penzance zurück waren? Und was würden sie denken, wenn sie das Haus völlig leer fanden, ohne das geringste Zeichen, wohin die anderen gegangen waren?

Sie dachte an die drei Gestalten, die sie über Kenmare Head hatten schreiten sehen, angeführt von dem schreckenerregenden Mr. Hastings, so schwarz und langbeinig wie ein Rieseninsekt. Unwillkürlich schaute sie zum Kliff hinauf, aber es war kein Laut zu hören, keine Bewegung zu sehen, da war nur die hohe graue Felswand, die sich wie eine andauernde Drohung über sie neigte, und auf der – sechzig Meter über Jane – der Rand des Vorgebirges wie eine grüne Grasmütze lag.

Dann kam ihr Großonkel Merry in den Sinn. Wo war er? Wohin war er diesmal gegangen? Was war, so dicht vor dem Ende ihrer Suche, so wichtig gewesen, daß er weggehen mußte? Es kam Jane keinen Augenblick in den Sinn, daß ihm etwas zugestoßen, daß er in die Hände des Feindes geraten sein könnte. Zu deutlich erinnerte sie sich an die unerschütterliche Zuversicht, mit der Großonkel Merry sie auf dem mitternächtlichen Vorgebirge auf seine Arme genommen hatte: „Sie wagen es nicht, dich zu verfolgen, wenn ich da bin ..."

„Wenn du nur jetzt da wärst!" sagte Jane laut; trotz der Hitze und der Windstille zitterte sie ein wenig. Sie fürchtete sich: Simon und Barney hatten sich in eine Finsternis hineinbegeben, wo wer weiß welche Gefahren auf sie lauern konnten, wo sie sich verirren konnten, wo vielleicht die Decke auf sie niederstürzte ...

Großonkel Merry hätte verhindert, daß so etwas geschah.

Jane blickte auf die Uhr. Es war zwölf Minunten nach fünf, und immer noch wickelte sich die Schnur in ihrer Hand unregelmäßig und langsam ab. Sie zog zweimal kräftig an der Leine. Nach einer Pause spürte sie zweimal einen schwachen Ruck: Simon antwortete. Die Schnur war jetzt zu zwei Dritteln abgewickelt, sie wünschte, sie hätte sie während des Abwickelns gemessen. Die Zeit verstrich langsam, aber die Schnur lief unaufhörlich durch ihre Hand, wenn sie sich jetzt auch langsamer in den dunklen Spalt hineinbewegte. Die Sonne brannte ungerührt aus dem leeren blauen Himmel, und eine kleine Brise sprang auf und hob die Enden von Janes langem losem Haar.

Sie lehnte sich gegen den Felsen und ließ ihre Sinne schweifen, spürte die Sonnenhitze auf der Haut, atmete den Geruch nach nassen Felsen und Tang und horchte auf das sanfte Plätschern der See. Dann wurde ihr in einer Art Halbschlaf, in der nur ihre Finger wach waren, bewußt, daß das Rauschen der Wellen sich veränderte.

Sie sprang auf und drehte sich um. Zu ihrem Entsetzen sah sie, daß die Tangpolster, die dem Wasserrand am nächsten gewesen waren, jetzt schon auf einer Dünung auf und ab schaukelten, die vorher nicht dagewesen war. Wasser spülte dort, wo vorher der Rand des Felsens gewesen war; sie waren, so schien es ihr, schon näher gekommen. Die Flut kehrte zurück.

Jane spürte, wie eine panische Angst in ihr hochstieg. Die letzten Windungen der Schnur lagen locker in ihrer Hand: Die Jungen mußten schrecklich tief in die Höhle eingedrungen sein. Sie wickelte sich die Schnur um die Hand und ging dabei auf den dunklen Höhleneingang zu, dann zog sie fest ein-, zwei-, dreimal daran.

Nichts geschah. Sie wartete und horchte auf das regelmäßige Schlagen der näher kommenden Wellen. Schon wollten ihr Angsttränen in die Augen steigen, da kam das verabredete Zeichen: Dreimal wurde die Schnur in ihrer Hand leise angezogen. Fast gleichzeitig ließ die Spannung nach, und die Schnur begann, lose herabzuhängen. Jane seufzte erleichtert auf. Die Schnur ließ sich gut einziehen, zuerst langsam, aber dann ging es leichter – sie ließ sich schneller aufwickeln, als sie sich abgespult hatte. Schließlich kamen Simon und Barney aus dem engen Höhleneingang herausgestolpert; hinter der Hand, mit der sie die Augen schützten, blinzelten sie ins Tageslicht.

„Hallo", sagte Simon fast verlegen; er klang ganz benommen. Volle fünf Minuten, bevor sie den Ausgang erreichten, hatten sie alle Streichhölzer verbraucht gehabt, und der letzte Teil des Weges war ein Alptraum im Stockdunklen gewesen. Sie hatten nur die Schnur gehabt, um sich daran zu halten. Simon hatte darauf bestanden, daß Barney ihn als ersten gehen ließ. Die ganze Zeit hatte er Angst gehabt, bei jedem Schritt gegen den Fels zu stoßen oder gegen etwas Unbekanntes, und er hätte sich nicht gewundert, wenn sie bei seinem Auftauchen festgestellt hätten, daß sein ganzes Haar weiß geworden war . . .

Jane sah ihn mit einem kleinen verlegenen Lächeln an und sagte wie er: „Hallo".

„Schau mal", sagte Barney und hielt ihr den Gral hin.

Jane fühlte, wie ihr Lächeln sich über ihr ganzes Gesicht verbreitete. „Dann haben wir sie geschlagen! Wir haben ihn! O mein Gott, wenn Gummery nur hier wäre!"

„Ich glaube, er ist aus Gold." Barney rieb an dem Metall. Draußen im Sonnenlicht kam ihnen der Gral gar nicht mehr so wundervoll vor wie im geheimnisvollen Dunkel der Höhle. Aber durch den Schmutz, der den Becher bedeckte, schimmerte es golden.

„Er ist ganz mit einer Art Muster bedeckt, das eingeritzt ist", sagte Barney, „aber man kann es nicht richtig erkennen, man müßte ihn zuerst reinigen."

„Er ist schrecklich alt."

„Aber was *bedeutet* er? Schließlich versuchen alle wie verrückt, den Gral in die Hand zu bekommen, weil er ihnen etwas verraten kann, aber wenn man ihn betrachtet, kann man nicht verstehen, wie das möglich sein sollte. Falls nicht das eingeritzte Muster eine Art von Botschaft enthält."

„Das Manuskript", sagte Simon.

„O Gott, ja."

Barney nahm die kleine schwere Bleiröhre aus dem Becher und zeigte Jane das Manuskript, das sich darin befand. „Es war in den Becher hineingeklemmt. Es muß eine Fortsetzung unseres Manuskripts sein. Ich wette, es ist ungeheuer wichtig und erklärt alles. Aber es zerbröckelt fast, wenn man es nur ansieht." Er schob die Rolle vorsichtig in das Bleirohr zurück.

„Wir müssen es sicher nach Hause bringen", sagte Simon. „Ob wohl hier drin noch Platz ist . . . warte einen Augenblick." Er nahm das Teleskopfutteral, das Jane unter dem Arm hielt, und schraubte es auseinander. Das alte, vertraute Manuskript ragte aus der unteren Hälfte hervor.

Simon nahm das dunkle Bleirohr und schob es vorsichtig in die Mitte der Pergamentrolle im Teleskopbehälter. „So. Hast du ein Taschentuch, Jane?"

Jane holte ihr Taschentuch aus der Blusentasche. „Wozu?"

„Dazu“, sagte Simon und stopfte das zusammengerollte Taschentuch fest in den oberen Teil der Pergamentrolle. „So kann das neue Manuskript nicht verrutschen. Wir werden laufen müssen, wenn die Flut uns nicht einholen soll, und da wird das Futteral tüchtig geschüttelt.“

Wie auf ein Stichwort wandten sich Jane und Barney der See zu, und beide stießen einen unterdrückten Schrei aus, einen Schrei, der ihnen vor Entsetzen im Hals steckenblieb. Simon hatte den Kopf geneigt, um die beiden Hälften des Futterals wieder zusammenzuschrauben. Er blickte schnell auf. Die Wellen hoben und senkten den Tang jetzt schon in einer Entfernung von zwei Metern von der Stelle, auf der er stand. Aber das war es nicht, was die beiden so erschreckt hatte. Jane und Barney standen wie erstarrt und blickten weiter auf die See.

Einen Augenblick lang verstellte ein vorspringender Felsen Simon die Sicht. Dann sah auch er die hohen geschwungenen Linien der Yacht *Lady Mary* unter vollen Segeln, die um die Ecke des Vorgebirges bog und auf sie zukam. Und er sah auch die große schwarze Gestalt, die mit erhobenem Arm am Bug stand und auf sie zeigte.

„Kommt schnell!“ Er packte Barney und Jane, die wie erstarrt dastanden, und schob sie vor sich her.

Sie sprangen und schlitterten über die tangbewachsenen Felsen, weg von der Höhle und der Yacht, die sie verfolgte. Barney hielt in einer Hand den Gral, die andere hatte er ausgestreckt, um beim Laufen das Gleichgewicht zu wahren, und Simon drückte entschlossen das Manuskript an die Brust. Er warf einen Blick zurück und sah, wie das weiße Großsegel der Yacht sich auf das Deck herunterfaltete und ein Beiboot an der Seite heruntergelassen wurde.

Barney rutschte aus und fiel, und beinahe wären die beiden anderen über ihn gestürzt. Auch während des Fallens ließ er den Gral nicht los, aber dieser schlug auf den Stein, und wieder hörte man den klaren, glockenhellen Ton. Er übertönte das Geräusch ihrer hastigen, platschenden Schritte.

Barney rappelte sich auf und mußte die Zähne zusammenbeißen, so sehr brannte das Salzwasser auf seinem aufgeschürften Knie. Sie eilten weiter. Sie mußten jetzt unentwegt durch Wasser platschen. Die Wellen waren höher geworden und überspülten bei jedem Pulsschlag der steigenden Flut den Steinwall am Fuß des Kliffs. Die alten Wasserlöcher und die Höhlungen erkannte man am treibenden Tang, aber auch der bloße Fels wurde jetzt von einer wirbelnden Schicht überzogen, die sich bald in eine Strömung verwandeln würde, die stark genug war, die verzweifelt davoneilenden Füße unter ihnen wegzureißen.

Barney glitt wieder aus und stürzte platschend ins Wasser.

„Laß mich ihn nehmen."

„Nein."

Er suchte nach einem Halt für seine Füße, Jane zog ihn an seinem freien Arm in die Höhe, und in verzweifelter Jagd ging es weiter. Sie sprangen jetzt im Zickzack blindlings über die überspülten Felsen. Simon warf wieder einen Blick zurück. Zwei Gestalten kamen jetzt in einem kleinen Beiboot von der Yacht aus schnell auf sie zugerudert. Er hörte, wie der Motor der Yacht zu klopfen begann.

„Schnell, weiter", keuchte er, „wir können es noch schaffen." Sie eilten, stolperten weiter. Nur ihre eigene Geschwindigkeit bewahrte sie vor dem Stürzen. Immer noch war der Strand auf der Innenseite der Bucht nicht in Sicht, nur die See auf der einen und die hohe Wand des Kliffs auf der anderen Seite, und vor ihnen der lange Pfad aus Fels und Tang, der immer mehr unter der Flut verschwand. „Bleibt stehen!" Hinter ihnen dröhnte eine tiefe Stimme über das Wasser. „Kommt zurück, ihr törichten Kinder! Kommt hierher!"

„Sie werden uns nicht kriegen", keuchte Simon. Er fing Barney, der beinahe zum dritten Mal gestürzt wäre, und zog ihn wieder auf die Füße. Jane rang bei jedem Schritt nach Luft, aber mit der gleichen entschlossenen Eile lief und schlitterte sie neben ihm her. Dann kam um eine Biegung vor ihnen etwas in Sicht, das ihre Hoffnungen wie einen Stein auf den Boden der See sinken ließ.

Es war ein anderes Boot, breit wie eine Bütte, das die Wellen wie eine Barke vor sich auseinanderdrückte. Im Heck saß der

Junge Bill an einem klopfenden Außenbordmotor, und vor ihm saß Mr. Withers, der sich mit langem, dunkel wehendem Haar eifrig vorneigte. Er erblickte sie und schrie triumphierend auf, und sie sahen, wie ein böses Grinsen sich auf dem Gesicht des Jungen ausbreitete, als er jetzt die Nase des Bootes auf den Felsenpfad vor ihnen zulenkte.

Entsetzt und schlitternd kamen sie zum Stehen.

„Wohin?"

„Sie schneiden uns den Weg ab."

„Aber wir können nicht zurück. Schaut doch! Die andern werden gleich landen."

Während das Wasser ihre Füße umspülte, blickten sie verzweifelt mal vor- und mal rückwärts. Keine zehn Meter vor ihnen war das Boot mit dem boshaft lächelnden Mr. Withers dabei, ihnen den Weg abzuschneiden, und hinter ihnen hatte das Beiboot der Yacht beinahe den Rand der Klippen erreicht. Sie waren gefangen, sie saßen fest in der Falle.

„Kommt hier herüber", rief die tiefe Stimme ihnen wieder zu. „Ihr kommt nicht davon, kommt her!"

Mr. Hastings stand in seinem Boot, eine hohe, schwarze Gestalt, mit ausgestrecktem Arm. Er hatte die Beine gespreizt, um das Gleichgewicht zu halten, und wie er so auf der Dünung auf und ab schwankte, sah es aus, als reite er auf der See.

„Barnabas!" Die Stimme war jetzt leiser, sie sprach in einem monotonen hypnotisierenden Ton. „Barnabas, komm hierher!"

Jane packte Barneys Arm. „Geh nicht!"

„Keine Angst." Barney fürchtete sich, aber die Stimme hatte nicht die frühere Macht über ihn. „O Simon, was sollen wir tun?"

Simon blickte am Kliff empor, einen verzweifelten Augenblick lang fragte er sich, ob sie hinaufklettern und sich so retten könnten. Aber die glatte Granitwand ragte unerbittlich empor, ihr Rand lag unerreichbar hoch über ihren Köpfen. Es war unmöglich, einen Halt für den Fuß zu finden, nicht einmal, um so hoch zu gelangen, daß man sich außerhalb der Reichweite der Feinde befand, sie wären abgestürzt, lange bevor sie den oberen Rand erreichten.

„Barnabas!“ Da war die Stimme wieder, sanft, aber eindringlich. „Wir wissen, was du da in deiner Hand hältst. Und auch du, Simon. Ja, Simon, besonders du.“

Simon und Barney schlossen unwillkürlich die Hand fester um den Gral und das Manuskript.

„Die Dinge gehören euch nicht“ – die Stimme wurde lauter und herrischer – „ihr habt kein Recht darauf. Sie müssen dorthin zurück, wo sie hingehören.“

Mr. Hastings beobachtete die Kinder mit gespannter Aufmerksamkeit. Er hielt sich bereit, in dem Augenblick, wo die anschwellende Woge das Boot hob, auf die Klippen zu springen. Nur die wogenden Haufen von Seetang, die den Rand der Steine verschleierten, ließen ihn noch zögern. Polly Withers saß am Steuer und versuchte, das Boot in der steigenden Flut unter Kontrolle zu behalten.

Barney schrie plötzlich: „Sie werden sie nicht kriegen. Sie gehören Ihnen auch nicht. Warum wollen Sie die Sachen eigentlich? Sie haben überhaupt kein Museum. Ich glaube nichts von dem, was Sie gesagt haben.“

Mr. Hastings lachte leise. Sein Lachen hallte unheimlich und übertönte das sanfte Murmeln der See, so daß den Kindern ganz kalt wurde.

„Sie werden niemals wirklich siegen“, rief Simon trotzig, „das tun Sie nie.“

„Diesmal werden wir gewinnen“, sagte eine hellere Stimme hinter ihnen. Sie fuhren herum. Es war Withers. Der Außenbordmotor war abgestellt worden, und das andere Boot näherte sich lautlos, während Bill mit einem Ruder nach dem Klippenrand tastete.

Sie schmiegten sich dicht aneinander mit dem Rücken an das Kliff, so weit weg von den Feinden wie möglich, aber die Boote kamen von beiden Seiten langsam näher. Die *Lady Mary* trieb vor der Spitze der Landzunge. Sie hörten den Motor leise brummen, obwohl sie niemanden an Bord sahen.

„Wenn wir nur ein Boot hätten“, sagte Jane verzweifelt.

„Könnten wir nicht schwimmen?“

„Wohin denn?“

„Es muß doch irgend etwas geben, was wir tun können!" Barneys Stimme war schrill vor Verzweiflung.

„Ihr könnt überhaupt nichts tun." Withers' helle höhnische Stimme klang über die Felsen zu ihnen herüber. Er stand weniger als fünf Meter entfernt im Bug des schwankenden Bootes. „Gebt uns das Manuskript. Gebt es uns, und wir bringen euch in Sicherheit. Die Flut steigt jetzt sehr schnell. Ihr müßt es uns geben."

„Und wenn wir es nicht tun?" rief Simon trotzig.

„Schau dir die See an, Simon. Auf dem Weg, den ihr gekommen seid, könnt ihr nicht zurück. Schau dir die Flut an. Ihr seid abgeschnitten. Ihr könnt nicht mehr weg ohne unsere Hilfe."

„Er hat recht", flüsterte Jane. „Seht nur." Ein Stück weiter weg schlugen die Wellen schon gegen den Fuß des Kliffs.

„Wo hast du dein Boot, Simon?" rief die höhnische Stimme.

„Wir müssen uns ergeben", sagte Simon leise und wütend.

„Nimm dir nur Zeit, Simon. Wir können warten. Wir haben jede Menge Zeit."

Sie hörten den Jungen am anderen Ende des Bootes höhnisch lachen.

„Sie haben uns."

„O denk doch nach – denk nach –, wir können jetzt nicht aufgeben."

„Denk an Großonkel Merry."

„Es ist schlimm, daß wir überhaupt je an ihn gedacht haben", sagte Simon voller Wut. „Es hat keinen Sinn. Ich sage jetzt, daß wir uns ergeben."

„Nein!" schrie Barney mit Bestimmtheit. Und bevor sie sich klar darüber waren, was geschah, hatte er Simon das Manuskript entrissen und war über die überfluteten Steine bis an den Rand der See gewatet. Er hielt in der einen Hand den langen, glänzenden Behälter, in der anderen den Gral und starrte Mr. Hastings wütend an. „Wenn ihr uns nicht mitnehmt und wir die Sachen nach Hause bringen können, dann werfe ich sie in die See.

„Barney!" krächzte Jane. Aber Simon hielt sie zurück und horchte.

Mr. Hastings rührte sich nicht. Er stand da und betrachtete mit abgründigem Hochmut Barneys kleine zornige Gestalt, und als er sprach, war die tiefe Stimme kälter, als sie je eine Stimme gehört hatten. „Wenn du das tust, Barnabas, werde ich dich und deinen Bruder und deine Schwester hier ertrinken lassen."

Sie zweifelten nicht, daß er die Wahrheit sagte. Aber Barney glühte vor leidenschaftlicher Empörung und war entschlossen, nie wieder etwas zu glauben, was Mr. Hastings sagte. Wenn er es tat, das wußte er, würde er wieder diesem Bann unterliegen.

„Ich werde es tun! Ich werde es tun! Wenn Sie nicht versprechen, werde ich es tun!" Er hob den Gral mit der rechten Hand noch höher und spannte seine Muskeln, um ihn wegzuschleudern. Simon und Jane waren wie gebannt.

Die ganze Welt schien stillzustehen und sich um den hoch aufgerichteten, schwarzgekleideten Mann und den kleinen Jungen zusammenzuziehen: Ein Wille stand gegen den andern, wobei Barney durch seinen eigenen Zorn vor der vollen Gewalt des herrischen Blicks geschützt wurde, der sich ihm in die Augen bohren wollte. Dann verzog sich Mr. Hastings' Gesicht und, er schrie mit unterdrückter Wut: „Withers!"

Und von diesem Augenblick an schien sich für die Kinder die Welt in einen Alptraum zu verwandeln, und nichts von dem, was geschah, schien mit dem Verstand zu fassen zu sein.

Von beiden Seiten sprangen Norman Withers und Mr. Hastings auf Barney zu. Simon schrie: „Barney, nicht!" und stürzte vor, um seinen ausgestreckten Arm zu fassen. Withers, der sich näher an Barney befand, machte vom Boot aus einen großen Sprung auf die Klippen, so daß dieses wie wild zu schaukeln anfing und Bill sich verzweifelt ans Steuerruder klammerte. Aber als sein vorgestreckter Fuß da herunterkam, wo der Klippenrand hätte sein sollen, sahen sie, wie die Bosheit in seinem Gesicht sich in Entsetzen verwandelte; er warf die Arme hoch und verschwand unter Wasser.

Er war in dem überfluteten Graben zwischen den Felsen gelandet: diesem Spalt, der schon bei Ebbe mit tiefem Wasser gefüllt und jetzt bei zurückkehrender Flut noch tiefer war. Jane, die sich mit dem Rücken dicht an die Steilwand preßte, wurde ganz kalt vor Schrecken, als ihr klar wurde, daß sie alle drei, wären sie nur ein kleines Stück weitergelaufen, kopfüber hineingestürzt wären.

Withers tauchte wieder auf, spuckte und hustete, und Barney zögerte, den Gral immer noch hoch erhoben. Mr. Hastings war auf die Klippen gesprungen, ohne zu stürzen, und kam jetzt in langen Sprüngen von der anderen Seite heran. Seine dunklen Brauen bildeten einen drohenden Strich quer über sein Gesicht, die Lippen waren in einem schrecklichen stummen Grinsen zurückgezogen. Simon sprang ihm verzweifelt in den Weg, wurde aber von dem langen Arm beiseite gefegt. Im Fallen jedoch bekam er das eine Bein des Mannes zu fassen, und Mr. Hastings stürzte krachend in voller Länge auf die schlüpfrigen Felsen.

Trotz seiner Länge bewegte sich Mr. Hastings wie ein Aal. Im nächsten Augenblick war er wieder auf den Füßen. Seine große Hand schloß sich um Simons Arm. Mit einer schnellen, grausamen Bewegung drehte er Simon den Arm auf den Rükken und riß ihn nach oben, so daß der Junge vor Schmerz aufschrie. Das Mädchen im Boot lachte leise. Sie hatte sich von Anfang an nicht gerührt. Jane hörte ihr Lachen und haßte sie, aber dann erstarrte sie vor dem Ausdruck abgrundtiefer Grausamkeit auf dem Gesicht von Mr. Hastings. Es war wie ein gespenstisches Feuer hinter seinen Augen, etwas, das nicht menschlich war und das sie mit einem Entsetzen erfüllte, das größer und tiefer war als alles, was sie bisher gefühlt hatte.

„Leg es hin, Barnabas", keuchte Mr. Hastings. „Leg das Manuskript hin, sonst breche ich ihm den Arm." Simon wand sich in seinem Griff und trat nach hinten aus, aber dann schrie er auf und wurde schlaff, während sein Arm mit einem wilden Ruck nach oben gerissen wurde und der Schmerz ihm glühend durch alle Adern schoß.

Aber noch bevor Barney, dessen Gesicht sich vor Mitleid verzog, etwas tun konnte, gellte von der Yacht her ein Schrei über das Wasser. Eine rauhe Stimme voller Angst schrie warnend: „Meister!"

Im gleichen Augenblick hörten sie ein neues Geräusch, das das leise Tuckern der wartenden Yacht übertönte: ein helles Dröhnen, das immer lauter wurde und immer näher kam. Plötzlich sahen sie um die Biegung der Landzunge von Trewissick her einen glitzernden Schaumbogen, der vom Bug eines Schnellbootes hochspritzte. Es kam mit großer Geschwindigkeit heran, fuhr in einem Bogen um die seewärts gelegene Seite der Yacht und kam auf die Stelle zu, an der sie standen. Und einen Augenblick lang sahen sie durch den Gischt hindurch die einzige ihnen bekannte Gestalt, die sich genauso hoch aufrichten konnte wie Mr. Hastings, und darüber sahen sie den vertrauten Schopf von weißem Haar im Winde wehen.

Jane kreischte beinahe vor Erleichterung: „Es ist Gummery!"

Mr. Hastings knurrte wie ein Tier und ließ Simon plötzlich los. Dann tat er einen verzweifelten Sprung auf Barney zu, der schwankend am äußersten Rand der Klippen stand. Aber Barney hatte ihn rechtzeitig gesehen und duckte sich nach hinten unter seiner Hand weg.

Bill in seinem Beiboot riß an der Leine des Motors und setzte ihn in Gang, dann sprang er, rutschte auf den Felsen, fing sich aber wieder. Leicht gebückt lauerte er schwer und drohend neben dem riesenhaften schwarzen Mann. Wie Tänzer in einem Menuett bewegten die beiden sich vorwärts, tasteten nach einem Halt auf den schlüpfrigen Steinen, und die Kinder wichen gegen das Kliff zurück.

Das Schnellboot brauste in einer hohen Gischtwoge heran. Innerhalb von Sekunden war es längsseits der Klippen. Das Geräusch des Motors wechselte zu einem tieferen Klopfen, und das Boot kam langsam seitwärts näher. Jane, die voller Angst über Bills Schulter hinweg spähte, der sich immer mehr näherte, konnte jetzt Großonkel Merry aufrecht neben Mr. Penhallows Gestalt im blauen Sweater stehen sehen, die sich über das Armaturenbrett beugte.

Das Gefühl der Erleichterung war so überwältigend, daß sie alles vergaß und auf den Klippenrand zustürzte. Bill, der völlig überrascht war, faßte zu spät nach ihr und taumelte gegen Mr. Hastings. Der Mann in Schwarz knurrte ihn wütend an und machte dann einen letzten Versuch, sich auf Barney zu stürzen, der sich jetzt hilflos und mit hängenden Armen an die Steilwand drückte.

Aber Simon riß jetzt seine letzte Kraft zusammen, ergriff den Gral und die lange Röhre des Teleskopbehälters und war im nächsten Augenblick an den beiden vorbei bis an den Rand der Klippen geschlüpft.

Er schrie, so laut er konnte: „Gummery!" Während sein Großonkel sich umdrehte, hob er den Arm und schleuderte den Gral mit aller Macht auf das Schnellboot zu, voller Angst, ob er sein Ziel erreichen würde. Mr. Penhallow versuchte am Steuer, das Boot, so gut er konnte, ruhig zu halten. Der seltsame, glockenförmige Becher wirbelte durch die Luft und blitzte golden in der Sonne auf, und Großonkel Merry schnellte einen Arm seitlich vor und fing ihn über dem Wasser.

„Paß auf!" schrie Barney.

Mr. Hastings stürzte auf Simon los, als dieser gerade ausholte, um das Manuskript hinter dem Becher herzuschicken. Simon konnte zur Seite ausweichen, dann warf er. Aber als der Behälter seine Hand verließ, holte Mr. Withers, der sich triefend im Beiboot aufgerichtet hatte, mit dem Ruder aus, um ihn zu hindern.

Jane schrie auf.

Das Ruder traf die Röhre mitten im Flug. Withers stieß ein Triumphgeheul aus. Aber das blieb ihm in der Kehle stecken, als das lange, unhandliche Rohr vom Ruderblatt abprallte. Die beiden Hälften wurden vom Boot hinweggeschleudert, Stücke des vertrauten Manuskripts, das sie so oft betrachtet hatten, flatterten davon. Sie sahen, wie der kleine Bleibehälter herausfiel und wie ein Stein in die See plumpste, und fast zur gleichen Zeit schlugen die beiden Hälften der Teleskophülle mit den Resten des Pergaments auf der Wasseroberfläche auf und verschwanden. Die Pergamentstücke trieben nicht auf dem Wasser; sie waren sofort verschwunden, als hätten sie sich aufgelöst. Nichts blieb übrig als Janes Taschentuch, das verlassen auf den Wellen schaukelte.

Dann war es, als bliebe ihnen das Herz stehen und das Blut gefröre in ihren Adern: Ein unmenschlicher Ton wie das Heulen eines Tieres ertönte über die See hinweg. Es war das zweitemal, daß sie an diesem Tag einen langen Heulton hörten, aber dieser zweite war ganz anders als der erste. Mr. Hastings hatte wie ein Hund den Kopf in den Nacken gelegt und schrie seinen Schmerz, seine Angst und seine Wut hinaus. Mit zwei langen Sätzen war er zum Rand der Klippen gesprungen und mit einem mächtigen Aufplatschen in das gekräuselte Wasser getaucht, dort, wo der Bleibehälter untergegangen war.

Sie starrten auf das Sonnenlicht, das auf den Wellen tanzte, die sich über seinem Kopf geschlossen hatten; außer dem Murmeln der Motoren war kein Laut zu hören. Eine Bewegung bei der Yacht ließ sie aufblicken; sie sahen, wie das Mädchen an Bord gezogen wurde und unter ihr das Beiboot leer schaukelte.

Bill stand ebenso unbeweglich da wie die Kinder. Mit offenem Mund starrte er auf die See hinaus, die jetzt von der untergehenden Sonne vergoldet wurde. Dann schrie Mr. Withers ihm etwas zu, indem er sich über den Außenbordmotor des zweiten Bootes beugte, und während das Boot anfuhr, warf sich der Junge hinein.

Die Kinder standen immer noch da und schauten. Auch an Bord des Schnellbootes, das von der Dünung auf den Klippenrand zugetragen wurde, rührte sich niemand. Das Beiboot drehte, summend wie eine wütende Wespe, vom Land weg, und dann sahen sie im Wasser neben ihm einen dunklen Kopf auftauchen und hörten das Rasseln verzweifelter Atemzüge. Das Boot verlangsamte seine Fahrt, und der Mann und der Junge darin zogen die lange schwarze Gestalt an Bord. Sie hatte nichts in der Hand.

Mr. Hastings lag würgend und nach Atem ringend auf dem Boden des Bootes, hob dann aber noch unter ihren Blicken den Kopf. Das dunkle nasse Haar klebte auf der Stirn wie eine Maske.

Er streckte eine Hand nach Withers aus, damit dieser ihm half, sich aufzurichten. Mit wut- und haßverzerrtem Gesicht starrte er Großonkel Merry an.

Großonkel Merry stand im Schnellboot, die eine Hand stützte sich auf die Windschutzscheibe, in der anderen hielt er den Gral. Die Sonne stand hinter ihm und umstrahlte sein weißes Haar. Er stand so groß und aufrecht da, daß er einen Augenblick lang wie ein geheimnisvolles, herrliches Geschöpf aus Fels und Meer aussah. Und mit einer kraftvollen Stimme, die von den Felsen widerhallte, rief er einige Worte in einer Sprache, die die Kinder nicht verstanden, aber in ihnen klang etwas, das sie erschauern ließ.

Bei diesen Lauten schien die dunkle Gestalt in dem anderen Boot zu schrumpfen, so daß wie auf einen Schlag alle Macht und alle Bedrohung von ihr geschwunden war. Mr. Hastings sah plötzlich nur noch lächerlich aus in den nassen schwarzen Kleidern, die ihm am Leib klebten, er schien auch kleiner geworden zu sein.

Während das Boot im Bogen zur Yacht zurückkehrte, blieben seine drei Insassen geduckt sitzen, ohne Bewegung und ohne einen Laut.

Die Kinder rührten sich. „O Gott!" flüsterte Barney. „Was hat er gesagt?"

„Ich weiß nicht."

„Ich bin froh, daß wir es nicht wissen", sagte Jane zögernd.

Sie beobachteten, wie sich die drei Gestalten an Bord der Yacht schwangen. Fast gleichzeitig verstärkte sich das Klopfen des Schiffsmotors, und der lange weiße Rumpf der *Lady Mary* glitt davon. Das breite Beiboot schaukelte einsam hinterher, aber das andere blieb leer zurück und trieb auf den Wellen.

Die Yacht drehte in die Bucht hinaus, vorbei am Hafen von Trewissick und weiter die Küste hinunter. Schließlich war sie nur noch ein kleiner weißer Punkt auf der sonnenvergoldeten See. Und als sie schließlich alle an Bord des Schnellbootes geklettert waren und noch einmal zu ihr hinüberschauten, war sie verschwunden.

Epilog

Das Händeklatschen hallte zwischen den schimmernden Säulen der langgestreckten Museumsgalerie, und Simon, der ganz rot im Gesicht war, suchte sich seinen Weg durch die Menge der feierlich lächelnden Gelehrten und Professoren hindurch zurück zu Jane und Barney. Es kam wieder Bewegung in die Menge, und um sie herum erhob sich das Stimmengewirr eines allgemeinen Geplauders.

Neben ihnen tauchte ein junger Mann mit blitzenden Augen und einem Notizbuch auf. „Das war eine sehr schöne Rede, Simon – du erlaubst doch, daß ich das sage. Und dies sind Jane und Barney, nicht wahr?"

Simon blinzelte ihn an und nickte.

„Ich bin vom Presseverband", sagte der junge Mann munter. „Darf ich euch fragen, wie hoch der Scheck war, den der Kurator euch überreicht hat?"

Simon blickte auf den Umschlag in seiner Hand, steckte nervös den Finger unter die Klappe und riß sie auf. Er nahm den sauber gefalteten Scheck heraus, starrte einen langen Augenblick darauf und reichte ihn dann ohne ein Wort an Jane weiter.

Jane schaute auf den Scheck und schluckte. „Nein, so was – einhundert Pfund."

„Mein Gott!" sagte Barney.

„Na, das ist aber nett", sagte der junge Mann lachend, „ich gratuliere. Und was wollt ihr damit machen?"

Sie schauten ihn mit leerem Blick an.

„Ich weiß nicht", sagte Simon schließlich.

„Na, hör mal", sagte der junge Mann hartnäckig. „Du mußt doch eine Vorstellung haben. Was habt ihr euch denn immer schon kaufen wollen?"

Die Kinder sahen einander hilflos an.

„Junger Mann", sagte da Großonkel Merrys tiefe Stimme neben ihnen, „wenn Sie plötzlich hundert Pfund geschenkt bekämen, was würden Sie sich denn kaufen?"

Der Reporter machte ein verblüfftes Gesicht. „Nun – hm – ich –"

„Genau", sagte Großonkel Merry. „Sie wissen es nicht. Die Kinder wissen es auch nicht. Guten Tag."

„Nur noch eine Frage", sagte der unverfrorene Bursche und kritzelte schnell etwas in Kurzschrift in sein Notizbuch. „Was habt ihr gerade gemacht, als ihr dieses Ding fandet?"

„Sie meinen den Gral", sagte Barney.

„Nun ja, so nennt ihr es wohl", sagte der junge Mann leichthin.

Barney starrte ihn empört an.

„Wir haben zufällig eine Höhle untersucht", sagte Simon hastig. „Und da haben wir ihn auf einem Felsvorsprung gefunden."

„War da nicht die Rede davon, daß noch andere Leute dahinterher waren?"

„Unsinn", sagte Großonkel Merry mit fester Stimme. „Nun hören Sie, mein Junge, da drüben ist der Kurator. Der weiß über alles Bescheid. Diese drei hier haben für heute genug Aufregung gehabt."

Der junge Mann öffnete den Mund, um noch etwas zu sagen, schaute Großonkel Merry an und schloß ihn wieder. Er grinste liebenswürdig und verschwand in der Menge, und Großonkel Merry lotste die Kinder in eine stille Ecke hinter einer Säule.

„Nun", sagte er, „morgen werdet ihr euer Bild in allen Zeitungen sehen, und noch nach Jahren werden gelehrte Herren in Büchern über euch schreiben. Und eins der berühmtesten Museen der Welt hat euch hundert Pfund gegeben. Und ich muß sagen, ihr alle verdient es."

„Gummery", sagte Simon nachdenklich, „ich weiß, man darf den Leuten nicht sagen, wie es sich in Wirklichkeit mit dem Gral zugetragen hat, aber wäre es nicht doch gut, sie wenigstens vor Mr. Hastings zu warnen? Schließlich hat er sich an

Mrs. Palk und den Jungen Bill herangemacht und sie verdorben, und nichts wird ihn daran hindern, herumzugehen und es mit allen Leuten so zu machen."

„Er ist weg", sagte Großonkel Merry. Zwei eulenähnliche Männer mit dicken Brillen, die gerade vorbeikamen, verneigten sich ehrfürchtig vor ihm, und er nickte flüchtig.

„Ich weiß, aber er könnte zurückkommen."

Großonkel Merry schaute über all die Köpfe hinweg die lange Galerie hinunter, und der alte, verschlossene Ausdruck lag wieder auf seinem Gesicht. „Wenn er zurückkommen sollte", sagte er, „dann kommt er nicht als Mr. Hastings."

„Hieß er denn gar nicht Mr. Hastings?" fragte Simon neugierig.

„Ich habe ihn unter vielen verschiedenen Namen gekannt", sagte Großonkel Merry, „zu vielen verschiedenen Zeiten."

Jane ließ mit unglücklichem Gesicht einen Fuß auf dem glatten Marmorboden hin und her gleiten. „Es kommt mir so schrecklich vor, daß ein Pfarrer so böse sein kann."

„Er muß alle Bischöfe und diese Leute getäuscht haben", sagte Simon, „genauso, wie er alle Leute in Trewissick getäuscht hat."

„Das stimmt nicht", sagte Großonkel Merry.

Simon starrte ihn an. „Aber das muß er doch . . . sie müssen ihn doch sonntags haben predigen hören."

„Niemand hat ihn predigen hören. Und ich glaube nicht, daß er je in seinem Leben einem Bischof begegnet ist."

Nun starrten sie ihn alle so verblüfft an, daß seine Mundwinkel zuckten. „Die Sache ist ganz einfach. Man nennt so etwas die Macht der Suggestion. Unser Mr. Hastings war nicht der Pfarrer von Trewissick und hatte mit diesem auch nichts zu tun. Ich kenne den wirklichen Pfarrer flüchtig, er ist auch ein großer Mann, aber sehr dünn und etwa siebzig Jahre alt . . . er heißt Smith."

„Aber Mr. Hastings wohnte im Pfarrhaus", sagte Barney.

„Es war einmal das Pfarrhaus. Es wird jetzt vermietet . . . der Gemeinderat fand schon vor Jahren, daß es für Mr. Smith viel zu groß wäre – der müßte sich darin ganz verloren vorkommen

– und haben für ihn ein Häuschen auf der anderen Seite der Kirche gefunden."

„Und als ich ihn aufsuchen wollte", sagte Jane langsam und versuchte, sich zu erinnern, „da habe ich nicht nach dem Pfarrer gefragt, ich sagte zu dem alten Mann auf dem Friedhof: Ist das das Pfarrhaus? Und er sagte ja, nichts anderes ... ich fand ihn ziemlich übellaunig ... Und weißt du, Großonkel Merry, ich glaube, Mr. Hastings hat mir tatsächlich gar nicht gesagt, daß er der Pfarrer wäre; ich nahm es einfach an, als er sagte, er sei im Haus der Nachfolger von Mr. Hawes-Mellor. Aber er muß gewußt haben, daß ich ihn für den Pfarrer hielt."

„O ja, er wollte dir diese Illusion nicht nehmen, bevor er nicht wußte, was du vorhattest. Er wußte genau, wer du bist."

„Wirklich?"

„Von dem Augenblick an, als er dir die Tür öffnete."

„Oh", sagte Jane. Sie dachte darüber nach, und ihr wurde ganz kalt. „Oh."

„Und von da an haben wir alle geglaubt, er wäre der Pfarrer", sagte Simon. „Und immer, wenn wir ihn jemandem gegenüber erwähnten, wie zum Beispiel Mr. Penhallow gegenüber, mußte derjenige auch glauben, wir meinten den wirklichen Pfarrer ... aber Gummery, wußtest du es denn nicht?"

Großonkel Merry lachte leise. „Nein. Ich glaubte es auch. Eine Zeitlang – nun, eigentlich bis zum Schluß – hegte ich die schrecklichsten Zweifel gegenüber dem armen, harmlosen Mr. Smith."

Barney sagte plötzlich: „Aber wenn du früher schon mit Mr. Hastings zusammengetroffen bist, konntest du ihn doch nicht für sonst jemanden halten."

„Er verändert sich", sagte Großonkel Merry leichthin und wandte wieder absichtlich den Blick ab. „Man kann nie sagen, wie er aussehen wird ..."

Und in seiner Stimme lag etwas, das ihnen verbot, weiter zu fragen; sie wußten, so würde es immer sein, wenn sie zu neugierige Fragen über ihren geheimnisvollen Feind von Trewissick stellten. Dies war eins der Dinge aus Großonkel Merrys geheimer Welt, und obwohl sie so sehr darin verwickelt gewesen waren, wußten sie, daß er seine Geheimnisse wahren würde, so wie er es immer getan hatte.

Simon betrachtete den Scheck in seiner Hand. „Wir haben den Gral gefunden", sagte er, „und alle Leute scheinen darüber ganz begeistert zu sein. Aber der Gral allein ist ohne Wert, nicht wahr? Der Mann aus Cornwall sagte doch, daß der, der ihn findet, noch eine andere Botschaft von ihm haben muß, und die stand auf dem zweiten Manuskript, das wir nicht einmal haben anschauen können. Dann würde der Finder verstehen können, was auf dem Gral geschrieben steht und das ganze Geheimnis kennen. Aber wir werden es nie kennen, denn das Manuskript liegt auf dem Grund der See."

Barney sagte traurig: „In Wirklichkeit haben wir versagt."

Großonkel Merry sagte nichts, und als sie zu ihm aufschauten, schien er ihnen so hoch und so still aufzuragen wie die Säule neben ihm.

„Versagt?" sagte er, und dann lächelte er. „O nein. Glaubt ihr das wirklich? Ihr habt nicht versagt. Die Jagd nach dem Gral war ein Kampf, ein Kampf, der so wichtig war wie je ein Kampf, der gekämpft worden ist. Und ihr drei habt ihn gewonnen. Die Mächte hinter dem Mann, der sich Hastings nannte, hätten fast gewonnen, und was dieser Sieg bedeutet hätte, wenn das Geheimnis des Grals ihnen in die Hände gefallen wäre, ist nicht auszudenken. Aber euch ist es zu verdanken, daß das entscheidende Geheimnis vor ihnen sicher ist und vielleicht noch auf Jahrhunderte hinaus sicher sein wird, so wie es das zuvor war. Sicher – es ist nicht zerstört, Simon. Das erste Manuskript, eure Karte, wird sich gewiß sofort im Seewasser aufgelöst haben. Aber da es euch zu dem zweiten Manuskript und zum Gral geführt hat, hatte es keine Bedeutung mehr. Vielleicht hätten sich meine Kollegen noch mehr begeistert" – er schaute sich im Raum um und lachte leise –, „aber das ist nicht wichtig. Wichtig ist, daß das zweite Manuskript tief unten in der See in seiner Hülle sicher verwahrt ist – wenn diese aus Blei ist, wird sie dem Seewasser auf unbestimmte Zeiten widerstehen. Das letzte Geheimnis ist also sicher und in einem sicheren Versteck. Auf dem Grund der Bucht von Trewissick ist es so gut versteckt, daß sie nicht einmal anfangen könnten, danach zu suchen, ohne daß wir es erführen und sie aufhalten könnten. Sie haben ihre Chance verloren."

„Wir aber auch", sagte Simon erbittert. Wieder sah er das Bild vor sich, das er nie ganz aus seiner Vorstellung hatte verdrängen können. Er dachte an die glänzende Teleskophülle, in der die beiden kostbaren Manuskripte geborgen waren, wie sie aus seiner verzweifelten Hand flog, und wie sie dann, nur ein paar Meter von Großonkel Merrys sicherem Zugriff entfernt, von dem erhobenen Ruder getroffen, auseinanderbrach und ihr Inhalt für immer in der See versank.

„Nein, wir nicht", sagte Jane zur Überraschung aller. Sie dachte an den gleichen Augenblick; sie stand nicht mehr in der kühlen marmornen Weite des Museums, sie war wieder in der sengenden Sonne auf Kenmare Head. „Wir wissen, wo es liegt. Ich stand an der einzigen Stelle, die genau wiederzufinden ist – dem tiefen Graben zwischen den Klippen, in dem das Wasser auch bei Ebbe steht. Ich stand direkt an seinem Rand, und das Bleirohr fiel genau vor mir herunter. Wenn wir also wieder hinkommen, wissen wir, wo wir suchen müssen."

Einen Augenblick lang sah Großonkel Merry ernstlich erschrocken aus. „Das wußte ich nicht. Dann werden die andern es auch beobachtet haben – sie werden genau an der Stelle tauchen und sich mit dem Manuskript davonmachen können, bevor sie noch jemand bemerkt hat."

„Nein", sagte Jane, ganz rot vor Ernsthaftigkeit. „Das ist ja das Gute, Großonkel Merry. Weißt du, wir haben den Graben nur bemerkt, weil wir ihn überqueren mußten, als die Flut ganz draußen war. Als wir auf dem Rückweg zum Strand waren, hatte das Wasser ihn schon bedeckt. Mr. Withers ist hineingefallen, hat es aber nicht bemerkt. Wenn es also noch einmal einen so niedrigen Wasserstand gibt, könnten wir diesen Graben suchen und das zweite Manuskript wiederfinden. Aber der Feind kann das nicht, denn er weiß gar nichts von dem Graben."

„Können wir nicht zurückgehen?" fragte Simon eifrig. „Können wir nicht wieder zu dieser Stelle hin und jemanden danach tauchen lassen?"

„Eines Tages vielleicht", sagte Großonkel Merry, aber bevor er weitersprechen konnte, hatte sich eine Gruppe von Herren aus der murmelnden Menge an ihn gewandt: „Ah, Professor Lyon! Wenn Sie einen Augenblick Zeit hätten: Dürfte ich Ihnen Dr. Theodore Reisenstatz vorstellen –"

Ein eifriger kleiner Mann mit einem Spitzbart nahm Großonkel Merrys Hand und sagte: „Ich bin einer Ihrer großen Bewunderer. Merriman Lyon ist ein hochgeschätzter Name in meinem Lande."

„Kommt", sagte Simon leise, und die Kinder schlüpften an den Rand der Menge, während die kahlen Köpfe und die grauen Bärte wackelten und feierlich schnatterten. Sie schauten über den schimmernden Marmorboden zu der einsamen Vitrine hin, in der der Gral wie ein goldener Stern leuchtete.

Barney starrte in die Luft, als erwache er aus einer Betäubung.

„Wach auf", sagte Jane munter.

Barney sagte langsam: „Ist das sein wirklicher Name?"

„Wessen Name?"

„Großonkel Merry – heißt er wirklich Merriman?"

„Aber natürlich – die Abkürzung dafür ist Merry."

„Das wußte ich nicht", sagte Barney. „Ich dachte immer, Merry wäre ein Spitzname. Merriman Lyon ..."

„Ein komischer Name, nicht wahr", sagte Simon leichthin. „Kommt, wir wollen uns den Gral noch einmal ansehen. Ich will noch einmal lesen, was da über uns steht."

Er schob sich mit Jane am Rand der Menge entlang, aber Barney blieb stehen. „Merriman Lyon", sagte er leise vor sich hin. „Merry Lyon ... Merlion ... Merlin ..."

Er schaute dorthin, wo am anderen Ende des Saals Großonkel Merrys weißes Haupt die andern überragte, leicht geneigt, während er jemandem zuhörte. Das kantige braune Gesicht mit den tiefliegenden, beschatteten, geheimnisvollen Augen über der kühnen Nase glich mehr denn je einer uralten Schnitzerei.

„Nein", sagte Barney laut und schüttelte sich. „Es ist unmöglich." Aber während er Simon und Jane folgte, blickte er manchmal zurück und wunderte sich. Und Großonkel Merry wandte, als spürte er es, den Kopf und schaute ihm einen Augenblick lang über die Menge hinweg voll ins Gesicht; er lächelte ganz leise und schaute dann wieder weg.

Über die ganze ungeheure Länge der Galerie reihten sich auf dem glänzenden Marmorboden gleich große Vitrinen aneinander. In ihnen ruhten Töpfe, Münzen, seltsam verdrehte Stücke von Leder oder Bronze oder Holz wie aufgespießte Schmetterlinge.

Die Vitrine, die den Gral enthielt, war höher als die andern, eine hohe Glasschachtel, die in der Mitte der großen Galerie einen Ehrenplatz einnahm, und darin war nichts als der eine glänzende Becher. Man hatte ihn gereinigt, so daß das Gold strahlte, und ihn auf einen schweren schwarzen Sockel gestellt. Auf einem hübschen Silbertäfelchen darunter waren die Worte eingraviert: „Goldkelch eines unbekannten keltischen Meisters, schätzungsweise aus dem sechsten Jahrhundert, gefunden in Trewissick in Süd-Cornwall. Geschenk von Simon, Jane und Barnabas Drew."

Sie bewegten sich langsam um die Vitrine herum und betrachteten den mit Gravuren versehenen Gral, der sorgfältig gereinigt worden war und jetzt, wo das gehämmerte Gold frei war von dem Schmutz, den die Jahrhunderte in der Höhle unter Kenmare Head darauf abgelagert hatten, konnte man jede Linie der Gravierung deutlich sehen.

Sie sahen, daß der äußere Mantel in fünf Felder geteilt war. Vier der fünf Felder waren mit Darstellungen kämpfender Männer bedeckt: Sie schwangen Schwerter und Speere, duckten sich hinter Schilde. Sie waren nicht in Rüstungen gekleidet, sondern in seltsame Kittel, die über dem Knie endeten. Auf den Köpfen trugen sie Helme. Aber diese Helme, die hinten über den Nacken hinunterreichten, hatten eine Form, wie die Kinder sie noch nie gesehen hatten. Zwischen den Gestalten schlangen sich in dichten Windungen Wörter und Buchstaben wie auf manchen Gobelins. Das letzte Feld war ganz mit Schriftzeichen bedeckt, die den verschnörkelten schwarzen Linien auf dem Manuskript glichen. Aber all diese Wörter auf dem goldenen

Gral, das wußten die Kinder, gehörten einer Sprache an, die weder Großonkel Merry noch die Museumsexperten verstanden.

Sie hörten, wie hinter ihnen zwei Männer aus der Menge, in ein Gespräch vertieft, sich näherten und in die Vitrine schauten.

„. . . ganz einzigartig. Natürlich ist es schwer, die Bedeutung der Inschrift einzuschätzen. Ganz klar eine Runenschrift, würde ich sagen – seltsam, in einer römischen Umwelt . . ."

„Aber mein lieber Freund" – die Stimme des zweiten Mannes war laut und vergnügt; Barney blickte sich um und stellte fest, daß er ein rotes Gesicht hatte und neben seinem kleinen bebrillten Gefährten riesengroß wirkte – „wenn man das Runenelement betont, so setzt man doch eine Verbindung mit den Sachsen voraus, und dieses Ding ist doch ganz wesentlich keltisch. Römisch-keltisch, wenn Sie so wollen, aber bedenken Sie, daß es offensichtlich mit Arthur zu tun hat . . ."

„Arthur", sagte die erste Stimme näselnd und ungläubig, „da müßte ich schon einen schlagenderen Beweis haben als Professor Lyons fantasievolle Vermutung. Ich denke, Loomis würde da ernste Zweifel haben . . . aber trotz allem, ein bemerkenswerter Fund, bemerkenswert . . ."

Sie traten wieder in die Menge zurück.

„Was in aller Welt sollte das heißen?" sagte Jane.

„Glaubt er nicht, daß der Gral mit König Arthur zu tun hat?" Barney starrte wütend hinter dem kleinen Mann her. Dann hörten sie die Stimmen einer anderen Gruppe, die an der Vitrine vorbeikam.

„Gewiß müssen alle älteren Theorien jetzt revidiert werden; er wirft ein ganz neues Licht auf den ganzen Kanon um Arthur." Die Stimme war so feierlich wie die andern, aber jünger, und dann hörten sie ein Kichern. „Der arme alte Battersby – sein ganzes Geschwätz über skandinavische Analogien, und hier ist jetzt seit Nennuis der erste Beweis für einen keltischen Arthur – einen wirklichen König."

„Die *Times* hat mich um einen Artikel gebeten", sagte eine tiefere Stimme.

„Ah, tatsächlich – der Artikel war von Ihnen? Ein bißchen stark, finden Sie nicht? – ‚ein Fund, der den ganzen Bereich englischer Wissenschaft erschüttert –'

„Überhaupt nicht", sagte die tiefere Stimme. „Der Kelch ist ohne Zweifel echt, und er gibt ohne Zweifel Aufschluß über die Identität von Arthur. Als solches kann man ihn nicht hoch genug einschätzen. Es tut mir nur leid wegen dieses letzten Feldes."

„Ja, die geheimnisvolle Inschrift. Eine Geheimschrift, würde ich sagen. Es muß so sein. Diese seltsamen altenglischen Buchstaben – Runen, wie der alte Battersby behauptet, was natürlich lächerlich ist –, ich persönlich bin überzeugt, daß es einen Schlüssel zur Lösung gegeben hat. Vor langer, langer Zeit natürlich, wir werden es also nie wissen ..."

Auch diese Stimmen verloren sich.

„Nun, das klingt schon besser", sagte Simon.

„Für sie alle ist es nur ein Museumsstück", sagte Jane traurig. „Ich glaube, es ist so, wie Gummery gesagt hat: Die wirkliche Bedeutung des Grals würde nur dann bekannt geworden sein, wenn der Feind ihn in die Hände bekommen hätte, und dann wäre es zu spät gewesen."

„Nun", sagte Simon, „der Feind kann jetzt kommen und ihn betrachten, soviel er will. Ohne das Manuskript hat er keinen Wert für ihn. Ich glaube, der Schlüssel zu der Schrift auf dem letzten Feld war darin enthalten, zu der Geheimschrift, von der der Mann eben gesprochen hat."

Jane seufzte. „Aber wir können die Schrift auch nicht lesen. Wir werden also die ganze Wahrheit über König Arthur auch nicht erfahren, die Wahrheit über – wie hat das Manuskript ihn noch genannt – den Pendragon."

„Nein. Wir werden nicht genau wissen, wer er war oder was mit ihm geschah."

„Wir werden nicht wissen, was sein Geheimnis war, von dem Gummery gesprochen hat und das der Feind erfahren wollte."

„Wir werden auch das andere nicht wissen, wovon in dem Manuskript die Rede war – den Tag, an dem der Pendragon wiederkommen wird."

Barney, der ihnen zugehört hatte, betrachtete wieder die geheimnisvollen Worte, die auf dem glänzenden Mantel des Grals eingraviert waren. Dann hob er den Kopf und schaute durch den Saal und zu Großonkel Merrys hoher Gestalt hinüber mit dem großen weißen Kopf und dem strengen, verschwiegenen Gesicht.

„Ich glaube, wir werden es wissen", sagte er langsam, „eines Tages."

Abenteuer und Spannung

Liselotte Welskopf-Henrich
Harka RTB 849
Erster von sechs Bänden über das Leben und Leiden der Sioux-Dakota ab 12 J.

Ilse Strasmann (Hrsg.)
Klassische Detektivgeschichten RTB 900
Für Spannung sorgen A. C. Doyle, E. A. Poe, D. Hammett und andere ab 13 J.

Kurt Lütgen
Auf einer Insel weit draußen im Meer RTB 927
Wahre Reportagen über Robinsonaden ab 12 J.

Jack London
An der weißen Grenze RTB 630
Goldrausch im Alaska des 19. Jahrhunderts! ab 13 J.

Ravensburger Taschenbücher

SCIENCE FICTION
in den Ravensburger Taschenbüchern

RTB 880 ab 14

RTB 881 ab 13

RTB 882 ab 14

John Christopher:
Der Fürst von morgen – Hinter dem brennenden Land – Das Schwert des Geistes
Diese Roman-Trilogie spielt in ferner Zukunft, nach der »großen Katastrophe«, die das Leben auf der Erde völlig veränderte. Europa ist in eine Art Mittelalter zurückgefallen. Es herrschten Furcht und Aberglauben. Und Schreckliches geschieht, als Dinge aus der scheinbar ausgelöschten Welt sich zeigen…

Willie Miethke:
Gefahr für Planet Irlion
Band 1: Der Mann mit dem Schlangenstab
(RTB 925) ab 11
Die zufällige Begegnung Tims mit einem Außerirdischen zieht eine aufregende Reise in die Vergangenheit nach sich…

Band 2: Die Gefangene von Zorra
(RTB 984) ab11
Der Herrscher von Irlion bittet Tim und Ilka, ihm zu helfen, seine entführte Schwester zu befreien.